I0703828

IM PRESS

Татьяна Успенская (Ошанина)

Я хочу быть ВОЛШЕБНИКОМ

БОСТОН · 2024 · BOSTON

Татьяна Успенская (Ошанина)
Я хочу быть волшебником
Публикуется в авторской редакции

Tatiana Uspenskaya (Oshanina)
I Want to be a Wizard
Published in the Author's Edition

ISBN 978-1-960533654

Published by M•Graphics | Boston, MA

✉ mgraphics.books@gmail.com
💻 www.mgraphics-books.com

Book Design by M•Graphics © 2024

Printed in the United States of America

*От всей души благодарю Владимира Рубана —
моего ученика в 60-е годы и близкого друга
в течение всей жизни за его помощь
в создании и редактуре романа*

СОДЕРЖАНИЕ

Я ХОЧУ БЫТЬ ВОЛШЕБНИКОМ

роман

Глава первая

МОИМИ ГЛАЗАМИ

Меня зовут Николай.

Нутро никогда не принимало алкоголя, даже безобидного виноградного вина. Но чувство опьянения знаю. Когда заговорили про свободу слова, печати, когда прилипли к телевизорам, слушая Сахарова... когда родилась надежда, что вынырнем из лицемерия, из двойной жизни, этой надеждой я запьянел. Ловил себя на том, что меня тянет на улицу — в лица глядеть, не ошибся ли: а другие тоже почуяли ветер благостных перемен? Хотелось здороваться с прохожими, как в деревне. Захотелось начать что-то делать для того, чтобы поскорее вынырнуть к этой самой запретной свободе.

Нет, не ошибся, во многих лицах читается надежда!

С детства ждал этого ощущения — высвобождения из всех пут.

Сорваться из-под маминого голоса, когда она читает мне «Аленький цветочек», скорее бежать к красавице, чтобы сказать: это не чудище, а добрый человек, его надо срочно поцеловать, и тогда он расколдуется. А мать зачем-то силой усаживает меня подле себя: «Что за ребёнок, пять минут посидеть не может. Это же сказка!»

Из-под учительского пронзительного голоса, рождающего во мне вибрации раздражения, вырываюсь злыми возражениями: «Почему вы учите нас ненавидеть Павлика Морозова? Он сам был жертвой и нового строя, и своей семьи. Да, он донёс на отца, и это очень плохо. Он верил в социализм, может быть, не только из-за своей слепоты, но из-за того, что отец его был очень жестоким человеком, никого не любившим, мучившим людей. И убили Павлика Морозова его родные! Не только мальчику двенадцати лет, но и миллионам умных, образованных людей трудно было разобраться в происходившем. Жизнь много сложнее, чем представляется».

Или прячусь в Ваньку Жукова, за него пишу письмо Андрею Матвеевичу.

Андрей Матвеевич, или Андрюша, как он просит всех звать его, — отец Миха.

А Мих — единственный друг с сопливого детского сада, с того момента, когда Мих, сияющий, черноглазый, с копной тёмных волос, подошёл ко мне, ткнул в бок и сказал: «Мой папа зовёт меня Мих, я хочу с тобой навсегда дружить, как папа дружит со своими друзьями». С тех пор только с Михом делю все свои мысли и ощущения, с Михом связан тайной — «навсегда вместе»!

А папа Миха стал и мне папой, хотя у меня есть свой отец.

Андрюша, похожий на Миха лицом и неугомонностью, любит с нами разговаривать.

В детстве расспрашивал, о чём сказка или книжка, с кем дружим, о чём думаем, решал с нами задачки (вплоть до десятого класса), объяснял, что такое хорошо и что такое плохо, чуть вибрирующим баском пел нам с Михом песни, которые никогда не звучат по радио.

А когда стали постарше, включил нас в споры на кухне.

Кухня у них и не такая уж и большая, а набивается в неё и часами сидит за столом не меньше восьми — десяти человек.

Вера Петровна, мама Миха, фея из сказки и учительница литературы в старших классах английской спецшколы, ставит на стол миску с винегретом или оливье, чёрные сухарики с сыром и что-то мясное (котлеты, макароны по-флотски, пельмени). И звучат фразы, которых ни в школе, ни на улице не поймаешь. И звучат запретные имена. И таинственны судьбы, не похожие на обычные.

Сахарова выслали, потому что правду говорил, и теперь собирают посылки и книжки, чтобы отвезти ему в Горький.

Буковский, Горбаневская, Файнберг за правду в психушках сидят. А сколько в тюрьмах?!

И гробы из Афгана идут.

Сначала нам с Михом трудно было разобраться в именах и событиях, но постепенно люди на фотографиях и в словесной окраске становились близко знакомыми, а строки из статей, написанных в каком-то особом журнале, понятными.

Нас тоже подробно расспрашивали: о чём говорили с ребятами, что читали и обсуждали на уроках сначала чтения, потом литературы. И все смотрели на нас, как на самых главных, когда мы рассказывали о Вене — мать-одиночка никак не может прокормить его, так мало получает, и Вене приходится подрабатывать ночами в больнице санитаром, о Йоське — его отцу не дают защитить диссертацию и преподавать в Институте, потому что он — еврей и языком «много мелет», по словам Йоськиной мамы, давно лежачей больной, а Йоська всегда есть хочет, потому что отец Йоськин никак не может найти работу.

Зачем-то все начинали громко говорить, что нужно делать, а один громадный, громогласный и красивый дядька (его все звали Тарасом) записывал всё, что мы говорили.

А потом пели под гитару песни, от которых хотелось взбираться на горы, спасать тонущих, кричать в голос: «Прекратите войну в Афганистане!», мчаться к тюрьмам, к психушкам и выпускать на волю ни в чём не виноватых людей.

Кухонные застолья стали необходимы, они будоражили. Но иногда нам с Михом приходилось сбегать — нужно же делать уроки на другой день!

Дом Миха был лохматый, так я прозвал его.

В гостиной слева, в углу, при входе стояло много пар остроносых лыж, валялись рюкзаки и спальники, закопчённые кастрюли и чайники, всклокоченные свитера, ватники и ватные штаны с вылезающей кое-где начинкой. Всё было ярко освещено, потому что второй левый угол состоял из двух больших окон с солнцем или с фонарями. Это был таинственный мир, в который почти до девятого класса, когда меня взяли в первый поход, я не был вхож.

А справа открывался совсем другой мир — с широким диваном, с торшером, со стеллажами тесно прижимавшихся друг к другу книг разных форматов, толщины и цвета. Этот мир открылся мне рано: мы с Михом любили, забравшись на диван, читать общую книжку, прижавшись голова к голове.

Особняком, в самом тёмном углу комнаты, притаилось кресло Веры Петровны. Она забиралась в него с ногами, укутывала себя пледом, с книжкой или с тетрадками своих учеников, в которых тесно лепились строчки сочинений, и часами её не было слышно. Лишь свет оранжевого торшера золотил её красивую голову с тяжёлой косой, уложенной на затылке.

Разговоры на кухне, Андрюшины песни требовали чего-то от нас. И мы что-то делали.

Написали письмо Сахарову, узнали у Тараса адрес и опустили письмо в почтовый ящик дома, в котором Сахаров жил.

Мы приносили Йоське бутерброды. А Вене повторяли то, что узнали по математике и физике от Андрюши, подсовывали ему задачи, которые решали с Андрюшей. Веня обязательно должен поступить на Физфак, о котором он грезит!

Но, несмотря на ежедневные бутерброды, Йоська рос хилым: самый маленький в классе, только глаза больше, чем у всех.

А Веня никак не мог выспаться — такая нагрузка у него!, и учиться ему было очень трудно, не всегда он успевал перерешать все задачи, которые мы давали ему.

Вот и получалось: жизнь для многих сильно тяжёлая, а радио с телевизором всё врут — ничего такого, что есть в этой самой жизни, не рассказывают.

И у нас с Михом получалось тоже две жизни. Одна — открытая, со школой, Йоськой и Веней, со скучными уроками. А другая — подпольная, о которой никто из открытой знать не должен. Даже родителям я не рассказывал о том, что слышал у Андрюши и Веры Петровны, хотя никто не просил меня молчать. Это была наша тайна с Михом.

А мир Андрюши и Веры Петровны стал моими личными университетами.

Меня распирало столько чувств и мыслей, что мне необходимо было поделиться со всеми. Так порой переполняло, что я вскакивал посреди урока и просил учительницу разрешить рассказать об Андрюше: какие задачи он решает, какие истории рассказывает о своих больных.

Но учительница каждый раз затыкала меня, приказывала сесть. «Ты неуправляем, — кричала она. — Уроки срываешь своими выходками!»

Скучные примеры, скучные упражнения, конечно, много интереснее, чем то, что хотелось рассказать!

Но что я мог тогда сделать, глупый мальчишка?!

Пройдёт много лет, прежде чем я научусь жить внутри себя и в себе проигрывать сцены из жизни, затронувшие меня, и пытаться разобраться в проблемах, вцепившихся в каждую мою минуту.

Допекал учительницу и Мих. С детства он не может сидеть на одном месте. И всё время придумывает каверзы. То пускает солнечных зайчиков, а то побежит к доске, якобы у доски потерял ручку, и ползает по полу, строя ребятам рожи и вызывая хохот в классе. А то начинает делать зарядку, как только учительница отвернётся к доске: приседает без остановки или задирает ноги. Ребята хохочут.

В тот день он стал передразнивать каждое движение учительницы. Вот она у доски склонилась взять мел, он тоже склонился, вот вскинула руку и кашлянула. Он тоже. Но тут она резко повернулась и закричала:

— Убирайся из класса, несносный мальчишка! Думаешь, я не знаю, что это ты мажешь мой стул мелом и прячешь тряпку? Я всё про тебя знаю! Приведи родителей. А сейчас вон из класса.

Словно стеклянный шар разорвался внутри, и горячие осколки впились во все клетки, когда учительница погнала Миха из класса. Я кинулся за Михом следом.

— Это что за самоуправство? Сядь сейчас же, Вольский!

Но я выскочил из класса и громко хлопнул дверью, испытав неожиданную радость освобождения от чуждой власти над собой.

На Ленинском Проспекте мы с Михом начали орать:

...Спасите наши души.
Мы бредим от удушья...

...Вы слышите, грохочут сапоги...

Мимо ристалищ, капищ,
мимо храмов и баров...
мира и горя мимо,
мимо Мекки и Рима,
синим солнцем палимы,
идут по земле пилигримы.

Освобождение от воли учительницы над собой почувствовал. Но тут же, вдруг, как только оборвалась песня о пилигримах, ощутил свою беспомощность.

Что, что мы с Михом можем? Кому чем можем помочь?

Эта беспомощность поселилась во мне на долгие годы.

Мы с Михом переходили из класса в класс. И с каждым годом прибавлялось вопросов, на которые необходимо было получить ответы. Но ни в школе, ни в институте их не задай, трескучие речи на комсомольских собраниях слушай и молчи в тряпочку.

А как быть, если жжёт внутри:

выпусти из тюрем и психушек всех политических,

верни в Москву Сахарова,

не гони наших мальчиков на смерть и на калечество в Афганистан,

верни из США Йоськину семью, куда она вынуждена была сбежать, дай его отцу защититься,

а Вениной матери выдели пособие на сына!

Уроки делали у меня дома вместе с Викой. Вика — родная моя тётка. Она, как и Андрюша, растила нас с Михом, но могла быть с нами лишь до шести, потом убегала на работу до ночи.

А когда по средам приходили к Андрюше на кухню, становилось не до вопросов. Атмосфера накалялась. Обсуждали какую-нибудь статью в подпольный журнал или провожали кого-то в эмиграцию. Всё больше людей уезжало. Всё громче звучало слово — «диссиденты». И всё реже обращались лично к нам с Михом. Что-то происходило такое, от чего нас с Михом защищали. Нам говорили, что мы обязательно должны поступить в институт и поскорее найти себя.

И Вика туда же — повторяла одно и то же: «Ваша задача — как можно лучше подготовиться к экзаменам и обязательно поступить в институт».

Вика — старая дева, крупная, некрасивая. А в глазах — шестидесятые, праздничные годы.

Теми же словами, что Андрюша, говорит она о диссидентах и о Сахарове. И читает нам, отрешённая от настоящего, стихи Рождественского, Ахмадулиной, Вознесенского...

И глазами Вики видим мы с Михом Политехнический с полными залами, когда во всех проходах, на ступеньках — молодая Москва.

Чем в нашей жизни осталась школа?

Трескучими фразами.

Редкими праздниками:

Андрюша пришёл к нам в класс и стал рассказывать об исследованиях и очищениях крови — его лаборатория работает над спасением людей от рака. Вдруг говорит, что никогда не думал о медицине и после физико-математической школы в Физтех поступил (мы с Михом понятия не имели об этом), а когда у него на руках в муках умерла от рака мама, бросил Физтех и перешёл в Медицинский.

Вера Петровна тоже как-то пришла к нам в класс. И стала читать куски из романа «Трудно быть Богом». «Советую прочитать всё, что найдёте, Стругацких. И ещё, думаю, вас заинтересует роман «Над пропастью во ржи» Селинджера. Мы все, с разинутыми ртами и пристукнутые, не отпускали Веру Петровну — просили ещё читать и читать, говорить и говорить...

Школа горем осталась.

В десятом моём классе умерла мама. Как-то не случилась между нами большая близость. Мама, как девчонка, была влюблена в отца, ловила каждое его слово и каждый взгляд, крахмалила ему рубашки, любила ходить с ним по ресторанам и концертам. Меня звала «сыночек», прижимала к душистой груди, опьяняя запахами, а когда умирала от агрессивного рака, как и Андрюшина мама, всё повторяла: «Мне хорошо, ребятки, мне хорошо. Не переживайте! Сыночек, научись радоваться! Радоваться...» С этим «радоваться» и ушла. Ни Андрюша, ни кто другой помочь маме не смогли.

Покончил жизнь самоубийством Веня: на Физфак провалился, надорвался, не захотел больше бороться за место под солнцем, устал от нищеты и бессонных ночей. Так и написал: «Устал я, простите».

После окончания школы мы с Михом с трудом отсидели в скучном институте, а после института целый год с трудом перемогались в скучном быте строительного КБ.

А потом взяли и закончили курсы программистов, и после работы, перехватив в столовке дежурные котлеты, неслись к компьютеру, подаренному Викой.

Своего рода бунт против власти: теперь не достанете!

И технологические процессы, и игры, и самые мелкие чипы — на что замахнёшься, то и получишь. Всемогущи программы, что мы с Михом составляем! И, значит, мы с Михом тоже всемогущи!

Составление программ — сублимация любовных влечений. То же сумасшествие, те же эмоции, те же пьяные бессонные ночи. Ни танцулек, ни обжиманий с девицами нам не надо!

А тут — съезд и Горбачёв: «Перестройка. Долой ложь! Долой насилие над личностью! Свобода слова!»

И всё это сверху!

Так захотелось поверить, что такое возможно!

И... поверили!

Бессонно, захлёбываясь от радости, болтались по улицам вместе с такими же, как и мы, наслушавшимися речей Горбачёва, — наконец кончилось враньё! Неужели новая эра наступила?

Очень трудно поверить тем же людям, которые раньше говорили одно, а теперь перевернули всё с ног на голову!

Но почему-то поверили.

Возвращайся, Йоськин отец, и защищай диссертацию;

кричи, Сахаров, на всю страну, на весь мир правду о нашей жизни;

выходите из тюрем и психушек осмелившиеся восстать против лжи и жестокости!

И сохнет «болото», в котором мы все были вынуждены квакать, лезет к жизни зелёная трава.

В тартарары и серые инженерные будни!

Из прошлого мы с Михом оставили лишь Викин компьютер, что был нашим ежедневным лакомством, нашим убежищем, зелёным островом в океане.

Началась истинная жизнь.

Другие к девчонкам спешат, на пьянки, нам с Михом, двадцатидвухлетним, энергичным, с нерастраченными мозгами и душами, — простор беспредельный: помочь людям заменить нудную кропотливую бумажную работу компьютерами с удобными программами!

Но, если раньше лишь после работы за счёт сна — голова к голове, то теперь целый день — наш! Дозрели собственные власти до частного бизнеса!

Может, и наступит теперь золотой век для каждого?!

В Михе открылись новые и неожиданные таланты: он, оказывается, умеет создавать алгоритмы и закладывать их, но не в компьютеры, а в головы чиновников-исполнителей — представителей райкомов, парткомов, министерств!

Проанализировав словарь, новые лозунги и обещания Горбачёва, Лукьянова и высших чиновников от Кремля, мы с Михом создали программу с секретным кодовым названием —

«капитализм с человеческим лицом». Девизом нашего «творчества» явился лозунг Горбачёва: «Будем подымать и развивать кооперативное движение в стране!» Горбачёв стоял на трибуне торжественный, подняв вверх кулак. А на робкий вопрос из зала «А как это?», глядя на удивлённо-испуганные лица чиновников, широко развёл руками и важно произнёс: «А так. То, что не запрещёно, то и разрешёно».

И, о, чудо! Всё сработало: устав кооператива, над которым мы немало потрудились, принят, подписано множество бумаг, найдено помещение — на первом этаже, с витриной (изначально готовилось для магазина), с тремя огромными комнатами и кухней. Кооператив по компьютерным технологиям и разработкам зарегистрирован и открыт на Рублёвском шоссе!

Часами теперь рассуждаем мы, с чего и как начать!

Мих, возбуждённый, взлохмаченный, с пылающими щёками и слепящими Андрюшиными и мамиными глазами, бегает по гулкому, просторному, ещё без мебели, помещению.

— Простая логика! Первое, что очевидно: в стране нет персональных компьютеров, так ведь?! — кричит он. — Госпредприятия могут закупить их только у фирм идеологического, технологического и военного соперника, так ведь? А кто ж госпредприятию и здесь, и там это позволит-то? Никто не продаст, ведь персональный компьютер — это же стратегическое оружие! Второе: для наших госпредприятий существует единственный способ оплаты — безналичный расчёт!

— Это-то понятно, ну, а мы что можем? — робко спрашиваю я, ничего не смыслящий в рассуждениях Миха.

— А мы с тобой не госпредприятие, а кооператив! Ты забыл, что в нашем уставе написано? Мы с тобой имеем право и компьютеры покупать где угодно — у любых предприятий и компаний, у любого частника, и платить можем за них как угодно: и наличными, и по безналичному расчёту!

— И у военных организаций можем покупать? — нерешительно спрашиваю я, вступающий в свои новые университеты. — У них наверняка полно компьютеров!

— Ну, начнём мы с тобой, конечно, не с военных. Начнём мы с наших студентов, артистов, туристов, выезжающих за границу! — разгорячённый Мих снова бегает по пустому пространству. — И у иностранных граждан, приехавших в Россию на конференции или на переговоры со своими персональными компьютерами, можем покупать. А забыл, сколько наших с тобой знакомых сейчас эмигранты — в Америке, в Израиле и в других странах?! Хоть Йоська, например. Приезжай, Йоська, сюда с новым компьютером и получи денежки! Всем же будет выгодно!

— И какая же Йоське выгода? — дразню Миха, хотя и сам уже просчитал всё наперёд.

Один доллар по нынешнему курсу стоит 65 копеек. Йоська у себя купит компьютер за тысячу долларов или две, а продав его нашему Кооперативу за четыре-пять тысяч рублей и обменяв обратно рубли на доллары, получит прибыль более пятидесяти процентов!

Мих ещё и ещё раз повторяет все эти расчёты.

— Вот, как ты говоришь, и выгода Йоське!

Мих всё время теперь взбудоражен, но собран и чёток. Как это вяжется одно с другим, непонятно, но просчитывает он всё мгновенно, словно его голова тоже компьютер, и меня заражает своей чёткостью и энергией!

Но словно роли поменялись. Порывистый, нетерпеливый Мих всегда действовал сразу, импульсивно и вдруг словно забуксовал — одни словеса: снова и снова проигрывает порядок действий и разные возможности.

Теперь я, воспаривший надеждой на нашу нужность людям, тороплю его:

— Ну, что ты тянешь резину? Сколько можно языком молоть? Давай начинать! Мы же по сто раз всё обсудили! Давай Йоське звонить.

— Не спеши. Сейчас самое главное — порядок действий! Начать надо не с Йоськи. Прежде всего нам с тобой нужен всего лишь один договор! Первый договор с первой организацией на поставку и обслуживание, назовём так, «аппаратно-программного комплекса»! Эта первая организация, обязательно государственная, даст нам легальный старт: оплатит в рублях по безналичному расчёту разработку программного обеспечения специально для них, по их профилю, так ведь? Оплатит нам и обучение их людей: как со всем этим работать? Вот тогда мы и передадим ей десять персональных русифицированных компьютеров. А также будем в течение года обслуживать, ремонтировать их и по просьбе организации вносить дополнения и изменения!

Я снова нетерпеливо перебиваю Миха:

— Договор договором, но, если у нас с тобой не будет компьютеров, что мы «передадим» этой нашей первой организации?! Теперь-то мы можем звонить Йоське?! Пусть сегодня же вечером расскажет в синагоге, сколько каждый из наших эмигрантов может выручить, и даст наш телефон. Для начала нам нужно как минимум десять компьютеров. И давай составим список, у кого мы можем срочно занять денег, потому что после звонка такое начнётся! — теперь я чуть не кричу.

— Начинать нужно не с Йоськи. Чем ты заплатишь ему за компьютеры? А занимать деньги нам ни в коем случае нельзя. Начинать нужно с надёжного предприятия, которое сразу же сумеет перевести нам деньги. Смотри, стоимость договора по официальным, государственным сметам — 400.000–450.000 рублей, так ведь? И договор будет оплачиваться по этапам реализации. Если мы находим платёжеспособное предприятие, то, как только мы подпишем договор, оно сразу же на счёт Кооператива переведёт предоплату (40.000–75.000) за первый этап — разработку программ и обеспечение, так ведь? Вот у нас и реальные деньги, на которые мы можем сразу закупить несколько компьютеров, так ведь?! И занимать ничего не нужно. А пока не появятся реальные деньги, мы с тобой и пальцем шевельнуть не имеем права, так ведь?

— «Так ведь», «так ведь», ну, что ты заладил? Пора же...

Мих словно не слышит.

— То есть нам нужны полтора-два месяца лишь на получение расчётов той организации и форм документов, бланков. — И после долгой паузы задумчиво говорит: — И, хотя всё это похоже на чудо, у меня такое чувство, что должно получиться!

— Ну, и что мы сидим? С каким же супернадёжным предприятием ты собираешься заключать договор?

Чувствую себя школьником рядом с Михом, но, как чесотка, зудит: скорее включиться в работу!

Когда же, наконец, надёжное предприятие мы нашли и пришли первые деньги, мы, сами испуганные своей дерзостью, как это всё легко и быстро у нас получилось, держа перед собой оформленный и подписанный всеми инстанциями договор, позвонили Йоське.

Уже на следующий день телефон звонил беспрерывно: «Какая модель вам нужна и как срочно?»

А через десять дней в наш кооператив вошёл первый бывший соотечественник, приехавший навестить родственников, с новым серебристым компьютером от Йоськи.

С этого дня сколько нам надо было компьютеров, столько и поступало.

Чудо произошло — Кооператив заработал.

Уже к концу второго месяца договор был выполнен. Русифицированные американские компьютеры с разработанной программой, переданы заказчикам, их персонал прошёл обучение, а мы с Михом получили всю сумму, обозначенную в договоре.

Всё строго по закону. И всё по государственным схемам. И с государственной организацией.

А прибыль — 360.000!

Сидели мы за широким столом, за которым учили людей, друг против друга и удивлённо глядели друг на друга, не понимая, как это всё случилось — точно и быстро! Были нищие, а за два месяца вот они... нами честно заработанные деньги!

Начало жизни.

Теперь мы говорили мало. Теперь с утра до ночи работали.

Как только продали партию компьютеров первой организации, сразу получили заказ от другого предприятия того же министерства — сработало «сарафанное радио».

Заказов становилось всё больше.

С кем только ни велись переговоры! Министерства, военные организации, небольшие, только испечённые фирмы стали нашими клиентами.

Встречи с новыми людьми, специалистами, а в результате новые увлекательные идеи и мысли.

День теперь безразмерный. И ни минуты свободного времени. А вечерами, лицом к лицу, — новые планы.

Это жжение, что всю жизнь не давало Миху покоя, стало и моим жжением... Мы, наконец, нужны.

ГЛАЗАМИ ВАСИЛИЯ

Первое, что осознал, хотя было ему тогда не больше года, свет над собой: улыбку, глаза, пух волос.

— Васюш, не плачь. Ты больше не плачь. Я с тобой. Слушай, Васюш.

И до сих пор он слышит:

— Вода голубая льётся с неба, она поит цветы, деревья, зайцев и тебя, Васюш. В этой воде живёт солнце. Закрой глаза, смотри, как солнце греет воду и тебя. Вода тебя не мочит, она тебя очищает от болезни. Корь у тебя прошла. Ты теперь будешь быстро расти. Станешь сильным.

Он помнит себя уже осознанно с той минуты, как Риша положила перед ним лист бумаги и краски.

— Рисуй! — сказала.

Он словно именно этого слова ждал. Плеснул зелёный цвет на белый лист, жёлтый, голубой. И засмеялся. Цвета соединились в причудливую форму.

— Это радость? — спросила Риша. — Или это твоя мысль?

Он не знал ещё этих слов, повторил их про себя и снова засмеялся. Смеялся так, словно его щекотали. Говорить не умел. Но эти Ришины слова — «радость», «мысль», а ещё те, которые он хорошо знал, — «песня», «Риша», «солнце», «цветы» стали толпиться в голове, и он потянулся за новым листком. На нём он красным цветом раскинул густые пятна — цветы, посередине оранжевой краской плеснул солнце. И кивнул Рише за окно: там стояло солнце. Теперь он не смеялся. Он спешил, чтобы Риша поняла: цветы, солнце, голубая вода потоком с неба и её глаза.

Откинулся и смотрел. Он всё сказал. Риша смотрит с листа, её греет солнце, её поит дождь, а кругом цветы. Он объяснил ей, что хотел.

Утром его тащили в ясли, потом в детский сад, потом в школу. Чужие тётки в яслях, в детском саду, в школе сменялись. Но все они сжимали его в неподвижность. Он не играл с ребятами, не возил машины — сидел в углу зала детского сада или на последней парте класса и ждал, когда кончится чужое, скучное действо и он очутится дома и кинется к листу бумаги, чтобы Рише успеть подготовить подарок.

Он любит это слово «подарок».

Риша часто приносит ему подарки: яблоки, заводные машины, маленького оленёнка с грустными глазами, самолётики, а главное — альбомы и краски.

Сегодня это дом с большими окнами. Конечно, дом не такой, в каком он живёт и какие рисуют в детских книжках. Потолок — золотистая полоса, потому что через него идёт солнце. Стены —

деревья, потому что Риша любит липы, берёзы, рябины с тяжёлыми гроздьями, клёны с багровыми листьями и часто рассказывает о них, как о живых людях, со своими историями. И окна. А за окнами Ришу ждут птицы и рыбы, неважно, кто из них плывёт, кто летит. Он не хочет выписывать им тела. У них у всех есть глаза. У птиц — крылья, у рыб — жабры. Всё, чему его учит Риша, всё, о ком и о чём читает, отражается в новом рисунке. Рыбка у него всегда золотая, как у Пушкина, а птица всегда белая, как Пушкинская Лебедь, плывущая по морю.

Он быстро забывает свои старые картины и спешит к приходу Риши домой нарисовать то, что чувствует в этот день, что видит.

Один мальчик бьёт другого. Девочка дразнит мальчика. Учительница орёт. Не учительница — кричащий рот. Не мальчик — злые глаза и злые кулаки.

Риша, не успев сбросить пальто, кидается к его новому рисунку.

— Ну, расскажи, как ты сегодня жил?

Иногда он хочет, чтобы она сама всё поняла, а иногда комментирует и, припав к её боку всем телом, ждёт, что она скажет, как утешит, если он на кого-то обиделся.

Часто она легко угадывает, что он нарисовал.

— Не расстраивайся, пожалуйста. Люди часто дерутся. Я вот отдам тебя в студию каратэ, совсем около дома, чтобы ты научился защищать себя. А девчонки, ну что ж, бывает, они любят дразнить и ябедничать. Удел слабых.

— Но ты-то не любишь!

Она засмеялась.

— Идём скорее есть, а то я умру от голода. Мама заждалась.

После еды у них начинается игра.

Они летят на самолёте — носятся друг за другом по коридору взад и вперёд, раскинув руки и гудя.

Ищут потерявшихся в пустыне, задыхаясь от жажды и жары, знакомятся с верблюдами и громадными ящерицами, чтобы они помогли найти пропавших, по огненному песку волокут на себе обессиленных, беспамятных людей, с трудом затаскивают их в самолёт.

Или летят на крайний север. Белые медведи, пингвины, моржи. И палатка с голодными, замёрзшими, обессиленными людьми. Их нужно срочно напоить горячим чаем, посадить в самолёт и доставить домой.

Или с тяжёлыми рюкзаками, сгибаясь в три погибели, они лезут в горы, цепляясь за колючки и кусты, в кровь раздирая руки и колени, но находят ослабевших, голодных людей и помогают им спуститься с горы, поддерживая и сгибаясь ещё и под их тяжестью.

Или плывут по океану, без пресной воды и еды.

Все игры — это «университеты», как говорит Риша. Она рассказывает, как устроен самолёт, пароход, какие звери как живут, как растят своих детёнышей, что едят и где спят, как кому нужно оказывать первую помощь, почему верблюды могут не есть и не пить по много суток, почему в пустыне так много змей, почему пингвины и белые медведи любят холод, почему вода в океане и в море солёная, кто такие дельфины, почему они спасают тонущих людей, как живут киты и акулы.

Каждая игра — восхождение вверх.

Он растёт в движении игры и ощущает это.

Каждая игра — это ещё сказки, стихи и книжки о природе и тайнах земли.

Они любят бегать друг за другом, играть в прятки и в мяч.

Старший брат Виктор сам по себе. Утром кивнёт «Привет!» и бежит в школу. А после уроков сразу мчится во двор играть в футбол. Вечером снова «привет!» И скорее за уроки и книги.

Риша готовится к семинарам или экзаменам, попивая чай из голубой, с лебедями чашки. Василий сидит рядом: рисует, учит уроки, читает. Они всё делают вместе. Кроме каратэ.

Он начал заниматься каратэ.

Короткий, широкоплечий, мрачноватый учитель, в белом костюме с чёрным поясом, сказал свои первые слова:

— Я буду учить вас защищаться. От нападения с палкой и ножом. Есть методы защищаться и от нападения с огнестрельным оружием. Однако самое главное правило: пытаться избежать необходимости боя. И я буду требовать от вас железной дисциплины. Никакой самодеятельности. Блок рукой, удар коленом в пах. Кажется, просто. Не просто. Тренировка с утра до ночи. Выдержка. Воля.

К десяти годам он получил уже два пояса.

Но применить каратэ на практике не пришлось ни разу. То ли его лицо, замкнутое и суровое, то ли внутренняя уверенность в том, что никто не посмеет тронуть его, действовали. Ни в школе, ни на улице к нему никто не цеплялся.

Перестройка съела детство. Денег не стало. Матери перестали платить в научной лаборатории, в которой она всю жизнь проработала. Мать устроилась сразу в три места. Но, сколько бы ни работала, денег хватало на дней семь.

И Риша после занятий стала разносить почту. Ещё устроилась курьером.

Однажды он пришёл из школы раньше. Дверь закрыта неплотно: или мать, или Риша не захлопнули её.

— Я категорически против того, чтобы ты работала! — голос матери какой-то больной. — Прости меня, моя девочка, что не могу создать тебе нормальные условия! Самый главный момент в твоей жизни: диплом и государственные экзамены. Пожалуйста, брось всю работу! Глупо же не получить корочек, когда ты столько лет училась. Как-нибудь на макаронах протянем!

— А кто тебе сказал, что я не получу корочек? Дипломную работу уже отдала. К экзаменам готовлюсь. Я всё помню. Я же у тебя отличница. Скоро сдам.

— Ну вот, когда сдашь, тогда и иди работать!

— Мам, Васюша нужно кормить, самый рост в пятом классе, смотри, как быстро он вытягивается, а макароны совсем не годятся, он должен расти, а у нас и на неделю не хватает твоих денег. Да и моих, как видишь, тоже не хватает. Ты, не волнуйся. Мне всего-то ещё два экзамена сдать. А там попробую устроиться по специальности. Наверняка экономисты нужны! — и неуверенно: — Мам, давай я найду отца. Что же ты так маешься?

— Ни в коем случае, Риша. Справимся.

— Но ведь мы все — его родные дети. Он должен помогать нам. Васюш ещё совсем не сформировался и не готов затягивать пояс от голода. Где отец может быть?

— В Америке живёт. Женился. У него двое маленьких детей, близнецы. Женю встретила, он рассказал. — Она вздохнула. — Сам Женя без работы. Нашу лабораторию разогнали, за науку совсем перестали платить.

— А отец там тоже в научной лаборатории работает?

— Куда там. Женя говорит: таксист он. Забудь о нём, Риша. Что он там таксистом зарабатывает? Наверняка семье не хватает!

— Но он сильно любил нас всех, мама!

— Может, и любил, да вся любилка вышла, замёрзла у него душа. Многие без отцов живут, доченька.

— Я не о себе, мне с лихвой досталось папиной любви! Я о Васюше. Он-то отца совсем не знал.

— Да ты у него и за маму, и за папу. Твой получился сынок. Ты его на ноги ставишь. Пожалуйста, брось работу. Сдай спокойно экзамены. А когда найдёшь по специальности, заживём по-человечески. Виктор скоро кончает школу. Вместе Ваську как-нибудь поднимем.

Он попятился, осторожно прикрыл дверь и изо всех сил выжал звонок.

На другой день он стал мыть машины.

Деньги, полученные за неделю, положил перед матерью и уставился на неё.

— Ты… кого-то обокрал? — напряжённо спросила она. И тут же её удивление сменилось страхом. — Говори, кого ты обокрал? — крикнула она.

Она часто, не успев войти в дом, стала срываться на крик: «Помыть за собой не можете?»,

«Ришу ждёте? Не можете стол вытереть?».

И сейчас вскинулась:

— У нас никто никогда чужого не брал! А ну, говори, у кого стащил?

Он буквально подавился обидой.

— Ты… ты… я в жару… голодный… целый день…

— Что «голодный»? Говори!

— Машины мыл.

— Так, ты заработал?

Она плюхнулась на стул, съёжилась.

— Дожили. Ребёнок без детства. На богатых корячится. Прости, Васька, дуру. И в голову такое прийти не могло.

Он пошёл из кухни.

В школе кончилась литература. Теперь нужно за год прочитывать лишь одну книгу и рассказывать о ней.

А Риша… Риша теперь приходит лишь ночевать. Без сил валится спать.

— Прости, Васюш, вот скоро всё это кончится, и я снова буду с тобой все вечера.

В один из дней, похожих друг на друга, как две капли воды, с Ришиным поздним приходом, с его машинами, он принёс ей чай в её голубой с лебедями чашке и тульский пряник, который купил у Киевского вокзала, и попросил:

— Ты даже чаю давно не успеваешь попить! Пей, пожалуйста, и отдохни немного. И расскажи мне, пожалуйста, что ты сегодня делала?

Она покорно берёт из его рук чашку, пьёт, смотрит на него во все глаза.

— Спасибо, Васюш!

— Я слушаю.

— Почту разнесла, — послушно рапортует она. — У одной барыни квартиру убрала, полы помыла, постирала и суп сварила, да она забыла заплатить. Давай ложись скорее. Совсем засыпаю.

— Пожалуйста, в следующий раз возьми меня с собой! Мы пополам разнесём почту, пополам уберём квартиру, и ты так сильно не устанешь. Я хочу всё пополам с тобой!

— Нет, Васюш, тебе рано работать.

— Это не работать: почту разносить и мыть полы. Легче, чем машины мыть.

— Какие машины?! — Риша сжала губы в узкую полоску.

— Да что вы все так расстраиваетесь? — вырвалось у него. — Ложись скорее, пожалуйста, тебе нужно выспаться.

Мама не сказала.

Всё-таки он добился своего. Машины спешил теперь помыть до того момента, когда Риша освобождалась на основной работе. И теперь они вдвоём ходили разносить почту и убираться у богатых. Риша вытирала пыль, варила суп, он мыл полы, пылесосил ковры. Управлялись быстро.

Тот день не заладился с самого начала: автобус долго не приходил, и они сильно опаздывали.

— Терпеть не могу эту барыню, это она не заплатила мне! — пожаловалась дорогой Риша. — И всё время елозит перед носом, проверяет: как пыль вытерла, как подмела, как пол помыла. Вредная. И ведь совсем молодая. Интересно, откуда она явилась сюда? На московскую не похожа. Пять дней подряд я проработала у неё, она не заплатила, сказала, сегодня рассчитается...

Во дворе мерседес, номер — с тремя девятками.

Барыня сама открыла им дверь.

— А ты зачем парня привела? Воровать?

Он попятился от девицы.

— Да брат со мной теперь всегда убирает. Он хорошо полы моет, — сквозь зубы пробормотала Риша.

Пышногрудая, кукольного вида, раскрашенная девица милостиво сказала:

— Ладно, посмотрим, что в его понятии «хорошо». Тебе ещё зачтётся, что ты опоздала на полчаса, — она подняла вверх указательный палец, резко развернулась и пошла в глубь дома, виляя толстым задом.

Изо всех сил он тёр пол в передней и в ванной комнате. Пылесосил. Риша мыла посуду, раковину, перетирала вазы и аляповатые подсвечники на буфете.

Выплыла девица в гостиную злая, он только закончил пылесосить.

За ней появился высокий, с ёжиком волос, широкий в плечах мужик.

Девица, уткнув указательный палец в грудь Василия, ехидно глядя на Ришу, сказала:

— Вы у меня кольцо украли! С драгоценным камнем.

Мужик схватил Василия за плечо железной пятернёй. Правой рукой полез в карман брюк.

— Он не может! Прекратите! — не своим голосом крикнула Риша. — Отпустите его. Вы не смеете! Он никогда не брал чужого!

— Это мы сейчас и проверим! То-то моя баба сразу доложила: ты парня привела! Зачем здесь нужен ворюга? Что, мы не знаем, как дела обделываются?! — Мужик вывернул карманы, из них посыпались жвачка, перочинный ножик, смятая бумага с адресом. — Где ещё карманы, ублюдок?

И тут Риша кинулась к нему и замолотила по его спине.

— Отпусти брата, бандит! Слышишь, отпусти!

— Ах, ты, тварь! — Со всего маха мужик ударил её по голове, Риша упала.

— А-а-а! — Василий подхватил с буфета бронзовый подсвечник.

— Стой, гадёныш! — завизжала жена. — Не сметь!

Каким-то образом возле оказалась Риша, вырвала из рук подсвечник.

В этот миг у него раскололась голова, он потерял сознание.

Очнулся под дождём. Над ним заливаемое потоком Ришино лицо.

— Потерпи, Васюш, слава богу, ты жив! Пожалуйста, вставай, нам надо скорее отсюда исчезнуть! Пожалуйста, Васюш, постарайся. Как можно скорее!

Забор — высокий, коричневый. Крупная цифра — 9 — чёрного цвета.

— Ты можешь встать? Или мне поймать машину?

Машину? Им не заплатили. На какие деньги поедут?

— Попробуй встать, пожалуйста, нам только до угла тупика дойти, а там дорога! — Риша пытается приподнять его, но он в свои двенадцать лет уже выше и тяжелее её, сил у Риши не хватает, а он даже двинуться не может.

На его лицо с Ришиного сыплются капли дождя.

Асфальт жжёт холодом. Когда шли сюда, светило солнце.

Риша жива. Если не смотреть на синий подтёк на лбу, то с ней всё в порядке. Не надо смотреть.

— Улыбнись, — просит он, не слыша своего голоса. — Волосы потухли. Глаза потухли. Я сейчас встану... — еле шевелит он неповоротливым языком и сам не слышит своих слов. — Ты только улыбнись. — Пытается приподнять голову. Но голова разлетается на части. Опирается на руку, но оторвать голову от асфальта не может. С трудом чуть-чуть повернул голову, плеснула на асфальт кровь.

— О, Боже! Лежи. Я сейчас. У тебя громадные шишки. Ты лежи. Я сейчас. — Она мчится к углу тупика.

9999... сколько собралось девяток! На воротах 9, и на мерседесе, стоящем во дворе, тоже одни девятки.

Длинный. Ёжик волос. Сытая морда. Ну, подожди, я тебя подстерегу, я тебя за Ришу... — плавают в голове слова. Вот где может его каратэ пригодиться!

Рушится в темноту, снова выплывает к дождю. Ришу нельзя подвести: она велит встать. Всё-таки поворачивается, подтягивает колени к животу, уже обеими руками опирается о скользкий асфальт, но руки разъезжаются, он падает. Снова опирается об асфальт, подтягивает обе руки друг к другу, встаёт на четвереньки.

Подъезжает машина. Молодой человек, ненамного старше Риши, рывком поднимает его и аккуратно подсаживает в машину.

Не успевают отъехать, как, оглушая сиреной, к дому подлетает «скорая помощь». Поднимаются ворота в заборе.

— Скорее, умоляю, — просит Риша. — Скорее! — А когда они уже около угла, виновато говорит: — Вы простите, мы грязные, я отмою. И кровь отмою.

— Сиди, у меня есть кому отмыть. Здорово тебя, мужик, саданули. За что, интересно?

— Мы убирались. А хозяйка обвинила нас... кольцо у неё пропало. А мы... да разве мы... Мне работа была очень нужна!

— На воровстве, значит, поймали. Разборки... — Машина уже попала в пробку на Рублёвском шоссе. — Это хорошо, что учат. Только не всегда кого нужно. Ты, красавица, если только мигнёшь, сразу получишь от меня подмогу: да я этому...

— Пожалуйста, высадите!

— Ага, не хочешь мигнуть. Да сиди уж, сиди. Счас на Кутузовку выскочим, а там до больнички рукой подать. Силком ни-ни... Что, мы — нелюди, что ли? Не в моих правилах. Я с понятием. Сиди, а то ещё окочурится пацан в машине! Что я тогда? Да, я тогда... А ты, значит, в работе нуждаешься. Эт-то он дурак, тот, кто звезданул парня. Воры ни за что в работу не определятся, нет, ни за что. Это только дураки работу ох как любят. Ты, красавица, ишь, какая справная. У тебя два пути имеются. Или на содержание к такому, как я, или на фирму иди. Там такие фигуристые нужны. Тебя сразу с руками отхватят. Фирмы сейчас как грибы под дождём. Глядишь, и подцепишь живого американку, или нашего какого, из грязи-то поднявшегося! Глядишь, и всурьёз получится. Оно такое с красавицами очень даже легко бывает.

Заткнуть его. Сказать ему. А язык разбух ещё больше, совсем не шевелится, запал в одну сторону. И рот перекосило. Не то, что заткнуть, слога не выдавить. Сознание плывёт. Сквозь вату, сквозь воду слова парня едва, рвано доходят.

Риша приобняла его, чтобы он не упал на сидение. И только её руки удерживают его в сознании. Только бы не убрала руки, только бы рядом. От Риши сила идёт.

Они смотрели когда-то фильм «Последний дюйм». Маленький мальчик вёл самолёт с тяжело раненным отцом. Долететь. Довезти отца. Ещё минута напряжения, ещё минута... Сейчас важно не потерять сознания.

— А ты, строптивая, счастья своего не углядела. Я бы тебя, как на выставку, одел, в куклу превратил. Ты бы у меня пропахла Шанелью! Ты бы у меня прислугой помыкала! Я — такой, ничего не пожалею на сладкое себе! Я бы...

Слова нагромождаются друг на друга, наползают, меняя звук, то гудят, то совсем теряются в гуле и звоне.

Только бы не оставить сейчас Ришу одну и не потерять снова сознание! — уговаривает он себя.

Риша молчит. Лишь дождь стекает по её лицу — крыша в машине у этого болтуна протекает. И Риша расползается в светлое облако. Лишь Ришины руки держат его в сознании!

В другое время да он бы того... коленом в пах...

Недаром столько лет каратэ занимался ...

Причём тут каратэ? А причём тут глупый голос, пронзающий, буром проникающий внутрь?

Риша тут она, его обнимает, с ним она! Больше ничего не надо. Сознание уходит.

Вспышкой вибрирующий голос:

— Вот он, наш Кутузовский. Забитая трасса, зато красавец какой. А вот и больничка. Давай оставим его там, а сами с тобой... Ну, ладно, ладно. Я не какой-нибудь насильник, я понимаю — братан, не бросишь. Я ведь и подождать могу! Что, я без понятиев, что ли? Я ведь вот он, весь у тебя на виду... Болтать болтаю, а руки без согласия — ни-ни, не распускаю. На добровольной основе! Безобидный я. Ты не бойся, я донесу его! А ведь я тебя подожду!

— Не надо, пожалуйста! — тихо просит Риша. — Спасибо вам большое, вы очень нам помогли. Удачи вам. Счастья. Осторожнее держите голову! Простите за кровь!

— Слушай сюда, красавица. Ты сказала, тебе работа очень нужна. Есть такая. Еду из одного Кооператива. На самой Рублёвке! Компьютерами промышляет. Вывеска имеется.

— Спасибо вам. Вы очень помогли!

Его несут. Запах лекарств.

И глухая тишина. Он умер? Его больше нет? Смерть — это чернота?

Только стучит где-то молоток: тук-тук. И нет Риши рядом.

Что так стучит на том свете?

Глава вторая

МОИМИ ГЛАЗАМИ

Перестройка. Наше с Михом компьютерное царство. Ни минуты днём свободной. К вечеру — без сил, лишь бы донести голову до подушки! Почему же никак не уснуть? Снова и снова детство и юность: без последовательности — сцены, вспышки разговоров. Что из них прорастает в сегодня? Почему бередит, что-то стремится объяснить? В них — то, что случится с нами?

Я рос, как все советские граждане, в детском саду. С Михом мы жили в одном доме, и этот факт совпадения нашего географического местонахождения определил общий детсад и общую школу.

Но наши отношения определил Мих. В первый же час детского сада подскочил ко мне (тогда я ещё был Феликс), ткнул в грудь. «Я выбрал тебя дружить. Папа зовёт меня Мих. И ты так зови! Понял?». И без перехода закричал: «Догоняй, а не то в кювет столкну». Много позже узнал, что такое «кювет» и что значит — «столкнуть в «кювет»». А тогда незнакомые слова испугали своим тайным смыслом, и я нехотя затрусил следом за Михом. Ни одной минуты Мих не сидел спокойно: или носился из конца в конец игровой комнаты, когда кто-то неторопливо возил машину, кто-то строил дом, кто-то прыгал через скакалку, или колотил палочками по барабану.

С детства я был полной противоположностью Миха: уставлюсь во что-то — в картину ли, в игрушку, в человека и смотрю, пытаюсь уловить тайный смысл. «Почему движется машина? Нажимаешь на пульт, и она несётся», «Как движется человек, его руки, голова, губы?», «Зачем в картине столько голубого и оранжевого, если там нарисована грустная тётя?» Вопросы толкались в голове цветными стёклами.

Мих, заставляя меня бежать, или лезть по шведской лестнице, или молотить по резиновой груше, распугивал вопросы, и в голове становилось как в животе, когда я хотел есть.

А есть я хотел всегда: мама не любила готовить, кормила меня кислыми пельменями или сосисками и белыми булками с колбасой. Я всё это не любил и, когда подступала тошнота, бегал в уборную выплюнуть не жующийся кусок. Отец кричал на маму, что хочет кашу и щей, но мама лишь смеялась: «Ты знал, когда женился, что я не по этой части». «Что же мне самому варить?» — возмущался отец. «А почему нет? Сколько мужчин-поваров на свете? Ничего в этом стыдного нет! Зато я тебе стираю, глажу, вон какой ты всегда праздничный гуляешь!»

В детском саду кормили в избытке кашами и щами. Я ел их с удовольствием. Я понимал отца — каша и щи сами уютно утепляют живот, хотя их всё равно не хватает для сытости.

Мих, наоборот, во время «трапез», как он называл принятие пищи, плевался: «Не хочу!», «Не буду!»

«Что, тебя пирожными кормить?» — возмущалась воспитательница.

«Колбасы хочу!» — вздыхал он.

Во всём мы с Михом полярны. Но жальче всего вопросов, тормошащих меня и подыхающих под напором Миха.

«Ну, чего опять уселся? Давай поборемся!»

Бороться я не любил и не хотел. Мне не нравилось ни валяться на спине побеждённым, ни смотреть в лицо тому, кого повалил я.

Ещё Мих любил орать песни. Он знал их множество, потому что дома их распевали отец с друзьями.

Рост у меня
Не больше валенка:
Все глядят на меня
Вниз.
И органист я
Тоже маленький.
Но всё-таки я
Органист...

...До свидания, мальчики...
постарайтесь вернуться назад...

Мимо ристалищ и капищ,
мимо храмов и баров...

«Ты не должен быть хлюпиком», — вещал Мих, засунув руки в карманы коротких штанов, и было очевидно, что так говорил Миху его отец. Андрей Матвеевич часто ходил с друзьями в походы и иногда брал Миха с собой.

Субботы с воскресеньями, без Миха, я мог все целиком сидеть в углу со своими вопросами — родители смотрели телевизор, играли с соседями в преферанс или читали. Но я сильно скучал по Миху. От Миха разлетались разноцветные искры энергии, впивались в меня ожогами, теребили, заставляли бежать за Михом, взбираться по шведской лестнице и вопить дурным голосом его песни.

Росли мы с Михом в советском саду, где пели под фортепьяно «Широка страна моя родная», «Наш паровоз, вперёд лети...». На утренниках читали чуть не хором «Когда был Ленин маленький»...

Я пел песни или читал стихи, закрыв глаза. Только так я видел весёлые реки, сады, стариков, которым «почёт», и нас с Михом, шагающих по залу под марши. Видел кудрявого Ленина и удивлялся, куда же девались все кудри — вон на портрете голая голова. Наверное, это из-за ледяной горки, с которой Ленин скатывался, от холода все кудри с головы и сбежали.

Вместе мы с Михом пошли в первый класс и уселись за один стол.

Сидеть Мих совсем не умел. Он ёрзал, вертелся, подпрыгивал и не давал мне писать, подталкивал под локоть.

В первом классе учительница попалась понимающая.

«Ребятки, сейчас мы все попрыгаем, — прерывала она урок. — А уж потом допишем палочки. А к тебе, Миша, вопрос: сможешь написать буквы, как в прописях?»

И Мих, высунув язык, изо всех сил нажимал на перо, чтобы получилось так же черно, как в прописях.

То, что легко было мне, с трудом, давалось Миху, и наоборот.

Только в чтении мы совпали.

До школы я читать не умел, а тут понравилось — словно клад открывал, орал возбуждённо и с удовольствием: «Мама мыла Милу». «Какую «Милу»? — тут же комментировал я. — Меня мама мыла. И мыло любит попадать в глаза, ух и щиплет!». А уж когда сказки стали читать, я вскакивал с места, руку тянул выше всех и орал: «Меня спросите!» И, если меня спрашивали, читал и за Волка, и за Зайца, и за Лису. Звери у меня получались весёлые.

Но больше всего любил читать вместе с Михом. Выпевали мы реплики зверей с Михом в унисон: получалась складная сказка, в которой, несмотря на смысл слов и действий, Волк и Заяц крепко дружили.

Мих тоже любил читать громко, чтобы слышно было и в коридоре.

Однажды заглянул к нам в класс учитель старших классов и весело спросил: «Это кто же у нас в артисты готовится? Приходите в актовый зал после уроков».

«После уроков в актовый зал» в первом — четвёртом классах мы прийти никак не могли, потому что учительница, в первом классе — молодая и добрая, а потом — пустоглазая и крикливая, сама выводила нас всех к ожидающим родственникам, не разрешая ни шага сделать в сторону.

Миха иногда встречала мама Вера Петровна, учительница старших классов в другой школе, редко пухлая соседка, а меня — тётка Вика, сестра папы, строгая, крупная — бывшая учительница. Она проработала учительницей всего десять лет, но не поладила с учениками и стала бухгалтером вечерней школы, в которой трудится вот уже двадцать лет с шести вечера. Все свои нереализованные педагогические способности она обрушивает на меня: делает со мной вместе уроки!

Я хочу читать и петь, а она требует каллиграфическим почерком переписывать все упражнения, если допускаю хоть одну ошибку. Иной раз приходится переписывать целую тетрадь. Если отбрасываю ручку и отказываюсь переписывать, Вика начинает вещать: «Человек должен отвечать за свои ошибки и исправлять их. Как ты мог написать слово «побежал» с буквой «и», когда само собой напрашивается «бегать»? Нужно быть абсолютно глухим, чтобы не слышать часто употребляемых слов, беспрерывно звучащих вокруг. А за ошибки надо платить. Подумаешь, переписать несколько страниц!».

Тётка что-то нарушала во мне. Я хотел делать уроки сам. Тогда фразы оживали бы — я увидел бы бегущего Миха и захотел бы бегать с ним вместе и никогда не написал бы букву «и». Тётка пришпиливала меня к скуке и к серому цвету.

Хуже всего была её декламация, что нужно делать и как. Она въедалась в нутро пылью, забивала меня по глотку, щекотала, и я начинал кашлять.

Тут тёткин тон разительно менялся:

«Не заболел ли ты, мой сыночек? Идём-ка, я тебе какао сварю, — выпевала она, испуганная и зависимая от меня. — Сейчас всё пройдёт. Где же ты успел простудиться? Я же обмотала твою шейку шарфом!».

Она смотрела на меня так жалобно, с такой безразмерной преданностью, что я мгновенно прощал ей и её декламацию правил жизни, и насилие над собой. Голубым цветом заливала меня жалость к ней, и я готов был переписывать мёртвые страницы.

Пил какао, смотрел в её небольшие голубые глазки, пытаясь вернуть ей её преданность, и радовался, когда тётка переставала быть жалкой. Она расправляла плечи, вскидывала голову и начинала победоносно выпевать:

«Это уж всегда так! Первое лечение — какао! И питание, и смазка. Не бойся, я тебя вылечу».

Тётка была монументальная, всё в ней говорило о могуществе формы.

Тогда я не задумывался, почему у неё нет своего мальчика и мужа. И не очень понимал, что я у неё единственный свет в окне.

Понял это позже, когда отец в третьем классе запретил тётке приходить за мной и разрешил нам с Михом возвращаться домой вдвоём.

Это означало, что теперь я могу делать уроки сам — без Вики.

Сгоряча я праздновал свободу бурно — бежал следом за Михом по широкому тротуару Ленинского проспекта и следом за Михом орал дурным голосом: «Если друг оказался вдруг и не друг…». Пока не увидел прячущуюся за палаткой с мороженым тётку. Побитой собакой, втянув голову в плечи, она жалко смотрела на меня.

И я сходу затормозил.

Раздражение и щемящее чувство потери. И беспомощное — «Вика!»

Не успел ни шага сделать навстречу к ней, как она уже со сдавленным «сыночек» оказалась рядом и прижала меня к своему необъятному животу.

И какао, и это слово «сыночек», в которое она вкладывала всю себя, от которого становилось жарко и больно, и меня, и Миха, подскочившего к нам, затопило голубым светом, и, казалось, небо окутало нас всех троих.

Неимоверным усилием я вырвался из её объятий, потому что ещё мгновение, и заревел бы на весь Ленинский проспект.

С удивлением услышал свой голос:

«Ты приходи ко мне. Мы с Михом теперь будем сами делать уроки, а ты будешь читать нам и варить какао».

Тётка поникла.

«Папа запретил...» — начала было она.

Но я перебил, расплёскивая голубой свет:

«Это будет наш с тобой секрет. Тебе же всё равно потом на работу, а они с мамой приходят не раньше пол седьмого».

«Но он сказал, тебе нужна самостоятельность».

«А он и будет сам делать уроки! — встрял Мих, которому надоела роль пассивного наблюдателя. — Фел сказал же вам, вы будете нам книжки читать и варить какао! Я никогда не пил какао. Мы пьём утром чёрный чай, а вечером компот».

И тётка расправила плечи и вскинула голову.

«Сыночек, какой у тебя хороший друг! Я вам такое какао буду варить! Я сейчас... только куплю...» — и она резво побежала прочь, словно не монументом была, а девчонкой.

«Вперёд! — завопил я и кинулся от Миха прочь. — Догоняй»!

Мих полюбил тёткино какао и включил тётку в процесс обучения.

«Значит, так, Вика (он тоже стал звать её Вика и на «ты»): нам велели прочитать дополнительно о Петре Первом (о Пушкине, о Ньютоне), не можешь ли ты подкинуть нам матерьяльчику?»

Выражение «подкинуть матерьяльчику» явно отцовское, но Миху нравится копировать отца. Андрей Матвеевич — человек особенный: или носится с очередной идеей спасения человечества в своей гематологии (он изучает кровь, чтобы спасать людей от рака), или идёт сквозь заснеженный Кольский, или решает мировые проблемы на своей кухне с такими же оголтелыми романтиками, как он, или поёт. «Оголтелые романтики» — тоже его выражение, которое Мих часто повторяет.

«Мой лексикон — лексикон интеллигента шестидесятых» — важно объясняет Мих Вике. — Уж прости мне мои строгие формулировки, но я должен нести флаг культуры дальше — в наше нелёгкое время. Шестидесятники определили путь развития, но, к глубокому сожалению интеллигенции, законы демократии постоянно нарушаются, и с этим приходится нам бороться. Моя мама учит старшеклассников литературе и через этот предмет тоже несёт осознание свободы, она полностью разделяет все идеи моего отца!»

Первое время Вика терялась, слушая подобные тирады Миха, лишь кивала головой, безоговорочно разделяя и принимая все его идеи, а позже стала подкидывать Миху строчки из Рождественского или Ахмадулиной, что явно оставалось почему-то за бортом багажа родителей Миха, но очень близко подходило к тому, что исповедовал Андрюша, только немного с другой стороны.

***

Не думай о секундах свысока.
Наступит время, сам поймёшь, наверное, —
свистят они,
как пули у виска,
мгновения,
мгновения,
мгновения.
У каждого мгновенья свой резон,
свои колокола,
своя отметина.
Мгновенья раздают — кому позор,
кому бесславье, а кому бессмертие…

Рождественский

***

Над головой
созвездия мигают.
И руки сами тянутся
к огню…
Как страшно мне,
что люди привыкают,
открыв глаза,
Не удивляться дню.
Существовать.
Не убегать за сказкой.
И уходить,
как в монастырь,
в стихи.
Ловить Жар-птицу

для жаркого с кашей.
А Золотую рыбку —
для ухи.

Рождественский

***

Я добрую благодарю судьбу.
Так падали мне на плечи созвездья,
Как падают в заброшенном саду
Сирени неопрятные соцветья...

Ахмадулина

***

Ремесло наши души свело,
Заклеймило звездой голубою.
Я любила значенье своё
Лишь в связи и в соседстве с тобою...

Ахмадулина

Стихи сильно бередили, заставляли напрягаться: о чём они, в какой связи с духом свободы и с борьбой за неё?

«Откуда ты знаешь столько стихов?» — недоумевал я.

«А я в Политехнический и в Физтех бегала». — Вика вскидывала голову, и у неё из глаз летели огни Политехнического и бессонной Москвы шестидесятых. Не Вика, это мы с Михом толкаемся в очереди, пытаясь прорваться на выступления поэтов, и сидим на ступеньках рядом с молодой Викой. Вика тогда была тощая и одержимая: подсказывала забытое слово волнующимся поэтам и орала их песни. Оказалось, она знает все песни, что поёт Мих, и ещё другие, о которых он не слышал: «Молитву» Рубана, всего Галича.

Теперь, поспешно сделав уроки, легко перерешав задачи, написав заданные сочинения с упражнениями, мы вместе с Викой читали стихи, распевали песни, и все трое выстукивали ритм ложками и ножами по столу.

Когда Вика убегала на работу, в доме оставался Викин дух прошлой жизни. Мы скорее мыли чашки из-под какао, тарелки из-под оладий, пудингов или котлет, которыми кормила нас

Вика, и к приходу родителей уже чинно сидели за Сэлинджером или Уэллсом. Но вот от сосисок с колбасой, которые приносила мама, дружно отказывались.

Менялись задачи, предметы, темы сочинений и дополнительных вопросов, но оставались споры, вопли и песни шестидесятых.

К восьмому классу мы уже наизусть знали проблемы всех кухонных ночных разговоров шестидесятников, стихи всех книжек, которые за долгие годы собрала Вика, и даже судьбы всех поэтов.

Как-то Мих спросил:

— Вика, а почему ты не вышла замуж за Рождественского? Ты такая красивая!

Из рук тётки выпала чашка с какао.

Мих не понял.

— Ты же так любишь его! Почему он этого не оценил?

— Откуда ты это знаешь? — Из глаз тётки текут слёзы.

— Я тебя обидел?! — сокрушённо вопит Мих. — Чем я тебя обидел? Фел, скажи!

Тётка уже захлёбывается, и мы оба кидаемся к ней и обнимаем её.

— Ты такая хорошая! Ты же все его стихи наизусть шпаришь!

И я вдруг понимаю: каждым словом Мих лишь подливает масла в огонь, а это — табу, и я кричу:

— Миха, заткнись же ты!

Без слов сразу неловко. Всем троим. И Мих ёжится, а я спешу поднести тётке воду.

И спешу взорвать неловкость:

— Ну, прости нас. Мы дураки. Бестактные дураки. И твой Рождественский дурак набитый, что наплевал на тебя. А ты у нас самая красивая, правда, Мих?

— Что ты, что ты?! — отчаянно закричала Вика. — Он — самый умный, самый добрый. И у него самая лучшая жена!

В эту ночь я не спал. Впервые мы коснулись совсем непонятного. Ты можешь любить, а тебя никогда не полюбят. Безответная любовь оставляет человека одного на ветру: качайся под ветром, не качайся, никому не нужен.

Нам с Михом нужна Вика. Мы для Вики — вместо всех: и мужа, и своего ребёнка. Интуитивно Мих коснулся Викиной тайны: всю жизнь она любит поэта, который даже не знает о её существовании.

А если бы мы с Михом не приютили Вику, она так и осталась бы навеки бесхозная и никому не нужная?

Что же это такое — то, что делает человека бесхозным и не нужным?

Заснул я под утро и всё видел гиганта Рождественского, который гонит мою тётку под ветер в непогоду.

Теперь я часто ни с того ни с сего стал гладить тётку по голове... и спешил помочь ей разлить какао и разложить котлеты.

«Вика, давай читай!» — орал я, заметив однажды, что после встречи с прошлым она глупо улыбается и превращается в освобождённую от уроков школьницу, чуть на одной ножке не прыгает. Значит, уходит из неё обида, проросшая болью.

Вика никогда не звала меня «Фел». Её мягкое «Колюш» сначала звучало робко, а потом приросло ко мне звонкой уверенностью. И я сам теперь ощущал себя «Колюшем», Николаем. И мягкое «ш» в имени, тёткой данном мне, звучало освобождением от имени чужого и неловкого. Тётка и рассказала мне о Дзержинском, когда-то поразившем воображение её брата. Тогда, когда отец называл меня Феликсом, он не знал того, что открылось потом.

Как-то Вика сказала:

— Знаешь, а у тебя хороший слух.

Я забыл об этих её словах. Но через несколько дней она принесла гитару-семиструнку.

— Давай-ка, попробуем. Я тебе покажу, как подбирать. Я когда-то играла, да не случилось сохранить. Вот и самоучитель тебе принесла. А песни ты и так сам все знаешь!

Когда я робко исполнял наши песни, Вика пристывала ко мне взглядом, жадно вбирая каждый звук семиструнки и каждое слово, а лишь я замолкал, едва могла процедить: «Ещё, Колюш».

Поступив в институт, после занятий продолжали собираться все вместе за Викиным обедом, а, пока мы с Михом готовились к семинарам, Вика читала, время от времени любовно поглядывая на нас.

Однажды отец застукал нас с Викой. Он пришёл с высокой температурой.

— И ты здесь?! Дай мне, пожалуйста, чаю с лимоном и мёдом, — попросил он. — И, если можно, шторы закрой.

Ни удивления, ни выяснений, что она тут делает...

Похоже, давно догадывался о роли Вики в моей жизни?!

Вика умерла, когда мне исполнилось двадцать, в будний, шальной, весенний день — лишь только-только выскочили к солнцу дурманящие листочки. Мы чуть не бежали из института домой. Она обещала испечь ореховый торт! А сама со своим тортом не пришла к нам в день моего рождения! Позабыть о моём дне рождения она не могла никак. И никогда не опаздывала. Мы помчались к ней.

Вошли в квартиру на цыпочках, словно предчувствовали беду.

Пахло жареными котлетами и вкусным запахом ванили и корицы. На столе рядом с её сумкой, в которой она приносила еду, стоял красавец-торт, разукрашенный взбитыми сливками, орехами и шоколадом.

Тётка полусидела возле плиты.

Обширный инфаркт. Но если бы сразу… может, и спасли бы.

Плата за одиночество.

А ведь она звала меня жить с ней. «Я буду тебя завтраком кормить!», «Вы сразу после уроков ко мне! Ну, что я с кастрюлями тащусь каждый день со Студенческой на Ленинский? А вам в метро прокатиться одно удовольствие. Я бы вам проездные купила!»

Она устала, моя Вика, а я и не думал никогда о том, как ей достаётся забота о нас, просто жрал всё, что она дарила мне: стихи, блинчики и её безразмерный рабочий день, посвящённый нам с Михом.

Работа до глубокой ночи, чтобы заработать деньги на троих, а с раннего утра беготня по магазинам, готовка нам. Мы с Михом загнали Вику. Она устала.

Словно чувствовала Вика, что уйдёт. На столе лежало два письма: брату с просьбой-ультиматумом — отдать её квартиру мне — её Колюшу. И нам с Михом: «Сыночки мои, простите, если что не так. Вы — смысл моей жизни. Дарю вам компьютер в день рождения Колюша, один на двоих. К сожалению, не новый, купила у одного эмигранта, прилетавшего из США в гости к матери, его мать работает со мной вместе».

Онемение.

Похороны.

Жизнь без Вики.

Лекции, семинары. День за днём. И тихие часы с Михом, словно вместе с Викой ушли наша энергия, наш ежедневный праздник. Мы занимались, сидя друг против друга за обеденным столом, до прихода отца, а потом Мих сгребал книги с тетрадями и торопливо, буркнув «всем пока», исчезал.

Хроническая бессонница.

Накануне ли написала письмо, или лежали письмо и компьютер давно? И сколько времени копила Вика на этот компьютер? Компьютеры тогда лишь входили в жизнь, и были у очень немногих.

Со дня смерти Вики мы с Михом осиротели.

Тётку заменил компьютер — её наследство.

Вот почему бессонные ночи. Понять. Наша новая жизнь — наследство Вики, её благословение. Вика здесь, с нами, в нашем пространстве — с компьютерами, со стихами, с властью над программами и Интернетом. Это Вика вывела нас в большой мир, сделала участниками новой свободной жизни.

ГЛАЗАМИ ВАСИЛИЯ

Он очнулся, и, как в миг своего первого осознания, над ним — Ришины глаза.

— Ты будешь жить, Васюш. Ты будешь жить!

Он жмурится, как всегда, когда смотрит на неё.

— Ты убила его? — едва складывает слова, язык повинуется с трудом.

Смутно он помнит её обезумевшее лицо в момент перед потерей сознания: она вырывает из его рук подсвечник.

— Скажи...

Она гладит его забинтованную голову, отвлекая от тупой боли.

— Скажи. Пожалуйста. Я должен знать.

Почему Риша не отвечает?

Входит врач.

— Наконец очнулся. Ну, ты мужик! Ну, ты — молодец! Не подвёл. Научными терминами бросаться не буду, но знать ты должен. Пока остановил кровотечение из оболочечных сосудов... пока гематомы рассасывались, никак к черепушке не мог подступиться. Потом осколки вынимал чуть не час. Думал, не выкарабкаешься. Но ты — молодец. Теперь за тобой и твоей сестрой дело. Трещине и ранам заживать месяца два, с сотрясением мозга тоже не шути, парень. Не долежишь, всю жизнь будешь маяться с головными болями. Поверишь мне, отлежишься, совсем забудешь о травме.

И на врача не похож. Грач. Черноволосый, черноглазый, длинноносый, тощий, халат болтается, как на вешалке. Птица-танцор. Секунда, и, кажется, сейчас поскачет на одной ножке.

— А вы давно во врачи пошли? — спрашивает он Грача.

— Да как родился, так и пошёл.

— А как это?

— Да так... Понимаешь, старик, у каждого на роду написано, куда топать: кому в спортсмены, кому в артисты, кому в учёные. Оно всегда видно. Я, не успел родиться, только и слышал вокруг: черепно-мозговая травма, пролом черепа... не хочу пугать тебя диагнозами. Но, поверь, играть начал с мишками и крокодилами, всем им делал операции. Сначала резал понарошку, воображал, что делаю операцию, а как чуть подрос, всех ножницами и ножами искромсал. Награждал свои действия всеми звучными названиями. У меня, понимаешь, и дед, и отец, и мать — нейрохирурги. С детства только и слышал: пластика дефекта черепа и его оболочек мозга, репозиция отломков при вдавленном переломе костей черепа, эпи и субдуральное пространство, электрокоагуляция и так далее, эти слова музыкой для меня были, вместо стихов и песен. С детства до тапочек и до еды родители, когда домой приходили, должны были сначала доложить мне — как сегодня прошла операция, удачная, неудачная, выжил пациент или нет?

— Вы же видели, что в ваших крокодилах и медведях внутри вата или опилки? Смешно же!

— Не смешно, парень. Воображение-то не скинешь с рукава, как таракашку. Я, парень, все родительские таблицы и книги изучил, знал, где что находится. Ну, а разрезанные игрушки — отходы производства. Операции-то я совершал по-настоящему в воображении, шаг за шагом чётко всё представлял. Опухоли и травмы воображал, но ведь отсекал то, что считал опухолью, но ведь зашивал нитками! Знаешь, сколько я таких операций сделал?! Всемогущим себя ощущал. Легко мне дались учебные операции — словно кто-то сверху рукой водил. Слушай, отдай за меня твою сестру. Я — честный, я — добрый, я — хороший, поверь. Никогда не обижу. Любить буду изо всех своих сил. Всё ей к ногам брошу. Я ведь никого ещё не любил. Избыток у меня этого... вот тут, — он стукнул себя по груди.

— Ей не нужна операция. И нейрохирург ей не нужен. Ей только я нужен, понятно? Я спать хочу.

— Ну, спи! — Грач, не прибавив ни слова, вышел из палаты.

А он и в самом деле уснул. Глубоким сном, в котором не было даже Риши.

Проснулся на том же левом боку, что и уснул. Перед ним на тумбочке банан, стакан морса и альбом с красками.

За то время, что без сознания был, прошло сто лет. Был пацан, ребёнок, мальчишка, а сейчас ему не двенадцать, а сто. И мысли новые.

Часто слышит: «Бог».

Кто Он — этот Бог?

Это Он покарал их с Ришей? За что? Кому что они плохого сделали? Почему Бог свёл их с этим, «с Ежиком»? Испытание? Наказание?

Мужик с ёжиком ударил его Ришу. Мог убить её! Его Ришу! Где был Бог? Как допустил?

За что барыня ударила его?

Вот теперь он лежит. И будет лежать два месяца. Это ему остановка послана специально? Богом? Чтобы он задумался: зачем живёт?

Ну, Риша у него есть. И он есть у Риши. Он специально родился, чтобы сделать Ришу счастливой? Пусть сейчас он ещё не способен освободить Ришу от безденежья и тяжкого труда. Но именно в этом его назначение. Она подарила ему свои двенадцать лет жизни. А теперь он должен придумать, как заработать, как помочь ей и подарить ей остальную свою жизнь. Грач говорит, он с детства знал, что будет врачом. А к чему годен он с детства? Ляпать краску на чистый лист? Какой прок от этого Рише? Он отвечает за Ришу.

Это Бог устроил ему урок осознания своего назначения?

Дождь кончился. Сеется солнечный свет сквозь ветви дерева в окне. Так, что это — уже следующий день? Интересно, сколько часов он проспал, сколько сейчас времени?

Ну, хорошо, он станет жить для Риши, но это же всего две частных жизни: Ришина и его.

А вообще в чём смысл жизни? Сколько людей, если сверху на всех них взглянуть, ползает по земле, как таракашки?! Поживут, поболеют, умирают. Зачем же тогда Бог раздаёт избранным такие могучие мозги: и в Космос загляни, и компьютер изобрети, и операции научись делать!

И снова: за что Он выслал на их дорогу длинного, «с ёжиком»?

Последнее, что помнит: Риша вырывает у него из рук подсвечник и замахивается.

Если Риша убила бандита, её могут посадить.

— Нет, нет! — он чуть не вскакивает с места. Но в эту секунду разлетается голова, и он исчезает.

Очнулся.

Тупая боль.

Грач сказал — «осколки вынимали». Осколки бывают от стекла. Значит, мегера ударила его вазой? Но причём тут осколки? Разве крепкая ваза может разлететься от твёрдости его головы? И разве могут быть от вазы из тяжёлого толстого стекла мелкие осколки?

Что-то не так.

А правая рука уже сама, без спроса, хотя и очень неудобно рисовать, левой удерживая угол альбома, макает кисть в краски, лежащие на тумбочке на уровне его лица, и плещет чёрным на лист. Чёрное пятно — длинный, с ёжиком, весь в девятках, коричневое — мегера, сзади обрушившая на него что-то, от чего в голове застряли осколки. Сами собой получаются лица, перечёркнутые злобой: у того, что «с ёжиком», — пронзительные глаза, у мегеры — белёсые.

В середине листа — тоже само собой — оранжевое, лёгкое — Риша. Ришины глаза.

Фон — пена серого, сытого цвета.

Конечно, Риша убила этого — «с ёжиком».

Он знает в ней эту силу, не ведающую преград. Однажды во дворе она кинулась к машине без водителя, задом катящейся на него, трёхлетнего, и остановила её. Тут подоспели с разных сторон мужчины: один — с матом, другой — с ключом.

— На паркинг не поставил, падло, так тебя... пацана чуть не убил, падло! — вопил невысокий, но могучий мужик. — Разъездились тут, так твою мать, весь воздух отравили! Ступить никуда нельзя. — Он вопил без остановки, пока другой, никак не попадая ключом в щель, пытался открыть машину.

Наконец отъехал, а Ришу сердобольные старушки с трудом привели в чувство. С ней ничего плохого не случилось, просто испугалась: машина-то не ехала, просто катилась, и была машина — маленькая.

Но до сих пор он помнит, с какой силой, с каким сопротивлением Риша остановила ту машину.

И запах вопящего мужика помнит. Мужик подхватил его и прижал к себе. От него пахло перегаром и куревом.

— Ты не спишь?

Снова Грач. Что ему сейчас-то нужно?

— Ну, ты — молодец, четыре часа проспал! Сейчас будет перевязка.

— Где Риша? — спросил он.

— Вот записку передала и просила покормить тебя. Пришлю медсестру. Она уже пошла на кухню за едой. Сначала покормит тебя, потом привезёт ко мне на перевязку.

— Почему я тут один? Почему не в общей палате? Наверное, здесь дорого? Нам нечем оплатить.

Грач замешкался с ответом. Но потом широко улыбнулся.

— Дело-то вот в чём. Вам это ничего не стоит. Дело-то вот в чём, — повторил ещё раз. — Думали, не выживешь, Василий Тарасович! С персоналом плохо. Вот я и поместил тебя в бокс, чтобы Риша с тобой неотлучно сидела. А раз ты пошёл на поправку... теперь как захочешь. Да ты читай записку.

«Пытаюсь устроиться на работу. Сразу, как смогу, приду. Пожалуйста, кушай и рисуй. Медсестру оплатили. Врача слушайся».

— Значит, так, молодой человек. Сначала вот тебе утка. Да не стесняйся. Все такие. Очень важно тебе сейчас побольше сливать. Теперь ешь банан и слушай. Я с тобой как мужик с мужиком хочу говорить. Знаешь ты, что такое любовь? Ты-то Ришу любишь? Вот и мне она всю жизнь перевернула. В первый раз со мной такое. Помоги мне. Жить не могу без неё.

— Она — моя. И только моя. Это я жить без неё не могу. Никогда не жил без неё и никогда не буду. И точка. Никогда! — повторил как заклинание.

Грач ушёл. Медсестра накормила его, свозила на перевязку. А потом он стал неотступно смотреть на дверь, облупленную, серо-грязную. «На работу?» Опять на кого-то горбатиться? Опять кто-нибудь...

Он рванулся встать, но от боли чуть снова сознание не потерял.

Когда лежишь на боку, вроде не так жжёт и давит голову.

— Бог, помоги!!

Причём тут Бог?

Это Бог привёл их в тот дом?

А может, спас?! Вот же, они оба с Ришей живы! И кто сказал, что Риша пошла искать такую же работу?!

Когда не дышишь, тоже вроде голова не так болит и жжёт.

Изъеденная временем стенка напротив, узкое окно с облупившейся краской, обшарпанная тумбочка. Он уже, в первый день жизни здесь, ненавидит всё это. Как вылежать тут на одном боку два месяца? Он хочет поскорее домой. Он готов дома лежать сколько угодно.

А перевязки, а уколы? А кто будет подносить ему утку? Никогда Рише не разрешит делать это!

У них с Ришей комната — общая. Вернее, это Ришина комната. Он поселился в ней сам.

Его письменный стол живёт рядом с Витиным. И его кровать — в Витиной комнате.

А он делает уроки и спит в Ришиной.

Комната гораздо меньше, чем их с Витей. Но «полуторка», как зовёт Риша свою тахту, спокойно вмещает их обоих. Оба — тощие, ночью не крутятся, тихо спят на одном боку, только под разными одеялами. И стол — просторный. Они оба умещаются за ним.

Всё, что им обоим нужно.

А ещё есть платяной шкаф — вмонтирован в стенку.

И главное — книжный шкаф, забитый под завязку, ещё книги — стопкой в углу комнаты и на столе.

На столе, пристроившемся рядом с Витиным, живут игрушки, которые приносила ему Риша: машинки, самолёты, вертолёты, юла, пирамидки и кубики. Он давно не играет в них, но, когда приходит из школы, спешит посмотреть на них. Разглядывает, как в музее разглядывают черепки или орудия труда прошлых эпох. У него уже есть его прошлое. Правда, прошлое — странное. Он и машинки с самолётами видит, как осколки картинок, как краски. Малиновое расползшееся пятно — машинка, на которой они с Ришей ездили тушить пожары. Стальное узкое пятно — самолёт, на котором они с Ришей летали спасать людей.

Весь мир его состоит из красок. Не любит он серый, чёрный и коричневый цвета. Они — для боли и растерянности, а теперь и для ненависти.

Убила Риша мужика или нет?

Если бы убила, её уже забрали бы.

Он рванулся и снова плюхнулся на подушку.

Может, и забрали?! Поэтому её нет.

А записка — для того, чтобы его подготовить, чтобы он привык к её отсутствию.

— Сыночек! Васька ты мой! Ты так и спишь всё время? Слава богу, очнулся, открыл глаза. Всю ночь мы все тут с ума сходили, пока операции шли! Как только врач сказал, что опасность миновала и с тобой будет всё в порядке, Витя убежал на занятия, а я на работу.

Он совсем забыл о матери.

Живут вроде под одной крышей. Маленькая, подвижная. Когда бывает дома, всё спорится в её руках: обед готовится, бельё стирается, пол моется. Не человек, лишь руки, всё время что-то делающие.

Что же он за сын, если не может освободить её от бесконечной работы?

— Мам, прости меня.

— Что ты, Васька? За что? Это я должна просить у тебя прощение за то, что не обеспечила, за то, что допустила вашу с Ришей подработку. Это я кругом виновата. Сыночек мой, последыш мой, живой ты. Ну, сегодня и я посплю.

Никогда мать не была такой разговорчивой. И слов столько ласковых одним махом не говорила!

— Мам, расскажи про отца. Как вы с ним познакомились?

Мать заморгала, словно он ей песком швырнул в глаза.

— Трое ведь нас, мам, детей, значит, была у вас любовь. А я ведь не видел его никогда. Каждому нужен отец. Пусть будет хоть в рассказах о нём.

Облупленная тумбочка, совсем краска облетела, а может, смылась ещё в советские времена, когда нянечек было много. Голое выцветшее дерево. Только на мать не надо сейчас смотреть. Глаза у матери обнаружились — пляшет в них печаль.

— Как-то неудобно рассказывать взрослую жизнь ребёнку... — а сама обеими руками вцепилась в его плечо, руки — горячие.

— Какой же я ребёнок, мам, я просто человек и уже многое осознаю, — помогает он ей.

— Ну, хорошо, слушай, «просто человек». Мы вместе учились в институте. Вхожу в первый день в аудиторию, а в последнем ряду на верхотуре сидит верзила. Плечи вот такущие, в разворот.

Сразу зацепились мы друг за друга взглядами, словно магнит притянул. Он и вылез из-за стола, пошёл по лестнице вниз и на всю аудиторию заявил: «А ведь у меня в рюкзаке поместишься. Проверить надо. Кто это пригнал тебя в мужскую профессию?» Я, как в то время водится, дикая была, неуверенная в себе, со всеми девичьими комплексами, хоть под лавку от него прячься. А он, будто так и надо, подошёл, руку протягивает: «Тарас я, Рузаев. Со мной хочешь сесть? Только я, чтобы ребятам профессоров не загораживать, должен сидеть в последнем ряду. Тебе не далеко будет?». Я, Васька, сразу и попалась. И какая не попалась бы?! У меня характер такой: истовый. Ну, значит, навсегда. А тут ещё и особенный попался. Ну, и сомлела я, Васька, навсегда. А дальше больше. Умный он оказался. Блистал он у нас. Лидер по характеру. Всех умел очаровать. Ну, и всё, Васька. Работать тоже пошли вместе. Как раз открылась новая лаборатория. И его из мальчишек сразу в завлабы поставили.

— Так, в рюкзак он посадил тебя, мам?

— Посадил, Васька, посадил. Все консервы в походе несут, а он и меня, и консервы. Только я сильно сердилась, приказывала, чтобы на землю вернул.

— А с какой такой сырости, о какой такой его умности ты говоришь, какой же он совсем особенный, если бросить тебя посмел, с тремя-то детьми?

Мать гладила его по щеке. Долго молчала.

— Он привык главным быть, Васька. А тут у меня одна статья выходит, другая, третья. Да, не то я лопочу. Не в этом, конечно, дело. Из завлабов его выгнали в одну минуту.

— Почему?

— И с работы выгнали. Оказывается, он диссидент с юности. Поймали его с вёрсткой разносной статьи для «Хроники текущих событий». Хорошо ещё не посадили, всех за это сажали. С этим у нас строго было: раз, и нету человека.

— Почему не посадили, если всех, как ты говоришь, сажали?

— Не знаю, Васька.

— А как же ты могла не знать столько лет, что он всем этим занимается?

— Работала много. Подолгу сидела в лаборатории, иной раз и по субботам с воскресеньями. Он говорил, у него дела, иногда и позже меня домой приходил. Я не спрашивала, какие дела. Доверяла ему. Изменить не мог. Но ума не приложу, как он умудрялся и наукой заниматься, и всеми этими делами?! Оказывается, чуть не каждый номер он сам верстал! Особенный был человек. Чужую боль прежде своей видел!

— Как же смог бросить нас? Разве такой, как ты говоришь «особенный», мог бросить?

— Я тоже думала: не мог. А он развод потребовал, сказал, другую полюбил. И сбежал за границу.

— Он письма и деньги посылал тебе?

— Нет. Отрубил.

— Ты пыталась найти его?

— Зачем? Сам знаешь, что сейчас происходит. Лабораторий больше нет. Никто за науку платить нам не собирается. Мыкаюсь по сдельным работам, не имеющим отношения ни к науке, ни к интеллекту. Встретила Женю, нашего общего друга по институту и лаборатории. Мне кажется, он на грани нищеты. Он-то и сказал, таксист твой отец в Америке хвалёной. И двойня у него. Наверняка еле концы сводит.

— Это его проблема. Но ведь подлец он получается, мам. Любовь предал, детей предал, бросил на голод. Нет, мам, не человек он, подлец.

— Может, и, правда, разлюбил, Васька? Любовь-то она такая: сегодня любишь, а потом вдруг нет.

— Не согласен, мам, уж я знаю, если любишь, так, любишь. Ты не переживай, мам. Подожди, мам, немного. Вот встану и опять буду машины мыть.

Мать заплакала.

— Нет, Васька, мне нужно, чтобы ты учился.

— Ты что это? Никогда не видел, чтобы ты ревела. А ну, брось эти глупости. Я же учусь, мам.

— Мне надо, чтобы ты учился блестяще и смог поступить в институт без денег. Скоро всё будет только за деньги. Образование — это путь к человеческой жизни.

— У тебя есть образование. И что, мам? Где твоя человеческая жизнь? Сейчас время другое, мам. Но, если ты этого хочешь, я могу в один год два класса проскочить. Сейчас, я слышал, такое возможно. А ты знаешь, как легко мне всё даётся. У меня и троек нет. Вот увидишь…

— Давай ты сейчас поправляйся. Два месяца ничего не решат. Я тебе курицу сварила. И бульон ещё не остыл. Покормлю тебя, сыночек, а ты сил набирайся.

— А всё-таки, мам, почему не посадили его, если он против власти выступал?

— Слушай, Васька, а что, если ему выбор предложили: или тюрьма, или из страны катись, мол, по добру по здорову, воду не мути. Всё-таки не тридцать седьмой год был. А чтобы мне было легче, чтоб не переживала за него и не рвалась беспокойством, на первой попавшейся женился, меня освободил от себя. Женя-то говорит, большое имя у него в этом диссидентстве было. Я-то только теперь поняла, какой двойной жизнью он жил. Всё пишет что-то допоздна в кабинете, всё радио с наушниками ночами слушает, несётся куда-то. За столько лет ни словом не обмолвился. Да и Жене рассказал всё только перед отъездом, никого из своих близких не впутал. Может, и разорвал с нами, чтобы нас обезопасить?

— Мам, ты у меня очень умная. Похоже на правду. Но сейчас-то свобода слова. Может, он вернётся к нам? Ведь наверняка любит нас и сейчас, если такая большая любовь была.

— И ты, Васька, умный. Только как он теперь близнецов бросит, а? Их в чужой стране вырастить надо! А у него никогда денег не водилось. Потому и таксист. Много ли заработает?

Не дослушал мать, уснул.

А когда проснулся, Риша смотрит на него.

Он зажмурился.

— Что случилось, Риша? Отец вернулся?

— Причём тут отец? Я работу нашла, Васюш. Хорошую! Почти по специальности. С людьми… особыми людьми, Васюш! И деньги большие. Теперь никаких подработок. Теперь ты учись, Васюш.

— А мать?

— Что «мать»?

— Мать у нас совсем тощая, а работает на трёх работах, да ещё дома пашет на нас всех…

— Теперь оставит себе одну, Васюш. — Риша засмеялась. — А может, и по специальности найдёт? Я теперь, Васюш, мужик, я теперь буду столько получать, не поверишь! Теперь ты и Витя только учитесь!

Она взяла в руки альбом, раскрыла, долго смотрела рисунок.

— Надеюсь, такой злой ты в последний раз. Надеюсь, ты снова вернёшься в детство. Ты, Васюш, забудь. Дурной сон, больше ничего. Забудь, пожалуйста. К тебе Витя едет. Мы все вместе, Васюш. На-ко тебе твой любимый пористый шоколад. Мама говорит, покормила тебя. Ты всего месяц полежишь здесь, а как уколы кончатся, восстанавливаться будешь дома.

Глава третья

МОИМИ ГЛАЗАМИ

Риша вошла к нам в один из праздничных дней нашей новой жизни и робко остановилась в дверях.

Не Мих, я первый увидел брови углами над распахнутыми русалочьими глазами и голодную худобу.

А она увидела Миха и, прижав руки к груди, стала превращаться в бесплотный дух. Лишь свечение из глаз и над головой.

Встать, подойти к ней... а я лишь таю как облако, сейчас исчезну.

Поплыл к ней Мих. Бабочкой на огонь, раскинув руки для равновесия. И остановился перед ней, и теперь их обоих заливает свет.

Боль потери вернула меня в тело. Кто я? Друг Миха по имени Фел.

Уже в первом классе решил сменить имя. Отец назвал в честь Дзержинского, а какой из меня Дзержинский? У каждого убиенного прощение прошу, словно не дзержинские, а я их жизни лишил. С каждым его путь прохожу — Колыма, Соловки, Освенцим... Это мне в спину стреляют, это меня пытают и забивают в каземате, душат в газовой камере. С первого класса я — Фел, а ни разу не назвал себя полным именем «Феликс».

До той минуты, как увидел Ришу, не успел поменять имени, а тут пошёл из нашего праздничного помещения, мимо Миха и неё прочь, в солнечное марево весны — менять имя. Пусть она узнает меня Николаем.

Святой Николай любил делать людям подарки. Вика звала меня «Колюш». И я... хочу стать Николаем.

Тут рухнул на меня внезапный, тёплый, насыщенный электричеством дождь.

Машину бы взять. Теперь я могу позволить себе разъезжать на машине, пока не закончим мы с Михом курсы и не купим свои, — сыплются на нас с Михом рубли.

Но машину я не взял. Промокнуть до костей — значит перестать думать о тех двоих, стоящих во власти света.

Риша стала нашей секретаршей-экономистом.

С ней всё сделалось проще. Экономическая дребедень — её царство: изучение рынка — сколько предприятий в Москве и в области, какие охвачены, какие ещё нет, исследования экономической эффективности наших взаимоотношений с тем или иным предприятием, анализ всех расчётов и прибылей и осуществление контроля над всем, ответы на телефонные звонки, предложения поставщиков, учёт компьютеров и их сбыта, вся бухгалтерия, все финансовые вопросы — распределение денег, оплата налогов, дипломатические отношения с предприятиями, банками, заказчиками.

А ещё Риша готовила списки необходимых деталей и запчастей и следила за тем, чтобы вовремя осуществился заказ. В общем, незаменимый человек!

И теперь можно не бежать на звонок открываемой двери — Риша примет и оформит заказ и проследит за всеми финансовыми вопросами, связанными с этим.

Нас в курсе держит.

На цыпочках крадусь я к двери своего кабинета. Мне виден лишь пух её волос и край щеки. Она или сидит за компьютером, или повёрнута к посетителю — чуть склонив голову, слушает его, с чем пришёл.

Мы с Михом чередуемся.

Сегодня Мих работает с клиентом, а я пишу программы.

И сейчас в мою комнату войдёт Риша с каким-нибудь срочным вопросом из внешнего мира. И я услышу: «Прости, Коль, что оторвала, но это срочно». Она виновато улыбнётся, потому что всегда говорит одно и то же: «Коль, это срочно».

«Коль».

Обязательно постоит около меня минуту-другую. А уходя, скажет: «Через час (сорок минут, пятнадцать) обед». И улыбнётся.

Я сломаю одну спичку, другую, третью закуривая, а потом, наконец, затянувшись, пойду закрою дверь — Рише вреден дым.

Самое трудное для меня — не курить. Придвинул стол к самому окну и курю в окно, всегда открытое, а потом то ли от простуды, то ли от дыма кашляю. Перед тем, как Рише войти, спешно тушу сигарету и захлопываю окно.

Потом мы все трое обедаем. И Мих, как дурак, всё время ржёт: картошка пригорела, или суп пересолён, или программа не получается. Ржёт и смотрит на Ришу. И я жмурюсь и заглатываю кусок мяса не жуя, когда Риша взглядывает на Миха.

Обеды Риша вызвалась варить сама.

— Ну, что вы из столовки всякую дребедень несёте? Кухня у нас есть, плиту подключите, а я супа наварю, в духовку второе посажу. Работа идёт, еда готовится. Сами посудите, домашнее полезнее.

Уговорила. Теперь обед стал праздником.

Она молчалива, наша Риша. А как-то, уже через месяц общей работы, за обедом вдруг начала рассказывать о братьях. Витя — чемпион по самбо и футболист. Как это может сочетаться? Совершенно разные виды спорта. Но у него всё сочетается. На всех соревнованиях выигрывает. Поступает в этом августе в институт. Наверняка в любой с руками оторвут, везде нужны спортсмены, чтобы защищать честь мундира! Но и учиться любит, особенно математику уважает. Вообще трудяга. С шести утра — пробежки, тренировки, а потом занятия, в библиотеке или за письменным столом — до ночи.

Я осторожно спросил:

— А Василий? Кто он, твой Василий?

— Моя душа, — и замолкает.

Тогда предлагаю:

— Слушай, а поехали все вместе в лес? Костёр разожжём. Мы с Михом умеем. Картошки напечём. Шашлыков нажарим. Поносимся по лесу!

— Это мы с Васюшем любим. Только поедем через месяц.

Ловлю себя на том, что часто теперь держу руки на груди, словно удерживаю в себе что-то необъяснимое, тепло не тепло, радость не радость, меня раздувает, как воздушный шарик.

Скажи Риша: взберись по водосточной трубе на двадцатый этаж, взберусь; слетай на крайний север, привези белого медвежонка, полечу, привезу.

Риша ни о чём меня не просит, никаких моих глупостей ей не нужно, она лишь смотрит на меня, как когда-то мать смотрела: есть хочешь?, я сейчас; пуговицу пришить не надо?, я сейчас; горло не болит у тебя?

А на Миха смотрит беззащитно, распахнувшись. И лучше не видеть этого. Странно: не Риша — душа.

Это душа влетает в человека, живёт в нём, а потом улетает прямо к Богу?

Ришина душа — бесплотная, незащищённая и всемогущая.

И в себе я пытаюсь создать защиту этой Ришиной душе, чтобы, не дай бог, никто не ранил её.

Я осторожно веду себя с Ришей: лишнего слова не скажу, не коснусь того, от чего ей может сделаться больно.

«Васюш» — больно.

Спросит Мих о младшем брате, она замолчит.

Значит, что-то не так с Васюшем.

Почему через месяц?

Через месяц уже будет сентябрь.

Жду с утра и до ночи сентября, вычёркиваю день за днём, чтобы скорее случилось это — «через месяц». И тогда...

А что тогда?

А тогда огонь, искры от огня. И Андрюшины песни.

Викины стихи в другой раз. Не один же костёр мы разожжём вместе!

Мих сильно спешит побаловать Ришу: для Риши — комната отдыха с диванами, там же красавец стол с удобными стульями — обедать, для Риши курсы вождения машины, два часа во время рабочего дня, для Риши — новенькая красная уютная машинка «сузуки». И пусть машина — подержанная, первая всегда должна быть подержанная, зато лёгкая, надёжная, выверенная до каждого винтика самым лучшим знакомым механиком. Для Риши — новый костюм джерси. Для Риши — самые вкусные сладости. Только чтобы Рише было комфортно и радостно жить.

Риша сопротивляется натиску Миха. «Мне ничего не надо!», «У меня всё есть!». Но и уютной комнате отдыха порадовалась. И особенно — машине. Оказывается, всегда мечтала сама сидеть за рулём.

«Через месяц» пришло.

Риша настояла на том, что сама на своей «сузуки» привезёт Василия на опушку леса, где решили устроить первый в нашей жизни пикник.

День — солнечный. Бабье лето. Нетронутая рябина. А кленок почти весь оранжево-багровый. Разлапистая небольшая ёлка. И пьянящие запахи чуть подопревшего уже леса.

Васюш оказался слепком Риши: тот же пух волос, те же глаза, только выше неё и намного шире в плечах.

Увидев, как Мих приобнял Ришу, помогая ей выйти из машины, в одну секунду очутился перед Михом.

— Это ты! Это ты отнял у меня Ришу! Это из-за тебя она не ночевала дома! Это ты!.. Я ненавижу тебя!

— Васюш, — беспомощно позвала его Риша. — Пожалуйста!

— Ты отнял! Она всегда была моя! Только моя! Она — моя, слышишь?! Мы с ней всё всегда вместе. Мы с ней... книжки... Мы с ней — игры! Мы с ней...

Мих беспомощным дураком стоял перед Василием и хлопал глазами.

— Погоди, Василий, — беру в руки ходуном ходящие плечи, перетягиваю взгляд мальчика на себя. — Ну, что ты налетел на Миха? Скажи, ты Ришу любишь? И Мих любит. Ты хочешь, чтобы она была счастлива? Мих, как и ты, делает её счастливой. Ты, погоди, Василий, ты не спеши, ты в глаза Миха загляни. Сколько в них заботы о Рише! Ты не спеши. Он тебе как отец станет. Вы всегда будете все вместе. Он ни в коем случае Ришу у тебя не отнимет. Он всё для тебя сделает, что только ты захочешь: научит машину водить, на самолёте летать! Ну, с самолётом я, может быть, и переборщил. Но всё остальное! Да он для тебя... Ты же Рише как сын. Значит, ты и для него самый главный! Тоже как сын! Ты не спеши, Василий. Риша-то счастлива? Разве нет?

И Василий сник. Высвободился из моих рук и стоял теперь перед Михом растерянный, злости, ненависти уже не было и в помине. Простые слова — «как отец», «ты для него самый главный», «что только захочешь, для тебя...», «Риша-то счастлива?», похоже, парализовали его.

— Для тебя, как я понимаю, Риша была и отец, и мать. А теперь для тебя вот они двое — отец и мать — станут жить. Для тебя лично. А я к тебе в родные дядьки иду. Возьмёшь?

Дождём залило Ришино лицо.

Она поднялась на цыпочки, обхватила меня.

— Николаш, спасибо!

Ожогом — её руки и губы. Ожогом — «Николаш».

Высвободился из её рук и тут же попал под прицел Васиного взгляда.

— Ты чего такой красный? От тебя загореться можно. Значит, это ты и есть её Николаша?! Это ты помог ей освоить компьютер, ты покупаешь ей грильяж, который она больше всех конфет любит. Ты научил её делать уху.

— Ну, хватит, Василий, а то я сейчас сразу к Богу взлечу. Ты лучше скажи, почему так долго не приходил?

— В больнице валялся с сотрясением мозга и другими радостями.

— Васюш! — остановила его Риша.

— Это тайна от них? Люблю тайны, — вздохнул Василий и, растерянно глядя на Миха, пробормотал: — Ну, давай, люби меня как отец. Я готов. Отца сроду у меня не было. Как это, когда он есть, не знаю.

Теперь Мих стал красный и кинулся к багажнику.

— Ну, значит, так, идём с тобой сучья рубить для костра и колья для палатки. Будем с тобой вдвоём палатку ставить. Тебе топор или пилу?

— А Риша? А мой дядька?

— Что «Риша»? Риша у нас вместе с Николаем будут мясо на шампуры нанизывать, хлеб резать, собирать скатерть-самобранку. Ты же хочешь мужскую работу справлять, так я понимаю?

Василий не нашёлся, что ответить, чуть вразвалку, копируя походку Миха, двинулся с поляны в чащу.

А Риша глубоко вздохнула.

— Спасибо, Коль, за «отца». Странная у нас образуется семья: я из сестры сразу в матери попадаю.

— Похоже, так оно и есть.

— Похоже.

Октябрьское солнце жгло, как в июле. Тяжелели рябиной ветки, растопырилась довольством небольшая, но за лето раздавшаяся ёлка, багровел небольшой кленок. И посередине полянки, распустив беспомощные руки, стояла растерянная Риша.

Почему-то почувствовал присутствие между нами третьего.

Никаких признаков нет. Риша такая же тощая, как в первые дни. Сколько ему — день, неделя? Но третий уже существует. Этот третий — ребёнок Риши и Миха.

А значит, и мой, потому что то, что во мне творится, не может не окутывать теплом и мощной энергией Ришу, не может не помогать ей растить маленького в себе. Мы с Михом всю жизнь вместе. Мих с Ришей вместе. В единой связке с обоими я энергетически, электрически, соединён общим теплом.

— Скатерть-самобранка... Куда же я дела одеяла и клеёнки?

Костёр мы разожгли невысокий, чтобы не повредить доверчивых деревьев, живущих на полянке. И вырвались к Рише и к Василию Андрюшины песни из наших с Михом глоток:

Ваше величество женщина,
Да неужели — ко мне?

Виноградную косточку в тёплую землю зарою...

— Ещё! — просит Василий, как только мы замолкаем. Он стоит и, не отрывая глаз от Миха, в такт машет руками. — Ещё!

А когда мы, уже осипшие, всё-таки совсем замолкают, просит:

— Дядя... — Василий запнулся, но торопливо добавил: — Николаша, научи играть. Я очень хочу играть на гитаре.

— Давай без «дяди», идёт?

Риша с Михом уходят в палатку, а мы сидим голова к голове на бревне, и в руках у Василия гитара.

Остаётся ли в вечности этот брызжущий искрами вечер, отражается ли в каком-то из миров других планет или расплёскивается, до донышка выпитый, в воздухе, в траве, в деревьях, неважно. Важно то, что у Василия есть, наконец, отец и дядька, а у меня, Николаши, как оказывается, наедине с Василием зовёт меня Риша, есть теперь Василий, Ришин осколок, с её душой, с её лицом, личный мой родной племянник.

Теперь Василий каждый день после школы приходил в наш Кооператив и, сидя около Риши, делал уроки, читал книги, рисовал. В субботы и воскресенья шёл с нами в осенний лес или в зимний на лыжах, или просто гулять в парк. Теперь на Миха Василий смотрел так же, как на Ришу, играл с ним после ужина в шахматы, подсовывал ему свои рисунки, в которых теперь и Мих, и он жили вместе. И очень любил держать руки на Ришином животе, которого ещё видно не было, и рассказывать младенцу, чему научит его.

Андрюша не только Ришу принял как родную дочку, но и Василию объявил, что, наконец, у него есть внук, о котором он и Вера Петровна, оказывается, уже много лет мечтали.

Василий стал звать его «дед», а Веру Петровну «бабушка».

Часами мог сидеть возле «деда» на ковре посреди комнаты, изучать карты с исхоженными маршрутами, раскиданными перед ним, и слушать истории, случавшиеся в походах: когда на байдарках сплавлялись, когда на Тянь-Шань восходили. Андрюша рассказывал о сталинских лагерях и о людях, жизни положивших на то, чтобы уничтожить советскую власть. К разговору всегда прибивалась и Вера Петровна, русская красавица, как называла её Риша, с косами, гордо оттягивающими голову назад, с радостными глазами. Она отвлекалась от своих тетрадей и знакомила Василия со своими учениками — с богатством историй, случавшихся с ними, с богатством их мыслей и неожиданностями открытий в сочинениях. Знакомила и с мучениками системы, как она называла их: Солженицыным, Копелевым, с теми честными и любящими Россию людьми, кто десятилетиями сидел в тюрьмах и в психушках.

В один из таких вечеров Василий сказал: «А мой отец тоже был диссидентом».

— То-то фамилия мне показалась родной. Неужели Тарас Рузаев — ваш с Ришей отец? Сначала и в голову такое совпадение не пришло. А ведь похожи вы оба на него, такие же светом облитые! — И Андрюша рассказал, как любили все Тараса, каким он был вездесущим журналистом, как умел преподнести любое событие чётко и точно, как радостно встречал каждого нового человека. — У него каждое слово — пуля! — Как изгнали его из страны, как мучился он, что вынужден любимых жену и детей бросить! Боялся сильно за них. — Не хватает мне его!

— А ты, Васюш, откуда знаешь про отца? — спросила Риша растерянно.

— Мама рассказала.

Как назвать этот год нашей общей жизни с перескакивающими из декабря в январь, из февраля в март днями? Все они были нанизаны на единый световой луч и перевивались кровеносными сосудами.

Точнее всего то, что с нами происходило в этот год, отражалось в картинах Василия.

Оказалось, рисование не просто хобби мальчишки — его главная суть. Это фантасмагория из красок и оттенков, сплетений разных странных конусов, человеческих лиц, фигур, глаз, перепутанных нервов, всего того, что таится в человеке невидимым и неслышимым, вытянуто им из глубин. Вроде хаос на листе, а отойдёшь на несколько шагов, и перед тобой — рождение жизни на земле, или смятение в душе, или танец прозрения, или праздник взаимопонимания, или люди, принёсшие себя в жертву. Прекрасные, вдохновенные лица у них, почему-то с бородами и шевелюрами, очень похожие на подвижников девятнадцатого века, великих писателей и художников. Солнце и крест, водопад и контуры горы для восхождения... И всё не реалистичное, а вдруг являющееся из воздуха и света как послание чьё-то.

Лица героинь всегда получались похожими на Ришино. И глаза юных дев, плывущие сквозь разные века, тоже были Ришины — русалочьи.

Василий очень точно уловил изменения, произошедшие в Рише в связи с зарождением в ней жизни: и детское сохранилось в её лице, и затаилась какая-то мудрость, какое-то знание, которое не дано не посвящённым.

Иногда от картин Василия словно смех излучался, или музыка. Во всех них обязательно возникал очень маленький мальчик, сцепляя всё в единое целое, мальчик, похожий на Ришу и на Миха. Видно было невооружённым взглядом, как неистово Василий ждёт рождения этого мальчика. Это будет лично ему подарок от Риши в вечное пользование!

— Ты давно стал рисовать? — как-то спросил я у Василия.

— Со дня рождения, — за него ответила Риша. — И во время уроков рисует. И дома. У меня полка в книжном шкафу отведена под его альбомы и отдельные листки. Но, мне кажется, ему теперь нужны листы на два метра.

К Рише моё отношение за этот год сильно изменилось. Нет, не ушло ни раздвигающееся пространство внутри, ни постоянный ожог, просто Василий соединил нас всех, перепутал своими яркими красками, своими фантазиями и своими странными чувствами, мы все оказались в одном клубке, связанные родством. И Риша оказалась не просто единственной любимой моей женщиной. Она и мать Василию, и мне сестра, и нечто бесплотное, духовное, святое, что вдохновляет меня на каждый день.

Риша — это то, что составляет суть нашей общей жизни. Вокруг неё собираемся все мы и ею объединяемся в единое целое. Но в этом целом высвечивается главное: наш ребёнок — Василий, ради него мы все теперь живём. Странное переплетение нас всех.

Больше всего теперь мы полюбили чаепития после рабочего дня.

Василий смотрит по очереди на каждого из трёх и просит: «Рассказывай».

Риша должна рассказывать, о чём она думала в детстве, в юности, что волновало её, какие ощущения помнит до сих пор.

Мих должен снова и снова рассказывать об Андрюше и походах, в которых сам побывал, о том, как сначала воспринимал разговоры взрослых и как стал понимать их потом, о Вере Петровне: почему пошла в учителя, может ли учитель изменить полностью жизнь человека, или судьба и человек запланированы высшими силами и генетическим кодом? Как связаны все вместе: Андрюша, Вера Петровна и он, Мих?

А меня Василий расспрашивает о Вике, о её судьбе, почему рано умерла, почему растила меня она, а не родители. Просит читать её стихи и петь песни под гитару. Спрашивает, почему не получились у меня такие отношения с отцом, как с Андрюшей? Что мешает пути людей друг к другу?

Василия больше всего интересуют нюансы, оттенки, переходы из состояния в состояние, чуткая, переливающаяся разными цветами и звуками душа. Замерев, он смотрит на говорящего, и кажется, что в себя вбирает не только всякое слово, но и то, что человек почему-то не договаривает. Для Василия каждый из нас теперь полностью раскрыт — и ежедневностью прошлого и ежедневностью настоящего!

Глаза Василия, Ришины глаза... Василию высказать всё, что хочу сказать Рише, подарить Василию всё, что хочу подарить Рише. Как мало может человек выразить словами из того, что бьётся в нём горячей кровью!

— Слушай, Василий, я расскажу тебе сказку. Девочка только родилась. Раскрытыми настежь глазами она рассматривала беспредельное небо над собой. Солнца ещё не было, оно только выбросило своих посланцев — золотистые лучи рассыпались веером. К девочке подлетели птицы, что-то стали чирикать ей. Подлетели бабочки, коснулись её щёк и губ. Умели ли они что-то высказать ей: пожелания, поздравления? Этого мы с тобой услышать не умеем и так и не узнаем никогда. Человек рождается радостный. Ещё никто не успел огорчить его. Но вот, как в старой сказке, обступили девочку феи-волшебницы. Ты же знаешь, в сказках всегда живут феи-волшебницы, и они каждому дарят свои подарки на жизнь. Только некоторые пожелания потом не сбываются — разрушаются самим человеком. А чьи-то пожелания могут и сбыться, если ребёнок их услышит и поверит в то, что они сбыться могут, если поработает над их исполнением. Первая, совсем молоденькая и смешливая фея сказала: «Я тебе желаю всегда, прежде всего, видеть солнечный цвет: собак, кошек, лошадей оранжевыми, людей — золотистыми, и чтобы все твои дела были повёрнуты к небу и к солнцу». «А я тебе желаю, — выступила вторая, средних лет, со спокойным и строгим лицом, — всегда слышать тех, с кем ты встретишься. Легко тебе будет жить, если чужие боли, радости и желания будешь вместе со своими ощущать». Третья, старая, с морщинами, исполосовавшими всё лицо, свои руки распахнула над лицом девочки: «Желаю тебе всегда подняться, если вдруг споткнёшься или сокрушит тебя что-то. Всегда сохраняй перед собой своё небо!»

— Хватит, Николаша, я понял твои пожелания. Только уж очень ты раздираешь моё нутро, не пойму, почему. Давай лучше в шахматы сыграем, обставлю тебя сегодня, не всё тебе выигрывать. И коня мне твоего не надо. На равных давай!

Риша сидела рядом с Михом на диване и вязала из шерсти маленькую жилетку густо голубого цвета. Мих читал.

— Давай, Васюш, ты обязательно Николашу обыграешь, даже не сомневайся, — сказала Риша и улыбнулась.

Она часто теперь улыбалась, словно всё, что делала она или кто-то из них, доставляло ей большое удовольствие.

— Ну, спасибо за поддержку, — усмехнулся я. — Но учтите, милые родственнички, поддаваться не собираюсь, ни-ни!

* * *

Он ворвался к нам в июньские сумерки: длинный молодой мужик, с ёжиком волос и пронзающими глазами.

Риша уже закрыла кассу. Все мы ждали Василия, который припозднился из-за какой-то репетиции экзаменов. Выдумали тоже: устраивать экзамены в шестом классе!

Как всегда, хотели пойти ужинать в квартиру Риши и Миха.

Мих уже надел плащ и сидел перед кассой, смотрел, не отрываясь, как Риша убирает в сейф бумаги. Он часто, позабывшись, смотрел на неё, когда она что-то делала. И выглядел дурак дураком со своей глупой, во весь рот, растерянной улыбкой.

— Вы хотите купить компьютер? — нехотя перевёл взгляд на парня, но спросил дружелюбно и шагнул к нему навстречу.

— Нет, голубок. Ты ейный хахаль, так, что ли? — ткнул он в сторону Риши. — Это ты, что ли, её замуж собрался взять?

Риша, увидев парня, дёрнулась всем телом и укрыла живот руками.

Что это с ней? — не понял я.

— Вот и подпиши документик, что отказываешься от своего кооператива в мою пользу, компенсация, значит, за моральный ущерб и физическое издевательство, значит. Держи ручку. Минуту даю, пиши, падла! Ты тут, значит, не при чём, это я, как мужик, понимаю, без вины виноватый получаешься, но отвечать придётся тебе, так уж положено, мужик за свою бабу в ответе.

— Что вы такое говорите? Что вы хотите от нас? — Мих ничего не понимал и затравленно смотрел в пронзительные глаза.

— Не понимаешь, падла? А то, что твоя стерва мне башку проломила подсвечником, и я полгода провалялся мертвяком, думал, не выживу, это как? Оклемался, значит, сам видишь. Ещё полгода потратил на то, чтобы вычислить твою суку. Небось, ты без понятиев, что она надо мной устроила?! Скрыла сука, вижу, хлопаешь зенками, знать ничего не знаешь! Ясное дело, значит, скрыла. Такая разве признается, что убивицей сделалась? Выжил чудом. Спустил, значит, все свои сбережения, чтобы выползти из смерти в жизнь вторую! И сейчас благодаря этой стерве мучаюсь головными болями. Вот почему и бизнес твой хочу прибрать к своим рукам. Компенсация мне нужна, желаю вернуть свой капитал, потраченный на лечение. Думаешь, как? Может, оно и так, что ты не при чём. Но раз вы теперь вместе и повязаны будущим своим щенком, значит, через неё и ты примешь наказание: по миру, значит, с ней и со щенком вашим пойдёте!

Только не сорваться! Только не сразу под дых! Всеми силами пытался я отшвырнуть от себя гнусные слова пришельца, удержать себя в узде. Почему-то возникла мелкая противная дрожь, сроду такого не чувствовал. Всё внутри разрывалось от удушья. Остановить этот жуткий абсурд...

— Погоди, ты чего развоевался? — рвущимся голосом, но вежливо спросил я, спрятав кулаки в карманы брюк. — Мы ничего не понимаем. Послушай. Тут ошибка вышла. Ты наверняка перепутал... совершенно исключено, чтобы...

— А ты кто, хлыщ? — повернулся он ко мне, стал меня разглядывать, нарочно откинулся чуть назад, чтобы ещё больше дать понять, как с высоты своего роста он презирает мелких. — Ты тоже её имеешь? Вдвоём е...? Молодец, сучка, пристроилась.

Весь перелившись в кулаки, со всего маха я саданул в хамскую морду.

Мишка, наконец, в себя пришёл. Увидев, как у мужика откуда-то в руке появился пистолет, кинулся к мужику, двинул его в бок, закрыл собой меня. И тут же рухнул.

— Миша-а-а-а! — Риша бежит к Миху и падает от удара в висок.

— Лю-юша-а-а-а! — кричу я, или не кричу, и от удара в голову теряю сознание.

...Сколько длилось беспамятство... пока пришла боль. Не голова — нарыв, напоённый гноем, стремящимся на волю. Горит, бушует в голове кровь. И запах крови. На лицо стекает горячая струя. Всё-таки вырвалась.

Что за бред снится мне? Почему я заснул посередине дня?

Щека горячая и липкая.

Только не открыть глаз! Ни в коем случае нельзя открыть глаза. Пусть нарыв.

— Вы живы? Я из Минздрава. Пришёл за компьютерами, а тут... — Участливый голос. — Здесь только что был мальчик. Куда он мог деться? Мальчик исчез. Ведь был здесь мальчик. Он долго теребил женщину, звал «Риша», пытался поднять. Куда делся? Ему так плохо! Мальчик только что был... не в себе...

Голос бьёт по голове, в боль, в огненную кровь. И ничего не понять: о чём он, причём тут Риша, причём тут Василий?

— Хотел днём, не удалось. Пришлось ещё кое-куда съездить. Мне сказали, вы поздно закрываетесь.

Почему я попал в ад? Я никому не делал зла. Только в аду так может болеть голова... и столько крови...

Я жив?

К сожалению, жив.

Открыть глаза пришлось, когда я почувствовал ледяную воду. Липкая корка на шее растворялась, запах крови таял в холоде, затопившем мир.

Молодое лицо склонилось надо мной. Парню не больше двадцати. И он повторяет без перерыва, как на одном месте застрявшая пластинка: «мальчик исчез», «теребил женщину», «не в себе»...

И неожиданно — бред: Мих упал, Риша упала, я кинулся спасать их.

Это был сон? И во сне?.. Почему опять вернулся бред?

С трудом встал, чуть не упал снова. Мих и Риша лежат. У Риши руки на животе. Скоро появится сын. Ультразвук... мальчик.

— Скорее «скорую», — поскальзываясь на крови, еле движусь к телефону.

— Им поздно, — голос парня. — Вам вызвал. Сейчас подъедет. Куда же вы? Подождите! — Молодой человек больше не говорит о своём компьютере, ухватил меня за локоть, и лишь страх потоком выплёскивается из глаз. — И я мог бы... на пять минут раньше... на пять минут!.. только дошло. — Молодой человек виснет на мне. — Пять минут... только пять минут... я видел его... он выносил компьютеры, один за другим... сгибался от тяжести... грязно ругался... Сейчас я вытру вам кровь. Не уходите, слышите? Милиция и «скорая помощь» скоро подъедут.

Вырываюсь и плыву по воздуху. Заплываю за угол. И сажусь спиной к стене на ледяную землю. А сейчас лето. Оно уже наступило. Почему же такая ледяная земля? Слышу вой сирены. Вой другой сирены. Слышу голоса. Но уже ничего не понимаю — сознание снова покидает меня.

А когда снова прихожу в себя, очень темно кругом. От ледяного асфальта холод расползся по всему телу. Онемели ноги, спина, руки, и незнакомая, странная голова с вибрирующим голосом Риши: «...В небесах торжественно и чудно...»

Попытался встать и снова рухнул, зад оказался неподъёмным.

А ведь обязательно нужно встать. Сразу за углом машина. Мы с Михом купили подержанные «Рено», только у Миха цвет серый, а у меня — свело-синий.

ГЛАЗАМИ ВАСИЛИЯ

Чёрный, тёмно-коричневый цвет. И заходящее солнце — тёмно-коричневое. И дома. Он не знает, как попал с Рублёвского шоссе на Кутузовский.

Шаг. Ещё шаг. Ещё.

Как он оказался дома? Витя трясёт его. Потом поит валерьянкой. Звонит куда-то. Исчезает.

А он начинает есть суп прямо из кастрюли.

В школе им устроили репетицию экзаменов. Он опоздал к Рише и на обед, и на ужин.

Суп куриный с вермишелью. Вермишель — длинная, виснет на губе, он с хлюпом втягивает её.

Наверное, целый год он ест суп. И, только когда ложка скребёт по пустому дну, отставляет кастрюлю.

999 — номер машины. 9 — номер дома. Ловко. Запоминать не надо. «Девятка» и коричневый цвет — в паре.

В левой руке портфель. Никак не может разжаться рука — намертво срослась с портфелем. Взмахивает портфелем, болтает им, пытается отшвырнуть.

Наконец правой рукой с трудом отцепляет.

Идёт из дома. Ноги еле передвигаются. Но они знают, что ему нужен номер машины: 999. Какой длинный Кутузовский!

Его чуть не сшибает с ног Виктор.

— Еле догнал! Куда ты? Немедленно домой! Я маму привёз. — Подхватывает его под руку и влечёт к дому.

999. 999. Круглые, хвостатые цифры. Уничтожить их.

— Мама тебя ждёт. Слышишь, у нас с тобой есть мама, — кричит Виктор. — Очень маленькая у нас с тобой мама. Без нас совсем беспомощная. Не хочешь же ты потерять и маму? — Виктор останавливается и, как давеча, начинает трясти его. — Двигай же ногами. Ты вон какой вымахал за этот год! С меня! Не могу тащить тебя. — И снова волочёт его.

Мать лежит на диване на животе, уткнувшись в оранжевый плюш лицом.

— Мама! — кричит Виктор. — Вставай немедленно. Мама, я привёл Ваську. Ему срочно нужно помочь. Где снотворное, мама?

— Да, да, сынок. — Мать садится, трёт щёки, трёт глаза. Встаёт. — Я сейчас, сынок. — Идёт на кухню, греет воду, льёт в большую кружку, разбавляет холодной водой, кладёт сахар. — Вась, что ты стоишь? Ты сядь, ты сядь, — повторяет как механизм. Быстрым движением запихивает ему в рот две таблетки, вливает тёплую воду. Он машинально глотает.

Последнее, что слышит:

— Я, мама, возьму больничный. Я буду с ним. До сессии есть время. Ты выходишь на работу. Ты пока одна кормилица. Я подключусь позже. Вот увидишь, найду что-нибудь денежное. Потерпи, мама.

Он рушится в чёрную яму. Это не яма, бездна. В ней осколки. От Ришиной голубой с лебедями чашки. И пустота. Его мотает от раскалённого шара к раскалённому шару. Он пытается ухватиться за поверхность, но малиновый песок сыплется, за него не ухватишься. И он снова оказывается в бездне и рвётся к другому шару. Пытается ухватиться за него. Вот что значит вечность. Бездна, пустота между раскалёнными жестокими шарами, и нигде нет пристанища.

Ничего для него нет.

И его больше нет. Он тоже — пустота.

Проснулся от голоса Виктора.

Виктор говорил очень тихо и далеко, в гостиной. Но его слова почему-то громыхали в ушах:

— Ты диктуй, я пишу. Увидеться не могу. Выйти из дома ни на минуту не могу. Лекции положи в почтовый ящик, мама возьмёт. К сессии готовлюсь. Ты меня знаешь, сдам.

Голос Виктора вибрирует в голове и в ушах, оглушает.

Туалет. Холодная вода.

Нужно скорее дойти до Ришиной комнаты.

Риша с Михом последние полгода снимали однокомнатную квартиру совсем недалеко от них. И перед сном они оба приходили к ним. Пока Мих разговаривал с мамой и Виктором, Риша сидела на его кровати, прижавшись к нему, гладила его голову. Сейчас звучит её голос:

— Это теперь твоя комната, Васюш. Представляй себе, как будто я здесь. Я ведь здесь, с тобой, всегда. Не уйду, пока ты не уснёшь. Ты как был для меня, так и есть — самый главный. Как только рожу, мы купим просторную квартиру, и ты переедешь жить к нам. Боюсь заранее покупать и делать что-то. Не хочу сглазить. Потерпи, Васюш. — Она подтыкает одеяло, как он любит, гладит и гладит его по голове и по лицу. Её руки пахнут травой. — Спи, мой маленький! — Каждый раз она смеётся над выскочившим, привычным с детства словом. — А ведь ты уже дядька, Васюш, ты намного выше меня! Теперь-то всё равно нам с тобой никак нельзя спать в одной кровати!

Он протестует, каждый раз находит новые аргументы:

— Рост ещё не взрослость. А ты ещё меня не вырастила. Николаша сказал: «Ты мне вторая мать». А мать должна растить ребёнка до полной взрослости.

— Я и ращу. Я и не отказываюсь, — смеётся она. — Только совсем не обязательно спать в одной кровати с великовозрастным дитём. Ни в одном учебнике такое не написано.

Она здесь. Он трогает голову — волосы ещё держат тепло её рук.

Виктор уложил его рядом с собой.

Это было совсем необязательно.

Пошатываясь, ушёл он в Ришину комнату. Лёг на их с Ришей кровать.

Плывут письменный стол, широкое окно, лампа на потолке под оранжевой тарелкой... Когда был маленький, считал лампу вторым солнцем: одно — на небе, другое — в их с Ришей комнате.

Скорее спать.

А как только проснётся, пойдёт к Рише. Она накормит его завтраком. Это совсем близко, через два дома.

В воскресенье Риша пекла им с Михом оладьи с изюмом. Приходил Николаша. Мих включал Окуджаву или Высоцкого. А иногда Шопена.

— Шопен промывает мозги! — утверждал он.

— А чем провинились Моцарт, Рахманинов, Чайковский? — Николаша всегда возражал ему.

Наверное, потому, что всегда был согласен, а соглашаться скучно. Это игра такая: обязательно противоречить. Словно на два голоса петь одну песню.

— Мальчики, мойте руки, а то оладьи остынут и станут невкусными.

Только у Риши получались такие — чуть хрустящие в корочке и сочные, пышные внутри.

Мама оладий не пекла, мама и в воскресенья работала. Вечером в субботу на неделю варила борщ или лапшу, тушила курицу или мясо и делала пюре. Маме нужно отложить два оладья.

— Васюш, маме с Витькой уже отложила, ешь, пожалуйста.

Риша всегда ловила каждый его взгляд, каждое движение. И Миха приучила думать прежде всего о нём.

— Ну-ка, реши задачу! — начинались их соревнования после завтрака. — Мы с Колькой не смогли.

Николаша делал круглые глаза и невинно спрашивал:

— Это ты про логарифмы? Нет, не смогли. Но никто не сказал, что Василий решит. Сейчас, Василий, мы тебя обставим!

К весне они перерешали все задачи будущего года по математике и физике. И перечитали тьму книг.

Николаша любит Достоевского.

Риша возражала против Достоевского. Но Николаша стоял намертво:

— Парень должен разбираться во всех нюансах психологии. «Преступление и наказание» — учебник психологии.

— Патология личности, — не соглашалась Риша. — Ну, сам подумай, зачем ребёнку знать, как зарождается идея убийства в больной голове Раскольникова?

— Пойми, Риша, мы должны обезопасить ребёнка. Он должен знать не только психологию нормального человека, но и больного, и психически нестабильного. Тогда он сумеет защититься от него, уйти от опасности!

— Как?! — возражала Риша. — Как можно защититься от топора? От маньяка? От подлеца? От человеческой невменяемости? Допустим, Лизавета понимает психологию нездорового человека. Но что, скажи, что она может сделать? И зачем вообще допускать в себя патологию? Насчёт Порфирия и его игр с Раскольниковым ещё можно подумать, если, конечно, Васюш когда-нибудь захочет стать следователем!

— Даже если не захочет. Любые игры, любые упражнения с психологией Василию крайне полезны. Они научат его вставать на место другого, понимать чужую точку зрения и уметь апеллировать к ней.

— Безусловно, игры с психологией — университеты жизни! — вступал Мих.

— Но ребёнку ещё рано разбираться в мотивах убийства и в религии, он должен созреть! — Риша пыталась продлить его в детстве.

— Самое время, если учесть, что ребёнок он лишь для тебя. Не только потому, что он — длинный, а потому, что он уже зрелый. В чувствах, в осознании жизни. Он тебе фору даст!

Почему он всегда молчал, когда они говорили о нём? Никаких поползновений вступить в разговор у него не было, ему нравилось слушать их: они говорили о нём, они все любили его!

И лишь сейчас, сидя в Ришиной комнате, на их с Ришей постели, понял: он именно в это время и рос — и физически, и морально — под их любовью. Он словно в тёплой воде плыл, когда расправляется каждый нерв и каждая клетка тела.

Да, это были тепличные условия: с оладьями, с безразмерной любовью к нему всех троих и жаждой — все знания, все мысли, весь свой накопленный опыт безвозмездно отдать ему в пользование.

Вот они все, друг за другом, идут по лыжне. Впереди Мих, за ним — Риша, за ней — он, а сзади, защитой, — Николаша. Орут песни. Глотки сядут скоро — холодно. Но с собой термосы с горячим чаем. А в чае уже плавает лимон и живёт мёд. Смазка для глоток. Голоса рваны — трудно петь на ходу. Но важна не песня, а идея песни. Ветер разрывает слова, уносит их в плоть ёлок и сосен, оставляет их след в этом подмосковном лесу.

Поначалу Мих идёт не быстро, вводит их в движение после недели сидения на одном месте. А когда он, наконец, даёт старт к бегу, тогда уж не попоёшь.

Но всё равно они быстро не побегут — Риша носит их общего ребёнка. И это сейчас самое главное: их будущий ребёнок.

Когда врач запретил Рише лыжи, стали просто ходить пешком. Но в лес уже не поедешь. На лыжне лишь проваливаться будешь, опасно. Стали ездить в цивилизованный парк и ходить по расчищенным и утоптанным дорожкам. С Кутузовского до Сокольников в воскресенье без пробок минут тридцать пять.

Всего один год. За этот год он прожил целую жизнь.

Школа мужской дружбы. Школа родства.

Компьютерные программы, Толстой с Чеховым и Достоевским, Викины стихи, Андрюшины песни, ежеминутная забота настоящего отца — Миха, дядьки — Николаши, Ришины оладьи с омлетами и воскресным яблочным пирогом с корицей. А перед сном Ришины руки на голове и лице. И толкающийся к ним их общий мальчик.

Весна пришла солнечная. Весна — это снова костры с запахом дыма, это уже знакомые, ещё сиротливые кленок, ёлка, без плодов рябина.

Почему всем им не помогло их блестящее знание психологии преступника?! Риша была права?

— Пойдём поедим. Я поджарил хлеб и залил яйцом, как ты любишь.

Он послушно встаёт и идёт за Виктором. Он ест, он пьёт чай. Он смотрит на Виктора.

Тёмные тени под глазами, серое лицо. Его старший брат.

Виктор говорит:

— К тебе есть дело. Ты можешь пропылесосить дом?

Он может.

Глава четвертая

МОИМИ ГЛАЗАМИ

Время пухнет дымом и тошнотой. Тошнит кровью. Не могу выползти из своего убежища — однокомнатной квартиры, в которой жила моя тётка. Вика была одинокой и мне завещала свою квартиру: скромное жильё в пятиэтажке Студенческой улицы вместе с шуршащим прошлым. Безответная тёткина любовь, невостребованное материнство, маята живут здесь томиками Цветаевой и Пастернака, Рождественского и Ахмадулиной, нотами, раскрытыми на Гайдне.

Теперь это моя берлога. За мной идёт охота. Я — единственный свидетель убийства. Я — единственный, кто знает в лицо убийцу. Убийца поспешит замести следы: убить меня! Наверняка связан с другими бандитами. И уже нарисовал им мой «портрет».

О какой ерунде думаю?!

Вся жизнь была вместе с Михом. И закончиться должна вместе.

Только прежде нужно решить несколько дел.

Прежде всего Минздрав. Бандит вывез готовые, предназначенные для Минздрава пять компьютеров. Нужно позвонить в Банк: в Минздрав вернут деньги.

Но поползновение встать оканчивается неудачей. Голова не отрывается от подушки.

Чем ударил меня этот подонок? Как и Ришу, пистолетом?

Да, Риша. Имя произнеслось.

У меня никогда не было женщины. Я не влюблялся в одноклассниц и в однокурсниц. У меня на всю жизнь получилась одна Риша.

Пусть она любила Миха.

Разве это важно?

Она породила во мне мир, которого раньше я не знал. И предположить не мог, что так может раздвигаться пространство внутри и так много может рождаться радости и энергии!

Не знал, что могу быть таким сентиментальным и таким богатым.

Не знал, что могу каждое мгновение своей жизни выверять Ришиным состоянием.

Случился день, когда вдруг Риша почувствовала себя плохо. То ли сумку тяжёлую подняла, то ли споткнулась… кто знает причину, но начались боли. Мих увёз её к врачу. А у меня остановилась жизнь. Клиентов спровадил, закрыл глаза и стал молиться: «Господи, помоги, чтобы Рише не было больно. Спаси нашего ребёнка! Перенеси её боль на меня. Пусть на меня перейдут все её беды! Пожалуйста, храни её всю жизнь, береги её, спасай от всех болей и неприятностей! Отведи от неё сейчас боль!»

Я молился первый раз в жизни.

О Боге никогда не думал. Жил действием, планами и не понимал, как люди могут тратить столько времени на молитвы и как могут бежать от настоящей жизни в монастыри?!

И также первый раз в жизни со мной происходило что-то странное: каждую секунду своей жизни я связывал с Ришей.

Для неё принимал душ.

Для неё делал зарядку.

Для неё до работы забегал в магазин, чтобы принести продукты с утра и чтобы Рише не нужно было тащиться с сумками.

Для неё бормотал стихи, проверяя, не забыл ли какое слово, чтобы в любую минуту, когда Риша спросит «А что дальше», шпарить наизусть.

Для неё работал на износ, чтобы наш Кооператив приносил как можно больше прибыли, и Риша как можно больше получала бы каждый месяц.

Для неё выуживал из нашего общего с Михом прошлого эпизоды, в которых Мих был особенно мужественным или остроумным, и в красках рассказывал. Риша светящимися глазами смотрела на Миха. А я радовался, что она так любит его, а он — её. И сбегал от благодарного взгляда Миха в кухню.

В тот день неистово молился всё то время, пока Ришу смотрел врач.

Тогда всё обошлось, и Рише перестало быть больно, и с ребёнком ничего плохого не случилось.

Всё обошлось. Но свою молитву и всю свою сконцентрированную силу, направленную на спасение Риши, хорошо запомнил и часто бормотал свои молитвы: «Господи, отведи от Риши все беды, перенеси их на меня!»

Мои молитвы не помогли.

А сейчас кому они нужны?

Сейчас вся кровь моя, которую я готов по капле отдать ей, ей не нужна. Поэтому кровь и перестала двигаться по мне. Она первая остановилась, она больше не живёт.

И я готов уйти следом за Ришей.

Только нужно обзвонить компании, внёсшие задатки, чтобы они забрали предназначенные им компьютеры.

Какие компьютеры? У нас больше нет компьютеров.

Нужно вернуть задатки.

Плывём мы все на лодке в парке Горького. Солнечный день. Конец мая. Мих гребёт, а Риша с гордостью смотрит на него. Он самый красивый. Он самый умный. Он самый добрый.

Она смотрит на Миха и моими глазами. Мих всегда был частью меня, лучшей составной.

Странно, мы никогда не ссорились. А ведь совершенно непонятно, как могли уживаться стремительный, в постоянном движении, в порывах и страстях Мих со мной, склонным к созерцательности, к неподвижности, к занудству. Уживались. Похоже, Миху нравилось моё терпеливое умение останавливать мгновение и сосредотачиваться на нём. Как-то Мих даже спросил: «Скажи, что чувствуешь сейчас и о чём думаешь, вот когда так смотришь?»

Мих закрыл меня своим телом. Пуля предназначалась мне. Порывистый, импульсивный, Мих ни секунды не подумал о себе. Просто и естественно кинулся спасти.

Из-за меня погиб Мих.

Это я не сумел сокрушить бандита.

Занимался бы в своё время борьбой... Тряпка, не мужик.

Вон Василий приёмы каратэ знает. Почему никогда не попросил показать?

Без Миха жить тоже нельзя, как и без Риши.

По-разному, но они оба — это я. Я — сосуд, до краёв наполненный их силой, их красотой, я захватил их души и погрузил в себя их обоих, и ими был жив.

Без них меня нет.

Вот так и буду лежать — без еды и без света внутри, который вдруг, в одно мгновение, когда упал Мих и когда упала Риша, погас. Оказывается, теперь я — тусклое и бессмысленное существо, с остановившейся кровью, даже отдалённо не напоминающее меня прошлого. И скорее бы уж угасла и моя жизнь. Кому, зачем она теперь нужна?

Еду нечасто приносит отец.

Мать умерла от рака, когда я кончил школу.

Отец женат на «рюмочке»: талия до высокой груди и ноги из подмышек. Да ещё главное слово: «хочу». У такой не поозоруешь, сразу отлучит от груди. Отец совсем размазался по воздуху — мальчишкой спешит на все её «хочу».

Медаль отцу полагается за пельмени и колбасу, да шуточек привычных при встрече с отцом не получается, как и слов обыкновенных. Сил всё меньше. Не ем я ту еду, так и лежат пельмени и колбаса в холодильнике.

Мать причитать бы стала, увидев моё распростёртое тело, домкратом стала бы работать, чтобы поднять меня, а отец обходится дежурной фразой: «Подумай, сынок, что дальше-то».

А что дальше? Дальше Риша и Мих. Встреча с ними, если ТОТ свет есть. А если нет, то забвение. Что представляю я из себя без них двоих?

Хорошо, отец не пострадал от бандитов — живёт у жены. И жильцов дома не было. Но квартиру, отец говорит, разгромили основательно. И оставили письмо: за укрывательство меня — смерть.

Значит, продолжают следить за квартирой?!

— Дядя, здравствуй!

Снится голос? Всё время в голове после удара стали звучать странные голоса.

Но глаза разлепил.

Розовое облако, и под ним красное на шее.

Если бы при Советах дело было, решил бы: пионерку прислали спасать меня.

Не галстук, шарф.

Никак не могу оторвать голову от подушки.

Всё-таки с трудом оторвал.

Голова, оказывается, вовсе не болит. Это просто слабость...

Сел под властью жёлто-зелёного света, исходящего из розового облака. Не розовое, светлое лицо. Взгляд странный — словно тебя рентген изучает. Ребёнок не ребёнок...

— Откуда ты взялась?

Ещё говорить умею.

— Твой отец попросил помочь. Ты так стонал и плакал! Наша с тобой стенка общая. Я под дверью стояла, не знала, как войти помочь. А тут идёт твой отец. Мы вместе с ним перекисью рану промыли, кровь остановили, мазью смазали, щёку от крови оттёрли. Теперь рана затянулась, лишь шишка и корка. Но жить будешь. Я хотела «скорую» вызывать, отец сказал: для жизни ничего опасного нет, похоже, сотрясение, нужно отлежаться. Он мне ключ дал. И номер телефона оставил, если что... Их не вернёшь... Вставай. Пойдём со мной.

Странно, голос уже совсем другой.

— Ты снишься мне? Или я уже умер?

— Не снюсь. Ты мой сосед, и мне тебя жалко. Пойдём!

— Куда?

Она стоит передо мной и смотрит мне пристально в глаза.

— Ты должен жить. Твоя вторая жизнь только начинается. Тебе помогут. Но сначала он.

— Кто «он»?

— Идём же!

Что говорит «пионерка», а что говорится в моей голове?

Почему же я подчиняюсь этому странному голосу?

Не сам, какая-то сила поднимает меня с кровати, выводит на подламывающихся ногах из квартиры, ведёт по лестнице на пятый этаж. За девочкой вхожу в чужое жильё — прямо надо мной. Тоже однушка. Пахнет мочой, пылью, плесенью, грязной одеждой.

Она откидывает вонючее, сырое одеяло, валяющееся в углу, на полу, под ним — ребёнок.

— Его мать в тюрьме, а отец далеко, пьёт без просыпа. Я бы сама растила его, да родители... Я выбрала их неправильно. Они всё время ругаются, по каждому пустяку, кричат... стёкла звенят. Я-то защищаюсь от них, а он не сможет, даже если они и не выбросят его. Я погружаюсь в стеклянный шар, их ссоры меня не разрушают, а его разрушат. Если бы у тебя была жена, я выбрала бы тебя в отцы. Но ты был занят суетным, жениться не сумел и не позвал меня, когда мне пришло время идти на землю. Я долго ждала тебя.

Он всё трёт и трёт себе виски. Вот же движутся губы!

Но ведь бред какой-то!

Снится? Или попал в другое измерение? Дикие речи. Откуда в таком низменном мире сверхъестественные силы? Ерунда какая-то. Или это после удара опять голос в голове?

— Какой ещё стеклянный шар? Что значит «выбрала бы тебя»? Объясни! — пытаюсь перебить сон, выбраться из странного миража.

— Не только с родителями тяжело, сейчас время такое жестокое! Живём в мусоре и в негативе, приходится прятаться, иначе никакого сердца не хватит. Но сейчас не об этом разговор. Прихожу кормить. Видишь, на вид ему года два, на самом деле три с половиной, а может, и все четыре.

Всё тру и тру себе виски. Что тут происходит?

Ребёнок сильно истощён, губы бледно-синие.

— Они не нашли его, когда уводили мать. А она забыла про него. Она пьёт, и у неё болезнь такая странная — забывчивость. Спаси его.

Мальчик открыл глаза. Ришины.

— Как это может быть? — еле разлепил губы.

— Сейчас не до глупых вопросов. Вопрос один: ты спасёшь или не спасёшь человека? Тебе нужно и его увезти, иначе его найдут, отдадут в детский дом. Жалко же. Скажешь «нашёл» в помойке, сейчас чего только ни происходит! И уедешь отсюда.

— Я хочу и с тобой, — хватаюсь за соломинку, не представляя, как могу снова оказаться один и что стану делать с ребёнком?

— Со мной нельзя. Про меня все знают. Бери его скорее, и пойдём отсюда. Он хочет есть. А тебе отец принёс молоко. Нужно спешить.

Склоняюсь над ребёнком и застываю под Ришиным взглядом. Снится мне их с Михом сын?! Он родился?

Но тому было бы несколько дней! Этого быть не может!

«Спасёшь или не спасёшь человека!» — спросили меня.

«Спасёшь» — совершенно новое слово для меня.

Разве я, виновник смерти Риши и Миха, хлюпик, не сумевший обезвредить подонка, подставивший своего единственного друга под пулю, могу хоть кого-то спасти?

— Ну же! Скорее, бери его и идём! Он вернёт тебе твою жизнь.

Ребёнок смотрит на меня и протягивает ко мне руки.

Дрожь возникает, как перед экзаменом, как в минуту сопряжения взглядом с Ришей, — будто её душа соприкасается с моей! Ну и воображение!

Осторожно беру мальчика, прижимаю к себе, но дрожь не проходит, словно сейчас решается вся моя судьба.

Впервые в жизни держу ребёнка в своих руках!

— Голову подхвати, видишь, запрокинулась, ослаб совсем. Идём скорее к тебе, попои его молоком с хлебом, бери самое необходимое и поспеши к Рише домой, у тебя очень мало времени. Там возьмёшь деньги. У тебя есть сутки уйти из дома. Завтра придут искать его, мать вспомнит о нём.

Наконец, лишь прижав ребёнка к себе, увидел её. Облако растаяло.

Девочка лет десяти-одиннадцати. Тугие недлинные косы. Зелёно-жёлтый властный поток из глаз. На лице улыбка.

Нормальная девочка. Нормальные слова.

Дрожь исчезла.

«...там возьмёшь деньги...»

Опять голос в голове?

Стоп! Голос опять другой! Не её.

Бред?

Или снится?

Реальность путается с иллюзией. Я плаваю в миражах.

— Ты должен уехать отсюда поскорее!

Куда девочка (или не девочка, а этот дурацкий голос) гонит меня отсюда? Где могу спрятаться? В России не спрячешься, а в другую страну нужна виза. Кто даст мне и сколько ждать ту визу? Чушь какая-то...

Солнце игрушечное, стоит в окне. Что сейчас: зима, лето, осень?

В тот день было начало июня. Сколько прошло времени с того дня?

Ребёнок жжёт мою грудь. Он тоже снится?

Или просто в груди скопились слёзы? Потому и горячо в груди.

Только вот запах. Мочи и кала. И вот ребёнок…

— Ты не спишь, это не иллюзия и не фантазия. Тебя здесь преследуют, твоей жизни угрожает опасность. Ты пойдёшь в американское посольство, тебе помогут бежать из страны.

— А документы?

— У тебя есть заграничный паспорт. Они тебе оформят всё, что нужно. Заплатишь немного денег. Идём скорее, он совсем ослаб, видишь, даже плакать не может, только смотрит.

«Спасти»… — какое странное слово…

Когда вымыли и накормили мальчика, было уже шесть часов.

Мальчик крепко спал, завёрнутый в тёткино любимое — шерстяное, палевого цвета платье и в плед.

— Садись и поешь хоть немного. Тебе нужны силы. А мне нужно уроки делать. Скоро придут родители, рассердятся, что меня нет.

— Не уходи, я боюсь без тебя. И я не знаю адреса посольства и адреса Риши. Странно, почему я ни разу не был у неё? — И сам ответил: — Наверное, потому, что сразу она и Мих…

— Её дом совсем рядом. Лишь Кутузовский перейти, — перебила девочка. — Ребёнок будет спать до твоего возвращения. Сейчас выносить его из дома нельзя — все идут с работы. Такси не вызывай. Попроси отца довезти тебя до посольства, тоже недалеко. Ребёнка пусть несёт он в твоём рюкзаке. С отца возьми слово молчать. Поспеши.

— А если меня схватят у Риши?

— Не схватят. Они Ришу в расчёт не взяли. Секретарша. Да и жила на съёмной квартире. Никому и в голову прийти не могло, что все деньги у неё.

— Жена она.

— Не жена. Свадьбу хотели праздновать в день рождения ребёнка. Ришино желание.

— Откуда ты всё знаешь? — чуть не кричу я, пытаясь заглушить назойливый голос в голове, говорящий непонятное. — Как тебя зовут? Когда я тебя снова увижу?

Девочка засмеялась.

— Вы все из старого мира смешные: ничего не видите, как слепые котята. — Она развела руки, раскрыла ладошки. А голос всё звучит: — Надо же спасать землю! В слепоте подвели её к краю.

Убить, отнять. Я пришла помочь таким, как ты. Ты не можешь убить, отнять. Но тебе нужно отучиться задавать так много вопросов. Получи ответ на один, задай следующий.

Тру голову, пытаясь нейтрализовать назойливый голос.

— Стоп! — чуть не кричу.

— Зовут меня Люся. Поезжай спокойно, всё получится нормально. Сейчас твоё место — в Америке. Ты сейчас нужен там.

— Я люблю Россию! — Это я говорю! — И хочу жить здесь, а не в Америке.

— К сожалению, тебя убьют, если сейчас останешься. И время стучит. Перед каждым разбегаются дороги, нужно выбрать правильную.

— Когда-нибудь я вернусь в Россию?

— Посмотрим. Не надо загадывать.

— Но я не хочу без России.

Она засмеялась и поплыла розовым облаком к двери.

— Адрес у нас с тобой общий, квартиры рядом, пиши мне. Сейчас к Рише, — последнее, что услышал я.

Подложив под матрас кровати скатанное одеяло, чтобы мальчик не упал, поспешил к Рише.

Дом и квартиру нашёл быстро. В самом деле жили бок о бок. Странно, почему не встретились ни разу.

Открыл Виктор.

— Мам, быстрее, — крикнул. — Коля пришёл!

Хрупкая, со съёжившимся, застывшим болью лицом, лёгкая, Ришина мать буквально повисла на мне. Дрожала всем телом.

— Сынок, сынок, ты, наконец, пришёл. Мы думали, и тебя тоже!

— Простите её, — буркнул Виктор. — В себя не придёт. Я искал вас. Отпусти Колю, мам, слышишь? Как он на улицу высунется мокрый? — грубовато ворчал Виктор, отрывая мать от меня. — Пожалуйста, перестань реветь, сейчас Васька вернётся. Пожалуйста, иди к себе, выпей валокордин. Васька совсем у нас сорвался, в школу не хочет идти. Сидит в Ришиной комнате и смотрит в одну точку. Ест машинально. Снотворным травим, чтобы весь день был сонным и не убежал. Я готовлюсь к сессии дома. Друзья приносят лекции и вопросы семинаров всюда. Силком отправили на часик к соседскому мальчишке. Там мать — цербер, не выпустит его из дома и доведёт прямо до нашей двери. Она Ришу со дня рождения знает. Для неё тоже горе.

— Учиться легко в экономическом? — спросил Виктора, переключая царапающий меня разговор.

Виктор кивнул.

— Риша училась, значит, и я могу.

Виктор мягко за плечи подтолкнул меня к распахнутой двери. Вошёл в гостиную и встретился с Ришиным взглядом.

— Я увеличил фотографию. Для Васьки. Вроде дома она. Только он и не смотрит. Он всё время в её комнате, — повторил Виктор. — Пока его нет, хотите в её комнате посидеть? Может, что нужное найдёте?! — Виктор осторожно прикрыл за собой дверь.

Комната небольшая. Полуторка, просторный письменный стол, книжный шкаф и большое окно.

Сел на тахту. Сердце глушило все звуки.

Здесь спала, здесь занималась, здесь читала, здесь думала, здесь росла моя девочка. Вздрогнул от странного слова — «моя». Риша была женой Миха. Риша любила Миха.

«Как можно скорее в посольство!» — услышал голос Люси.

Вот чёрные корешки, о которых Люся говорила.

Осторожно вынул все книги. Пачки долларов прижались к стене.

А ведь Мих не раз говорил ему: «Кассу храним у Риши. Мало ли что? К ней в случае чего не сунутся»!

Совсем забыл об этом.

А как Люся узнала, где деньги?

Никогда не нашёл бы.

Поставил книги на место, пересчитал доллары. Двести пятьдесят тысяч. Разделил на четыре порции. Две сунул в куртку — Люсе и себе. С двумя вышел в гостиную.

Василий!

Подогнулись ноги, плюхнулся на солнечный плюшевый диван.

Посередине гостиной стоит Васюш! Ришина душа. Ришин старший сын. Их с Михом и Ришей ребёнок. Тощий, с блёклыми глазами, с бесхозно висящими вдоль тела длинными руками, он совсем не похож на прежнего, улыбающегося, сыплющего вопросами, растворённого в любви и внимании, восторженно любящего всех нас троих, счастливого ребёнка!

Смотрит больной собакой.

А потом едва слышно просит:

— Возьми меня к себе, Николаша.

С трудом встал. Подошёл к Василию, припал к нему, обхватив его в кольцо, прижался всем телом. Разеваю рот, сказать ничего не могу, щёки вытереть не могу, дрожь унять не могу. Ришин сын. Миха сын. Мой сын.

Виктор обнял нас обоих.

— Она и меня растила, Вась! — сказал едва слышно. — Что бы она сказала, узнав, что ты маму хочешь бросить в такой момент? Куда мы, Вась, с мамой без тебя?

Мать сидела за столом, уронив руки вдоль тела.

С трудом оторвал от себя Василия, рукавом куртки стёр слёзы, выложил обе пачки на стол.

— Слушай меня, Василий. Никогда тебя не брошу. Сейчас драпаю, должен попытаться уехать в другую страну, меня ищут убить: я — единственный свидетель, знаю убийцу в лицо. Ты же понимаешь это?! Кто в ответе? Тот, кто жив. Подонок этот не захочет всю жизнь дрожать, что его найдут. Думаю, за убийство в этой потерянной стране ещё работают наказания. К сожалению, должен уехать ещё и по другой причине: нужно помочь… — Заткнулся, не в силах пересказать фантасмагорическую историю, произошедшую со мной. — Тебе буду звонить. Как только смогу устроиться… мы с тобой будем вместе. — И отвернулся от Василия. — Ты, Витя, пожалуйста, родителям Миха отнеси одну пачку, не успеваю. Адрес Василий знает! Туда лучше идти ранним утром. Скажи Андрюше, позвоню, как только смогу. А это Ришины деньги, вам надолго хватит. А там я, как устроюсь, стану помогать. Вы теперь моя семья. Лучше, Витя, вместе с мамой и с Василием часть денег вложите во что-то — в дачу, например. Припрёт, сможете продать. Василий, ты знаешь, как вести дела. Консультируй Виктора. На память о Рише подари мне её любимую книжку.

Василий из Ришиной комнаты принёс «Старика Хоттабыча», осторожно вложил в мои руки.

— Запомни, Николаша, я всё равно отомщу!

— Постой! А ты его знаешь, этого… кому нужно мстить?

— Никого из вас не касается! — сорвался на петуха Василий. — Это лично моё дело. Не суйтесь в это! Но он поплатится!

Виктор обнял брата за вздрагивающие плечи.

— Мы с тобой вместе отомстим, Васька! Мы с тобой вдвоём сила! От нас не спрячешься! Вот только узнаем, кому…

— Стоп, Василий. — Страх прохватил горло. Вместо «Василий» получилось «Илий». Сглотнул ком. — Риша попросила бы тебя этого не делать. Она хочет, чтобы ты жил. Никакой самодеятельности, Василий, пожалуйста. Сейчас время беспредела, убийств без суда и следствия. Его Бог накажет, Василий, более жестоко, вот увидишь!

— Бог?! Это где ты Бога углядел? Где был твой Бог, когда Ришу и Миха с сыном убивали?! Я тоже думал… есть Он, когда мне вас с Михом подарил! Но ведь почти тут же отнял! За что? Ты скажи мне, за что? — Василий говорил сдавленно, слова сминались в ком. — Был момент, я поверил, был такой момент. Но теперь… Бог не наказал. Никого Бог не наказывает, иначе давно не было бы убийств! И кого убивают?! Лучших. Оглянись!

— Пожалуйста, сыночек. Пожалуйста, сыночек, — повторяла, как заведённая, Таисия Семёновна. Прижалась к груди Василия головой, едва доставая ему до груди. — Послушай меня, маленький мой! Я всегда молчу. Сейчас послушай. Риша — моя дочка. Понимаешь, дочка?! Как мне теперь без неё жить, скажи! Она была моей душой, моей опорой, моей совестью. Мною она была, сыночек! Моя дочка. А я умоляю тебя, не мсти никому и даже не держи в себе чёрной мысли. Коля прав, покарает подлеца… пусть не Бог, если ты не веришь в него, судьба. Это я тебе говорю. С Богом ты сам потом разберёшься, верить или не верить, но вот жить ты потом точно не сможешь, если кого-то убьёшь, даже если убийцу.

Василий осторожно оторвал от себя мать, отстранился.

— По вашей теории подставляй вторую щёку, когда бьют по одной. А я тебе скажу, мама, потому и гибнет Россия, что волю в ней взяли бандиты. Они везде: и у власти, и вокруг нас — чтобы придавить нас всех, как клопов. Мы для них сор под ногами, муравьи, роботы.

— Это уж Тарасовы слова. Где, когда ты мог их слышать?

— У Мишиного отца, у Андрюши.

Мать смотрит на сына, потом на меня, подходит, гладит моё плечо.

— Коля, ты сядь. Сядь, Коленька. А ведь и Андрюши нет больше. Риша говорила, он тебе как второй отец, ты вырос в его доме! С собой Андрюша покончил.

Мой Андрюша?!

— Приходила Вера Петровна. Где ты сидишь, сидела. Два слова только и сказала. Совсем седая. Нечёсаная, немытая. А была красавица! — Таисия Семёновна говорит едва слышно. — Квартиру их разгромили, когда на работе они с мужем были, тебя искали, бумагу оставили: за твоё укрывательство — им смерть, обещали ещё прийти! Так мы узнали, что ты жив. Вера Петровна сказала, Андрюше плевать было на разгром, на вещи. Он как с Мишиных похорон пришёл... уже был не в себе. Вера Петровна одна теперь осталась. А ведь совсем недавно мы с ней встречались в «Шоколаднице», она пригласила меня свадьбу обсудить! Возбуждена была сильно. Уж как она ждала рождения внука, ультразвук мальчика показал! Риша хотела назвать его Мишей. Нравилось ей повторять: Михал Михалыч. Деда она любила, моего отца. Дед растил её. И всё маленькая смеялась: замуж выйду только за Михаила. А Вера Петровна ещё сказала: какие они все были соединённые!

Чем дольше говорила Таисия Семёновна, тем громче звучал параллельно голос Андрея Матвеевича: «Закрой глаза и представь себе снег, куда ни глянешь, и температура больше тридцати, а ты должен валить деревья, а ты голоден и полураздет», «Представь себе, тебя, здорового человека, посадили в психушку и заперли. И всаживают в тебя укол за уколом, от которых ты себя теряешь и превращаешься в труп. И тупые амбалы-санитары бьют тебя». Лохматый, глазастый, подвижный, он рассказывал нам с Михом, что в школе был большим озорником, не мог усидеть на месте, придумывал игры, кукарекал, стучал ногами, вырезал из бумаги маски, надевал их, лишь учительница отвернётся, вызывая гомерический смех ребят. «Закончилось всё это безобразие, когда я попал в физико-математическую школу. С первого урока варежку растянул, так и не закрыл до сих пор».

А вдруг мальчик проснулся?..

— Мне нужно идти, — я встал и, с трудом переставляя ноги, пошёл к двери. И вспомнил. — Можно от вас позвонить отцу?

На Василия больше не взглянул.

Словно за него сейчас чувствую. Одновременно ушли из жизни Василия все, кого он считал своими родственниками. А без Риши он жить просто не умеет.

Стоп. Не смей сейчас думать о Василии, иначе повернёшь обратно, заберёшь его с собой и ни в какую Америку не сбежишь. И ребёнка не спасёшь. И Василия подставишь под пулю.

«Спасти» — какое могущественное слово!

А может быть, Василий в самом деле знает этого — «с ёжиком»?

Ерунда. Откуда? Блажит.

Виктору нужно позвонить, попросить на всякий случай не выпускать никуда Василия.

А разве удержит?..

Стоп, хватит об этом.

Мальчик, наверное, проснулся. Скорее домой! Чуть не бегом летел 15 минут по Проспекту, потом по подземному переходу. Поворот, ещё поворот. Наконец моя Студенческая.

По лестнице поднимаюсь на цыпочках, оглядываясь — не следят ли за мной. Времени остаётся мало. Сунуть самое необходимое в рюкзак, принять душ, первый с того дня! Накормить мальчика, когда тот проснётся!

Отец должен был принести молоко и хлеб.

У двери ждала Люся.

Молча зашли в квартиру.

— Вот тебе деньги, Люся, спрячь, не хочу, чтобы ты хоть как-то нуждалась. Ни в чём себе не отказывай!

— Родители, хоть и ругаются, а пока зарабатывают. И денег на меня не жалеют. Даже мои любимые конфеты покупают.

— А какие твои любимые?

— Грильяж.

Он сглотнул комок. Вот это совпадение!

— Возьму только две тысячи на всякий случай.

— А какой случай «всякий»? Ты прилетишь ко мне?

— Там посмотрим. Может, и пригодятся. А может, при встрече верну.

Ребёнок сладко спал, причмокивая во сне. Люся помогла завернуть его.

— Это тебе номер моего телефона, звони только до шести, пока родителей нет дома. С первого дня в Америке учи язык. Встретишь адвоката, он поможет тебе. Деньги вези на животе, вот карман, давай пришьём. Ребёнка никому не отдавай. Сидеть с ним будет женщина молодая и преданная, будет сильно любить и тебя, и его.

Не мог отвести от Люси взгляда. Не девочка, высшая сила повелевает мной — сам Бог. И ореол вокруг головы, и поток жёлто-зелёного света из глаз. Василию сказать о Люсе и мальчике...

Никогда не верил в то, что можно хоть немного приблизиться к тайнам мироздания. Человек — букашка. Мама молодая умерла от рака. Миха с Ришей убили. Василий прав: за что? Кто распорядился? Андрей Матвеевич не смог жить без Миха и Риши. Он был всем отцом. И мне. Это он занимался с нами математикой и подарил нам не видную жизнь страны.

— Люся, скажи, из твоих слов получается, что Бог или какая-то другая высшая сила и тайны мироздания есть. Но, если Бог есть, в самом деле, как мог Он убить...

— Им всем воздастся, каждому своё, — сказала непонятные слова. — А тебе ещё предстоит выполнить твой урок: ты должен вырастить его.

— Если бы ты не пришла, я бы и не узнал о его существовании.

— Узнал бы и взял бы его.

— Если бы ты не пришла, я никогда не узнал бы о деньгах, сохранённых Ришей, остался бы в России и был бы убит.

— Но я пришла.

— Почему именно ко мне? Разве мало сейчас таких, как я, всё потерявших?

— Это мой урок. Но сейчас у тебя нет времени на философскую болтовню, скоро придёт отец. У тебя будет много времени всё обдумать.

— Сколько тебе лет?

— Только выгляжу на десять, уже двенадцать. Отцу не давай больше тысячи, жена отнимет. Не забудь и свои деньги, они в шкафу. И возьми все копии документов твоей фирмы, предъявишь имена Миши и Риши, в посольстве будут проверять, врёшь или нет.

Люся ушла.

Время остановилось, хотя оно и неслось стремительно: с воплями отца, требованиями не «уезжать», не «бросать его на произвол судьбы», с машиной, ползущей по ночной, но не спящей Москве, с дежурным офицером в американском посольстве, подсказанными Люсей словами «гонятся», «убьют» и копиями документов, с комнатой, в которой пахнет спасением — вода, вино в холодильнике, бутылки с молоком, каша, подгузники для ребёнка, хотя он уже и вырос из подгузников, и ужин для меня.

По-настоящему ел первый раз с того дня. Я не знал, ни какое сегодня число, ни как похоронили Миха с Ришей, ни когда погиб Андрей Матвеевич. Во мне проснулся утробный голод — ел и ел и смотрел на спящего ребёнка. Такая безмятежность и такое спокойствие в лице мальчика, что я перестал видеть падающих Миха и Ришу и летящего с последнего этажа их общего дома Андрея Матвеевича. Дышу младенческим дыханием и легкомыслен и под завязку полон запахом молока — детства. И звучит живое: «Я, оказывается, оптимист!».

Время остановилось: день, ночь. Проверяют документы фирмы и то, что я рассказал переводчице. А нас с мальчиком кормят.

Мальчик не плачет. Мальчик ест, спит и любит купаться. Осторожно опускаю его в ванную, поддерживаю под животом. Никто не учил ребёнка плыть, а он плывёт и улыбается.

Синюшность с его лица ушла, и проявились черты: чуть припухшие губы, почему-то как у Миха.

Не ребёнок, не мальчик, он — Мишка. И я говорю с ним, как с Михом: «Помнишь, мы с тобой сплавлялись по Енисею, и тебя чуть не выбросило за борт волной и ветром?», «Помнишь яблоки в Валентиновке? Ты отказывался воровать их у бабы Любы! Я подбил тебя. Баба Люба погналась за нами и пару раз хлестнула каждого крапивой!», «А помнишь первую программу, которую мы составили? Ты смотрел на меня сожалея, почему я не понимаю — дурак мол, а я дразнил тебя. Мне нравилось, как ты возбуждаешься и снова, и снова объясняешь мне».

Я пересказывал Мише нашу жизнь. И Миша слушал и улыбался. Вдруг засыпал.

А я продолжал сидеть возле и рассказывать — пусть Миша знает, что я всё помню про нашу жизнь.

— Спи, Миша, мы с тобой всё начнём сначала, мы никогда больше не будем по одному.

В один из таких благостных моментов пришла переводчица с холёным, спортивным американцем.

— Всё, что вы рассказали о кооперативе, о гибели друзей, о разгроме квартир и о том, что вас ищут, — правда. Только вот ребёнок. Он не родился. Мы подали запрос, кто потерял ребёнка, и должны будем вернуть родителям. Или передать в дом малютки. Вас мы можем выпустить, ребёнка — нет.

Первый миг — онемение. Всегда в минуты беды застываю истуканом. Но в следующую, заикаясь, едва подбирая слова, начинаю объяснять: ребёнок умирал, глаза закатил, был синий, кто-то выбросил его на помойку, и его нужно было спасать, и вот, смотрите, за несколько дней ожил.

— Выбросили умирать, — повторяю. — И как же я без него, если я потерял всех, кого любил? И назвал я его именем друга.

Я слушал чужую речь — переводчица старательно переводила — и удивлялся метаморфозе, происходившей с мужчиной: из важного и чопорного вынырнул потерянный, сострадательный и следом заботливый родитель. Американец подошёл к ребёнку, стал разглядывать его, поправил одеяло. Ничего не сказал в ответ, вышел.

Переводчица, пожав плечами, двинулась следом.

— Пожалуйста, помогите, — задержал я её. — Без него мне не жить. Ведь выбросили, не кормили, умирал… — лопочу беспомощно.

— А что от меня зависит? — спросила переводчица. — Я тут никто.

— Пожалуйста, помогите, — повторяю, встретившись с её жалостным взглядом.

Я не сказал в посольстве, что жил в тёткиной квартире. Она приватизирована на имя отца, а я прописан у отца. С отцом договорился не упоминать об этом.

Усевшись возле Миши, слушая его тихое дыхание, никак не могу собрать воедино кровь на паркете нашей фирмы, гибель Андрея Матвеевича, голос Василия — «Возьми меня с собой, Николаша!», грязное тряпьё, накиданное на живого ребёнка, отцовский крик «Ты с ума сошёл… чужой парень… зачем тебе… не смей меня бросать…» и слепящие брызги, сыплющиеся сверху после того, как волна чуть не уволокла Миха в Енисей. Брызги, ледяные и жёсткие, сыпались и сыпались на нас, застывших от страха. Мих вцепился мёртвой хваткой в борт, а всё тело было уже в воде.

Мих продолжал звать меня «Фел», Риша звала меня «Коль». У неё получалось «Коллль» — буква «л» родником лилась. И лишь от Василия узнал, что без меня Риша зовёт меня Николашей.

Главными в моей жизни и были слепящие брызги из глаз Миха и это её «Колль». Как же я не защитил, не спас своё главное? И сейчас сижу мешком над оставшимся от прошлого каскадом брызг.

До того дня я играл в жизнь. Походы в школьные и в институтские годы утверждали наше с Михом терпение — вынесем ли мы комариный зуд, голод, изнуряющую жару и колющую стужу, боль в спине от тяжести рюкзаков на переходах и от многочасовых повторяющихся движений, когда гребёшь?

Чёрт дёрнул тогда Миха бросить весло, потянуться за бутылкой с водой, и пышная, бурлящая волна с головой накрыла его. Смерть просквозила над нами, вот она я!

Бутылка с водой, вспененная вода.

При чём тут вода? Тогда Мих остался жить.

Вот он, Миша, беспомощный, покорми, защити.

Люся сказала: я уеду с Мишей.

Еле встал, так обессилел, набрал номер Люси.

Подошёл мужик. После двух «алло» враждебно спросил:

— И долго будешь в молчанку играть? Люсю тебе, что ли?

— Люсю, — пискнул я.

— Так бы и сказала, чего боишься? Не укушу. — И крикнул в глубь квартиры: — Люська! Чего это нынешние барышни такие робкие?

Не успел и слова произнести, как услышал:

— Напиши сочинение с подробностями, где нашла. Мусорки сейчас, сама знаешь, богатые. Про тряпьё напиши.

— Запиши мой телефон. Не боишься при отце?

Люся не дала договорить:

— Ничего удивительного, и драгоценности выбрасывают, чтобы замести следы. Не отнимут, только не болтай лишнего.

И гудки.

На часах десять минут седьмого. Дурак... столько времени дурью маялся.

Вышел в коридор, попросил у девушки, сидящей у телефона, бумагу и ручку.

В эту ночь почти не спал.

Мальчик доверился мне, и вот спит и спит, навёрстывая время своего роста. Умеет ли он плакать взахлёб или выплакал все слёзы в своём страхе одиночества? Лишь кряхтеть умеет, когда делает свои большие дела.

Лежал рядом с мальчиком, хотя была ещё одна широкая кровать, и от доверчивого Мишиного тепла сам дышал, как из кислородной подушки. Мама перед смертью говорила: могу дышать только с кислородом.

Я тоже могу дышать только так — когда рядом успокоившийся в моей заботе и начавший расти ребёнок.

«Пожалуйста, помогите», — повторяю и повторяю заклинание и часто моргаю, чтобы не щипало глаза.

Мама готовить не любила, но иногда, редко, пекла пирожки с рисом и яйцами, отец ел их зараз не меньше десятка и каждый раз удивлялся — тают во рту. А мама вскидывала гордо голову и улыбалась: «Это тебе не щи и не каша...»

Верблюда никак не мог разглядеть — задрал голову, хотел увидеть глаза. Мама рассказала: верблюды чуть не самые высокие животные в мире. Живут в пустыне, и там очень жарко. Значит, здесь верблюд мёрзнет — вон как холодно! «Мам, смотри, какие плачущие глаза у него, давай купим ему цигейковую шубу! — дёргал я мать за руку. — А пока отдадим мою!».

Я любил глаза коров и лошадей. Летом у бабушки в деревне бегал за пастухом, в свои пять лет считая его главным в мире. Пастух, бородатый, нечёсаный, подхватывал меня под мышки, подносил к коровьей морде и говорил уважительно: «Кормилица. Мотри, парень, дарит молоко с творогом, а ишшо сыр. Уважаю». И я раздувался от гордости и восторга — познакомился с кормилицей.

У бабки тоже была корова, и вечерами я, затаив дыхание, смотрел, как бабка доит её. Вместе с бабкой и я снимал сметану с отстоявшегося молока, гонял молоко через сепаратор, взбивал масло и варил сыр.

С детства любил всё молочное, хотя вкус молочных продуктов сейчас совсем другой. И молоко не скисает, и творог не тает во рту.

Люся выдумывает или и впрямь видит моё будущее?

Таких детей, как Люся, называют индиго, я случайно где-то прочитал про них. Можно развить в себе их способности?

В самом деле Люся видит?

Почему не сказала — она приедет ко мне в США, или я вернусь в Россию?

Может, и будущее страны видит: лучше или хуже будет, чем сейчас? Василий сказал: литературы фактически в школе больше нет, хорошие учителя сбежали. Медицина становится платной, бандитов много.

А может, Никино видение — случайность, просто мираж? Моё больное воображение. Это я хочу, чтобы что-то такое было: что может спасти от смерти? На самом же деле ничего нет.

Но Василий есть. И без Василия я сирота. Скорее устроиться и взять Василия. Пусть он помогает растить Мишу. Мы, все трое, должны быть вместе! Это выведет и его из беды.

Нельзя думать о Василии. Конечно, он не знает убийцу. Откуда?

Думай о Люсе.

Один из наших клиентов, преподаватель йоги, говорил, медитации приводят к умению услышать Бога.

Люсе этот дар дан от природы.

Если хочу услышать Бога — значит, мне нужно заняться медитацией.

Что такое медитация?

Обдумывание? Углубление в себя? Анализ того, что тебя волнует? Сосредоточение на чём-то? Как добиться гармонии с собой и окружающим миром?

Наверное, сам не сумею понять, нужен учитель.

А может, просто нужно что-то представлять себе и держать это «что-то» перед собой?

Ну, вижу сейчас спасительные брызги от волны, не унёсшей Миха, а сбежавшей от нас обратно в свою бездну.

И всегда вижу Ришу, входящую в нашу контору.

Это просто память, при чём тут медитация? Я и не представляю себе ничего! Просто задерживаю надолго мгновение первой встречи с Ришей и Миха, сопротивляющегося волне. Эка невидаль: видеть перед собой то, от чего дух захватило! Всегда живое.

Я ленив. А должен трудиться, чтобы научиться видеть, слышать и чувствовать невидимое и чтобы вырастить Мишу, если выиграю бой за него.

В своём «сочинении» я написал всё, как велела Люся: и о том, какими были Мих с Ришей, и как были убиты, и о том, что, наверное, именно Бог привёл меня к помойке и дал возможность услышать скулёж, жалобный писк ребёнка, выброшенного, как мусор. Привёл именно Бог, потому что никакого помойного ведра в руках у меня не было, а какая-то сила вывела ночью из дома и подогнала к помойке. А если ребёнка дарит Бог именно мне, то не является ли это своеобразным возвращением мне единственной моей семьи? Дар Бога, не иначе. Не потеряли ребёнка, не забыли — выбросили на помойку. А я нашёл. И только сейчас ребёнок начал расти и успокоился и совсем не плачет в моей заботе. Как же можно отдать его, беспомощного, в не любящие руки?

Письмо звучало и звучало, щипало глаза, и легко дышал мальчик.

Наконец письмо в руках переводчицы.

И длится долгий день, в течение которого решается моя и Мишина участь.

Наконец вечер. Пора ложиться спать, а я сижу возле Миши. Миша причмокивает во сне, дышит доверчиво.

Завтра или отнимут, или утвердят моё право на отцовство.

Завтра.

В июне рассвет ранний. И надо скорее спать, иначе солнце поднимет чуть свет, и не будет сил на завтрашний день.

Ребёнок закряхтел в семь утра тужась.

А когда я нёс ребёнка в ванную, раздался робкий стук в дверь.

— Чтобы не волновался, хочу обрадовать, — сонно улыбается мне переводчица. — Вчера на приёме лично передала письмо послу: и твоё — на русском, и мой перевод. Посол хорошо говорит по-русски. Я попросила его лично прочитать. Наверное, знаешь, какими формалистами могут быть помощники. Посол прочёл тут же. И тут же приказал ребёнка оставить тебе. Ушёл он с приёма с письмом, пообещав определить вашу судьбу наилучшим образом. Я пойду досплю немного. Мне к девяти.

И тут мальчик улыбнулся. Он слушал переводчицу склонив голову набок, так, словно понимал: от её слов зависит его судьба, а когда она сказала, что мы остаёмся вместе, улыбнулся.

Совпадение? Или он, как и Люся, тоже индиго и со дня рождения всё понимает?

Как только хлопнула дверь за переводчицей, я запел:

Когда на сердце тяжесть и холодно в груди,
к ступеням Эрмитажа ты в сумерки приди...

Мы с Михом горланили песни в лодке и на привалах у костра и уже с Ришей и Василием в походах. Был ли у нас у всех слух, был ли голос, неизвестно, но орать мы умели. И сейчас я орал:

И жить ещё надежде до той поры, пока
Атланты небо держат на каменных руках...

У меня есть сын, его зовут Миша. Очень скоро мы вместе с Мишей будут ходить в походы, сплавляться на лодках по бурным рекам. И очень скоро с нами всегда будет Василий.

Жизнь начиналась новая — совсем не такая, какую я прожил. Но, по словам Люси, она должна быть счастливая.

Наполнил ванну, опустил туда Мишу. Поддерживал под животом, когда тот плыл, и дышал так, как дышат только в поле, продуваемом целебным ветром, или у моря — полной грудью.

А когда вытащил Мишу из воды и закутал в банное полотенце, снова запел:

...И жить ещё надежде до той поры, пока
Атланты держат небо на каменных руках...

Если бы не подарок Вики, погибли бы Мих с Ришей?

А появилась бы Риша, если бы не Викин компьютер?

Не умри Вика, вцепились бы мы с Михом в это таинственное открытие человечества, сделавшее невозможное возможным? Что такое обстоятельства? Что такое судьба? И кто руководит всеми нами?

Ночь прощания с Россией. И с Василием.

Ночь прощания с тремя единственными людьми прошлого.

Только бы Василий выжил! Только бы не наделал глупостей!

Первый звонок из Америки — Василию.

Держись, Василий, пожалуйста!

Как странно, вся моя уже случившаяся жизнь — теперь прошлое.

В прошлом остаётся могила матери. В прошлом остаётся отец. И в прошлом мой единственный друг-брат-душа Мих. И единственная за жизнь любимая женщина. И Андрюша — второй — главный отец.

Люся — мост между прошлым и будущим. Она из прошлого посылает меня в будущее, как в космос, как на другую планету.

Легко дышит во сне мальчик, мой сын. Посольство оформляет документы нам с сыном.

Кто-то скребётся в дверь.

Я так и не разделся в эту ночь.

Открыл дверь.

В вечернем платье с оголёнными плечами переводчица. Испуганные глаза. В высокую причёску собраны волосы.

— Что случилось? — сразу пугаюсь и я. — Посол изменил своё решение?

— Нет, нет, Колюш, — вдруг говорит она.

Отступаю перед этим «Колюш». Откуда эта безымянная переводчица знает тёткой данное мне имя?

— Возьми меня с собой. Женись на мне. Я буду хорошей матерью твоему сыну. Я помогу тебе с языком в чужой стране. Я сделаю всё, что смогу. Я больше не могу жить здесь. Меня зовут Лора. Я знаю, ты меня не можешь полюбить сразу, но я буду тебе служить.

Я стал гладить её по голове, как тётку. А второй рукой гладил её спину.

— Ришу убили. Я любил её. Я не могу, понимаешь? Я ничего не могу.

— Но Риша была женой твоего друга!

«Почему ты не вышла замуж за Рождественского?» — голос Миха. И чашка, выпавшая из Викиных рук.

— Разве это важно, что она жена Миха? — честно пытаюсь я объяснить Лоре. И продолжаю гладить её как Вику. — Ты найдёшь своего человека. Я монах, пойми. Я не могу. Я на всю жизнь монах.

— Женись на мне фиктивно. Я буду заботиться о ребёнке как мать, я буду готовить тебе...

В эту минуту бессвязного лепета Лоры я увидел глаза мальчика. Так может смотреть Люся — посланница Бога, пришедшая в этот мир исполнить Его волю, свою миссию — спасти, помочь, объяснить, включить в круговую поруку Добра. Но не маленький мальчик.

Я кинулся к ребёнку.

— Миша, что ты хочешь сказать?

Всхлипывала Лора, ничего не понимающая.

А мы с мальчиком смотрели друг на друга.

— Ты как Люся? — бормотал я. — Или тебе что-то нашептала Люся?

Мальчик улыбнулся.

За две недели жизни в посольстве он вошёл в свой возраст — совсем не похож на синюшного и умирающего, вот-вот встанет на ножки и начнёт снова говорить.

Подошла Лора, недоумевая переводила взгляд с одного на другого и зябко поёживалась.

— Что тут происходит? — спросила жёстко.

В эту минуту раздался звонок. Я кинулся к телефону, как за избавлением, и, лишь когда услышал «Нет, пожалуйста, она пьёт и за ней криминальный хвост», глубоко вздохнул.

На «спасибо» сил не хватило.

А потом мы с мальчиком, обнявшись, беспамятно спали. Так бывает, когда спадает высокая температура.

На другой день вместо Лоры ко мне пришла другая переводчица. Я не спросил, что случилось с Лорой. Переводчица устроила допрос с пристрастием: чем хочу заниматься в США, какие у меня научные степени, какие программы составляю и прочее.

Отвечал через силу. Всё, связанное с компьютером, вдруг стало невозможным — близко нельзя к нему подходить.

Переводчица пронзала меня насквозь ледяным ветром — так смотрели на меня в КГБ.

Сдуру я принёс Конквиста в школу. Андрюша дал почитать нам с Михом толстую книгу, страницы — на папиросной бумаге. Мих прочитал, а я ночью не успел и дочитывал во время уроков, держа на коленях. Мих прикрывал меня. Застукала историчка. Затряслась в пляске Витта, завопила кликушеским голосом и поволокла к директрисе.

А директриса донесла на меня в КГБ.

Вот таким взглядом, пронизывающим насквозь, смотрел на меня двухметровый красавец в костюме с иголочки, чуть поблёскивавшем искрами.

— Кто дал?

— Нашёл.

— Где нашёл?

— В раздевалке на подоконнике.

— В школе?

— В школе.

— Поехали! — Источник заледенения встал.

— Куда?

— Посмотрим, на каком-таком школьном подоконнике валяются такие книжки? Что ещё там полёживает?

До сих пор недоумение — почему этот высокий чин не послал мелких сошек обыскивать школьные подоконники, а поехал сам? И не в школу, а ко мне домой?

Мих или Андрюша давали мне по одной книжке. Бояться было нечего. Но тот липкий страх и сейчас памятью и паникой просквозил.

С любопытством смотрит на меня мальчик и вдруг говорит:

— Ничего не бойся, папа, мы теперь с тобой вместе.

— Так, ты умеешь говорить?

— Та женщина сильно стукнула по голове. Был шок. Ты вылечил меня.

— Но разве она учила тебя говорить?

— Не учила. Но у неё всегда работало радио. И иногда были очень грамотные передачи.

Стоял открыв рот. Ничего себе, речь у трёхлетки!

ГЛАЗАМИ ВАСИЛИЯ

Всё-таки в школу пошёл. Из-за Николаши.

Николаша жив.

Он сказал: они будут вместе.

Когда?

Сидит над учебниками. Звучат голоса Риши, Миха, Николаши.

Нельзя слушать их. Табу памяти.

Того, ждущего Ришу с рисунками-подарками для неё, того, растопленного в сиропе тепла и любви к нему Риши, Миха и Николаши, с бушующими в голове красками и оттенками, больше нет.

Цвета жили в нём с рождения, переливались, переплавлялись один в другой, созидали всё новые оттенки.

Ему всегда снились цветные сны.

Он был уверен, что все люди — такие, и удивлялся, почему никто не рисует.

Белый лист бумаги помогал ему освободиться от переполнявших его ощущений, мыслей, странных образов, от мечущихся в нём оттенков и открыть пространство для новых. Их было бессчётное количество — ощущений, мыслей и оттенков, рождавшихся в нём, и ему нравилось, как все они выплёскиваются на бумагу.

Риша разбирала его рисунки, будто иероглифы. Он не помогал, а когда она угадывала, что он хотел рассказать ей, смеялась.

И в радости много оттенков. Есть детская, бесшабашная, несдержанная радость, есть радость, сжатая рамками кем-то придуманного кодекса приличий. Тогда к розоватому со светлыми прожилками прибавлялся оттенок бежевого, возводящего рамки.

После того дня, когда он, намертво зажав левой рукой портфель, припал к холодеющей Рише и умолял её вернуться к нему, открыть глаза, после того, как он клятвенно обещал, что не будет мешать ей жить, пусть он не видит её, только бы она жила!, в нём застыла поперёк груди железка, поглотившая все цвета, и его самого, он больше не видел красок. Риша и Мих унесли с собой всё, что жило внутри!

Как люди могут жить в сером свете, обозначенном простым карандашом? Как дышать?

Он и задохнулся в тот день. Шевельнётся, попытается распрямиться, голову поднимет, тут железка и ткнётся в рёбра, зажмёт сердце — не вздохнуть.

Слова насмерть испуганного парня — «Длинный, с ёжиком, выносил компьютеры, очень спешил», «машина — одни девятки» — подкинули его, вышвырнули из здания, и он побежал, прижав портфель к груди. Острая боль в груди, жажда мести и ненависть, рвущие сосуды и нервы, гнали его к девяткам. Мелькали машины, дома.

Но с маху, вдруг, он рывком остановился оттого, что железка вцепилась в сердце намертво и перекрыла путь воздуху. Стал хватать воздух. А воздух никак не проходил внутрь. Железка растопырилась: ни шагу шагнуть, ни вздохнуть.

Так теперь и живёт. Железка не даёт дышать, а новый, злой зверёныш в нём тычется во все стороны: убей, уничтожь, проломи череп, тогда вздохнёшь.

Голос Николая, ощущение, что Николай обязательно поможет, породили глупую надежду, но эта надежда ещё острее обозначила цель сегодняшнюю: он должен до встречи с Николаем успеть отомстить. И, наверное, рванулся бы он сразу после встречи с Николаем к дому бандита, но вдруг посланцем нового порядка вещей ярко вспыхнул в мозгу сочный серый цвет. Лицо его брата.

Совершенно не похож на себя Виктор.

И только теперь, наконец, Василий увидел: да ведь брат лишился своей самоуверенности и спортивного азарта, да ведь он всё время жалко заглядывает в его глаза!

И следом мамино лицо, тоже серое, с чёрными подглазьями.

Совсем мама потерявшаяся, совсем съёжившаяся.

Только сейчас услышал их обоих: они просят его есть, идти в школу, они оба ошалели от страха за него — пичкают на ночь снотворным, чтобы спал и ничего над собой не сделал.

И неожиданно битва внутри. Лицом к лицу… наступают друг на друга ненависть вместе с жаждой отомстить убийце и жалость к Виктору и маме, и надежда: если они с Николаем будут вместе, может быть, именно Николай вытянет у него из груди железку?

О Николае больше не думать. Он далеко. Он строит новую жизнь. Табу.

Лицом к лицу жажда мести и жалость к родным.

Битву выиграла жалость к маме и брату.

Сейчас его дело — слушаться их, чтобы помочь им, чтобы они перестали за него бояться, и ждать Николая, сколько бы времени это ни заняло.

Николай сказал: не бросит. Он не бросит. Но когда он придёт за ним?

Они были четверо вместе.

Теперь их осталось двое. Они должны быть вместе! А его дело — ждать Николая и помогать маме и брату.

Но как явились на мгновение краски, правда, серые, блёклые, так и потухли. Как явились живые чувства, так и погасли.

Он окуклился в ожидании.

Родился он новый — механический робот. Он пылесосит дом, выбрасывает мусор в мусоропровод, покупает продукты, когда мама просит. И даже научился варить пельмени и макароны, жарить навагу. Он делает уроки. И отвечает на мамины вопросы: что проходят сейчас по какому предмету? Он добросовестно рассказывает. Новый директор взял в школу молодого физика, который учит их самих разбираться в материале и делать доклады, будто это они сами объясняют новый материал. Вернул в школу старую программу литературы, и у них будут и Пушкин, и Гоголь, и Куприн, и Чехов... Сейчас Пушкин. И он уже выучил много стихов. Не только тех, которые велели. Прозу Пушкина тоже читал.

Он разговаривает с мамой.

Спрашивает Виктора, какие лекции он слушал сегодня и какие у него ожидаются соревнования.

И даже спит ночью.

Но никакого отношения к жизни всё это не имеет. Хотя он явно продолжает расти, раздвигаться в плечах и с каждым днём реже срывается на петуха. Всё происходит помимо него.

У него теперь есть несколько целей в жизни. Помочь матери — чтобы она выжила. Ждать Николая. И... всё-таки когда-нибудь, но обязательно удовлетворить злого зверёныша внутри, подзуживающего его: прикончить убийцу Риши и Миха!

Только отомстив, он сможет существовать.

Его собственная жизнь кончилась вместе с Ришей и Михом. Но существовать он может: ради мамы и ради Виктора — им сильно нужна его помощь!

Он обманет бдительность всех.

Мать, как и он, не умеет жить без Риши. Риша была её силой, её волей, её двигателем, её мотором, когда их бросил отец. Это он понял лишь теперь.

Риша, единственная из них трёх, выросла в полноценной, в счастливой семье. Она видела мать молодую, уверенную в себе, весёлую, не надорванную.

По Ришиным словам, мать любила устраивать праздники: каждый вечер готовила что-то особенное: фаршированную картошку или кабачки, пекла торты и пироги.

Каждый вечер, когда, наконец, приходил отец (часто поздно), звучали Чайковский, Бетховен, Шопен.

Каждый вечер на столе стояли или свежие цветы, или сосновые ветки.

Мать шила себе и Рише красивые платья нестандартных фасонов.

Риша рассказывала им (Миху, ему и Николаю), как они, все трое, любили домашние вечера, когда отец, наконец, оказывался дома.

Это отец назвал дочь Ришей. Имя «Ирина» не нравилось ему. Мама дала это имя в честь бабушки, которая растила её. Отец сказал: «Пусть будет Риша, отнимем букву «и» и уберём жёсткость.

Отец играл с Ришей в сказки. То превращал её в Золушку, то в принцессу на горошине. Он же всегда был её принцем.

Отец возил её в уголок Дурова, на «Снежную королеву»…

Отец сидел возле её кровати, когда она болела или когда не хотела засыпать, требуя всё новых историй о таинственных людях, невидимых, но определяющих жизнь добра.

А когда он вечерами сильно задерживался, она всегда ждала его — не засыпала.

Отец баловал Ришу и мать. Маму он носил на руках, как и Ришу. Любил сажать мать в рюкзак и, подпрыгивая, бегал с ней по квартире. Часто говорил матери, какая она у него особенная.

Совсем незадолго до того дня Риша принялась рассказывать о своей жизни с отцом и не надорванной матерью.

Они уже поели. В Ришиной и Мишиной квартире было очень уютно: оранжевые шторы, весёлые абажуры на лампах, много света. Сидели на диване. Играл Рахманинов. А Риша рассказывала о своём детстве и о счастливых родителях.

Он теперь тот, кто вернёт матери уют и много света.

Да, он сам без Риши жить не может. Но Риша научила его, как нужно жить. Она жила для него. Теперь он сыграет свою роль в жизни: научит мать снова улыбаться. И, даже когда станет жить с Николаем, каждый день будет приходить к матери и устраивать ей праздник. Он поможет и Виктору: будет слушаться его и выполнять все его просьбы. У него есть старший брат, и ему сейчас тоже плохо!

Риша любила Николая как брата. Она поймёт, почему он хочет жить с Николаем. Николай — это сохранение Риши и Миха вместе.

Альбом и краски — на Ришином столе. Они жили благодаря Рише — для Риши. Он всегда хотел удивлять её, чтобы ей не было с ним скучно. Сначала она ему рассказывала сказки, а потом он ей. Одну, совсем недавно, за несколько дней до того дня. Они сидели в Ришиной комнате, и Риша гладила его колени.

— Слушай, Риша, теперь мою сказку, — сказал он ей и взял в свою руку её обе.

Она прижалась к нему как маленькая.

«Муравей жил в громадном муравейнике. Строго распределялись роли в этом муравейнике: одни таскали веточки, листья, иголки, чтобы усовершенствовать дом, другие добывали мелких насекомых и на спинах сносили их в одно место. Это была еда для всех. Третьи сами разводили насекомых на еду — тлю. Однажды нашему герою муравью-строителю осточертел бесконечный труд, надоела рабочая суета, толкучка, надоело, что он — один из сотен других и вовсе незаметен среди них. Никому он не нужен! А если так, то и ему никто не нужен! Он хочет жить только для себя. Хочет, наконец, отдохнуть. И решил он сбежать. Он пойдёт путешествовать! Странное ощущение — свобода. Вот он, важный и сильный, движется в траве. Все запахи — ему одному. Вся тля — ему одному. Ешь, не хочу. И вся зелёная красота мира — ему одному. Всё время он натыкался на строительный материал. Инстинктивно захватывал его, чтобы тащить в дом. Но тут же отбрасывал. И радостно встряхивался всем телом. Он свободен! И шёл дальше — гордый, что поступил как мужчина: сам решил свою жизнь и теперь открывает новый мир только для себя. Он много ел, много спал и снова карабкался по травам и деревьям, удивляясь, как многообразна жизнь, как легко ему живётся, как вкусна еда, как добра к нему природа. Но однажды поднялся сильный ветер. Ледяной, безжалостный, он подхватил муравья, а потом бросил, снова подхватил, снова бросил. Он швырял его о деревья, о пеньки и колючки, едва успевал муравей ухватиться за что-то твёрдое лапками. В их общем доме перед зимой они спешили заделать все лазы, кроме одной щели, через которую дышали. Они защищали своё жильё. И ни ветер, ни снег не могли уничтожить его. Они сбивались все вместе и грели друг друга. А сверху их грел снег, не позволяя ветру разрушить дом и причинить вред кому-нибудь из них. Порыв ветра. Ещё порыв. Снег — хлопьями, размером намного большими, чем он. Он захлёбывается, он не может вздохнуть. Ещё один порыв, и он перестанет жить».

Риша тогда улыбнулась.

— Видишь, какие мы мудрые — мы все вместе! А ведь я, Васюш, не успела заметить, когда ты вырос. Теперь ты сам сочиняешь сказки. И наши с тобой роли поменялись. Ведь теперь ты меня защищаешь от всего! Я в твоей силе тоже сильная.

Он вздрогнул. Что она сказала? «Защищаешь от всего»...

Ненависть сцепилась с нежностью и болью. Немедленно убить. Потом уйти к Рише!

Но прежде защитить маму! Как?

Нужно срочно вернуть отца. Только отец спасёт маму. Мама тает, слабеет, несмотря на то, что всеми силами он пытается заботиться о ней.

Мама говорила о друге отца, который всё об отце знает.

Записную книжку на работу не берёт.

Сегодня суббота, но мама всё равно работает, у Виктора тренировка. Никто неожиданно не явится.

Ну, и как найти нужного человека? Он знает только имя: Евгений. Но ведь в записную книжку пишут телефоны и адреса по фамилии.

Целый час перебирает мамины записи. Ни одного Евгения.

Наконец буква «Т», и крупно написано: Тарас и его друзья. Первое имя — Евгений.

Решительным пальцем набрал номер.

— Алло! — сразу ответили ему.

А он потерял слова.

— Алло! — повторили. — Я слушаю. Отвечайте. Что за игры? Квартиру не продаю и не сдаю. Подписываться ни на что не собираюсь.

— Это я, — выдавил из себя.

— Кто «я»? Не пойму.

— Вася. Сын вашего друга Тараса.

Теперь молчит Евгений.

— Можете вы отцу передать письмо?

— Ты где сейчас? Ты... — и снова молчание.

— Письмо...

— Тебе помощь нужна? Я не работаю сейчас. Я сейчас...

— Нет, нет, мне ничего не нужно. Только передать письмо.

— К сожалению, я с ним увидеться никак не могу. И его телефона у меня нет, только почтовый адрес. Письмо может идти и два месяца.

— Дайте, пожалуйста.

— Но он мог и переехать.

— Дайте, пожалуйста.

— Да, да, пиши. Ты знаешь английский?

— Знаю. Учу.

Он аккуратно и медленно выводил цифры и английские буквы, по одной.

— Вася, скажи, а как мама, как...

Но услышать «Риша» Василий не смог, бросил трубку на рычаг. Вырвал из тетради лист и сел писать:

«Может быть, пишу «на деревню дедушке», если вы адрес поменяли. Вы меня не знаете. И я вас не знаю. Я — ваш сын. Но вы бросили меня, когда я только родился. И у мамы сразу пропало молоко. Много месяцев я болел, чуть не умер. Выжил. Мама стала работать на трёх работах, чтобы нас всех троих прокормить. Меня растила Риша. А теперь её убили. Мама жить без Риши не может. Я знаю, вы маму любили. Вернитесь к ней и спасите её.

Мне вы совсем не нужны. Я с мамой и Виктором буду недолго. Скоро уйду жить с Николаем, Ришиным близким другом, пожалуй, братом. Пишу не для себя, для мамы, потому что не хочу, чтобы она умерла. Она очень маленькая, очень худая и очень печальная. Василий».

Теперь на конверте правильно написать адрес. И на почту. Интересно, сколько может стоить письмо в Америку?

Зазвонил телефон.

— Вася, пожалуйста, не бросай трубку. Это дядя Женя.

— Вы мне не дядя.

— Почему ты так говоришь со мной?

— Потому что за все эти годы вы не удосужились ни разу поинтересоваться, как выживает семья вашего друга, после того, как ваш друг нас бросил.

— Это неправда. Я часто говорил с Таей. Когда ещё работал, предлагал ей помощь. Она отказывалась. А в последнее время вообще не хочет разговаривать, слышит меня и бросает трубку. Сейчас я сам нищий, без работы, без еды, без смысла жизни. Что ты молчишь?

— А что вы хотите, чтобы я сказал? Не по телефону надо было помощь предлагать, а приходить. Сейчас уже ничего не нужно.

И тут Евгений тонко закричал:

— Как ты смеешь судить? Я всю жизнь любил твою мать! Я из-за неё не женился. У меня никого на свете нет. Слышишь, никого? Ни жены, ни детей. Я рвался приходить, она запретила, сказала: она — однолюб. Я не виноват в том, что она не допустила меня в вашу жизнь. Я готов был заботиться о вас, готов был отдавать вам всё, что зарабатывал, и себя в придачу. Это сейчас я опустился, когда стало нечего ждать, не для кого жить. Я всю жизнь ждал её, слышишь? Я готов был жизнь за неё…

— У нас Ришу убили, — прервал и прикусил язык. Как вырвалось? Все слова не произносимые сами выскочили.

Евгений молчал. И громко тикали часы. Мама любила часы с гирями. И в гостиной стоял коричневый, инкрустированный, высокий шкаф с часами.

Впрочем, и часы, и квартира достались маме от отца, крупного авиастроителя, любимца вождя народов. Потому и Кутузовский проспект, потому и добротный сталинский дом, и много комнат. Да ещё и гостиная. Не квартира, дворец по советским меркам.

— Я сейчас приду, — скомканные слова Евгения.

— Нет, пожалуйста, ни в коем случае. Матери нужен только отец. Вы сами сказали: она — однолюб. Ваши утешения, даже просто сочувственные взгляды разбередят её. Вы помочь ей не сможете. Она сейчас съёжилась, работает и работает.

— Я найду работу. Я ей деньгами…

— Деньги Риша оставила, деньги есть. Маме нужен отец.

— Прости, Вася, что собой, своими чувствами занял тебя. А с тобой мы можем встретиться?

— Пожалуйста, не обижайтесь. Для общения я не гожусь совсем. Я жду Николая. И уеду жить с ним. Только он поможет мне.

— Кто такой Николай?

— Пожалуйста, прошу… не надо.

— Сколько тебе лет? По голосу шестнадцать, голос почти сломался. Тарасовы интонации порой...

— Мне двенадцать, почти столько, сколько у мамы нет отца.

— А если он не сможет приехать? У него дети, работа. А здесь нету работы.

— Здесь мама, которой он нужен.

Глава пятая

МОИМИ ГЛАЗАМИ

Лейла толста, улыбчива и болтлива. Не сказки рассказывает Мише — истории про себя.

Крестом любила вышивать, уже в пять лет дорожку на стенку у кровати вышила.

А в семь такие коврики из дерюжки делала, что мать на рынке сбывала.

В школе сидела на первой парте, отвечать лезла.

Дома говорили по-армянски, в школе — по-русски. А у неё компот: всё — в кучу. Учительница в начальных классах — армянка, «компот» ела. А в старших литературу вела русская. Не победила. Так и толкутся вместе русские и армянские слова.

Я не слышу Лейлину болтовню, Миша мне пересказывает.

Иной раз прихожу, когда Лейла поёт армянские песни или играет на балабане (духовой, язычковый музыкальный инструмент), а Миша пытается скакать в ритм, а увидев меня, за руку тянет на серёдку гостиной — прыгать и крутиться вместе!

Едим Лейлины знаменитые супы — бозбаш* или кололик** или торопский,*** слушаем рассказы Лейлы об армянских традициях.

А когда остаёмся одни и в животах жарко, и клонит ко сну, Миша требует:

— Теперь пересказывай, что узнал сегодня.

Смотрю в Мишины глаза и зову Миха и Ришу, чтобы они тоже увидели их — распахнутые, сияющие и чуть странные, словно внутрь направленные. Не отводя от них взгляда, добросовестно повторяю фразеологические сочетания, числительные, рассказываю о чёрном старике судье, бежавшем с Гаити из-за пресле-

---

* бараний с овощами
** с бараньими фрикадельками
*** куриный

дований, о японке, удравшей от старого мужа учиться, о чёрной Глории, которая с нами занимается как волонтёр, а сама учится на математика в университете. И о встрече с бесплатным адвокатом — мистером Брауном: тот добросовестно объясняет нам наши права и обязанности.

Миша переспрашивает, повторяет фразеологические сочетания, допытывается, кто и почему преследовал судью.

Мише три года, а собеседник. Лейлиного «компота» в языке нет. Может быть, потому, что с пяти вечера, когда он возвращается с занятий, а Лейла уходит, мы читаем и рассуждаем, и сочиняем сказки.

Как-то неожиданно для себя говорю:

— Знаешь, Миша, у нас с тобой есть один год определиться. — И спрашиваю, как взрослого: — Интересно, кем я должен здесь стать? Срочно нужно решить.

— Волшебником, — говорит Миша.

— Почему «волшебником», Миш?

— Мы с тобой живём в сказке.

— Что значит «в сказке», Миш?

Миша распахивает руки, смотрит вокруг и улыбается.

— Ты говоришь о квартире или об Америке? — Оглядываю просторную гостиную, с велосипедом, забытым посреди неё, смотрю за окно, раскинувшееся на пол стены, за которым заходит солнце.

Миша кивает и мотает головой одновременно.

— А что же ты имеешь в виду?

— Мы с тобой летаем.

— Что-то я не припомню, чтобы мы с тобой летали. Один раз — сюда — прилетели, это да.

— Царевну мы с тобой перенесли из злого королевства в доброе, не помнишь?

— Это же была сказка!

Миша мотает головой:

— Не сказка. Мы с тобой перенесли царевну. А скоро ты спасёшь Лейлу.

Слышится? Миша говорит, или опять кто-то говорит в моей голове?

— А что случилось с Лейлой? — лепечу. — От чего её надо спасать?

— Придёт день, она не пойдёт домой, а будет плакать.

Смещаются свет и тень, предметы в комнате, мне кажется, всё как-то странно кружится, всё зыбко и нереально.

— Почему ты так думаешь? — говорю, или мне кажется, что говорю.

— Ты спасёшь Лейлу, — повторяет Миша.

— Как?

— Ты — волшебник.

Мишины глаза. Не трёхлетнего. Мне кажется, они похожи на Ришины. Странные, вроде и не смотрят на меня, явно не видят меня, великовозрастного дурака, но они видят что-то, чего не вижу я.

Миша суёт в ковш трактора кубики. Он играет. Не понять, это Миша говорит, или опять таинственный голос?

Удар по голове или потрясение… изменили мою структуру. Склонный к созерцательности, живущий не в реальной жизни, а в своём воображении всё наше общее время я был так же счастлив, как Мих и Риша. Большинство решений принимал Мих. Сейчас же только от моих решений зависит жизнь Миши. И я должен сам принимать их, сейчас я живу реальную жизнь. А тут вдруг реальность, в которой нам с Мишей существовать, плывёт. Что-то не так в ней. Трёхлетний ребёнок говорит взрослыми словами, и сам я чувствую другую жизнь, которой никогда раньше не чувствовал. Или это всё кажется мне?

В эту ночь то ли спал, то ли не спал.

Миша спокойно дышит рядом.

Знаю: нельзя парня приучать спать в одной постели со мной, и комната для Миши имеется — отдельная, просторная, а вот, поди ж ты, оба, не сговариваясь, кинулись в первую же ночь спать вместе.

Не Миша спит рядом, Мих и Риша — здесь, сейчас, питают меня своей силой.

Какая чушь!

Путается явь с невидимой жизнью.

Когда-то читал Кастанеду. Дон Хуан раскрывал перед своим гостем тайны не видимой, но бурной жизни, тайны самопознания, тайны превращения в воина, в человека знания, учил его ощущать себя в пространстве и видеть невидимое. «Каждый из нас всю жизнь ведёт борьбу против своих старых «я»».

И сейчас в одном переплетении сегодняшние моменты с прошлыми, видимое и невидимое.

Вносят в нашу квартиру мебель. Таких благотворительных организаций в России нет. А тут тебе и диваны, и новые простыни с полотенцами, и полки для книг, и одежда для обоих.

И тут же Ришин голос: «Ребята, курица готова». И тепло у виска, и всё тело погружено в тепло, словно вот она, Риша, здесь, только не видимая, как у Кастанеды.

И голос Люси, или моё собственное ощущение, откуда-то во мне возникшее, но звучащее в голове голосом Люси: «Она — пьяница, она не нужна тебе».

И Мишино — уверенное: «Ты — волшебник».

Не из книг, не от Кастанеды и Дона Хуана, из вечера с сыном, из недр себя — открытие: невидимое живёт рядом, как и видимое.

Я не вижу это невидимое, но уже знаю: оно есть, такое же реальное, как и видимое.

Как увидеть?

И как я спасу Лейлу?

В тот день Лейла вошла, как всегда, улыбаясь.

Я сразу же убежал на занятия, потому что, как всегда, опаздывал. И честно пытался сосредоточиться на фразеологических сочетаниях и на неподвижных конструкциях языка типа: «Where are you from?», «What are you doing?»...

Но всё время погружения в язык — до трёх часов — думал только о невидимом, что вчера приоткрылось мне. Может быть, я просто тронулся?

Вот же реальная жизнь, урок. Судья рассказывает о своём доме. Небольшой городок, небольшой домик, в котором тесно двум семьям. Реален сам судья: чуть размытые фиолетовым поблёкшие, усталые глаза, чуть пришепётывает, простые фразы строит медленно, явно с трудом подбирает слова.

Вот же реальная остановка, и солнце над головой, и подросток слушает песни битлов через наушники, но щедрой громкостью дарит их и мне, и духота, и припылённые жарой деревья, словно листья чуть прикрыты защитным слоем распаренной пыли.

Вот же реальный автобус, и молодая чёрная женщина с тремя детьми, громко разговаривает с ними.

Домой ехал дольше обычного, проехал две лишних остановки на автобусе, пришлось возвращаться. И от автобуса добирался до дома долго. От страха заплетался ногами.

Вошёл в квартиру.

Очень тихо. И Миша не выбежал навстречу.

Он рисовал.

Солнце — яркое, оранжевое. А рядом солнце чёрное. И посередине, между двумя солнцами — ребёнок, девочка. Вскинула руки. Одна рука касается солнца оранжевого, другая — чёрного.

Зажмурился. Как это возможно? И странность сюжета, и подбор красок — от Василия. Случайность?

Миша отстранённо улыбнулся мне, но не вскочил и не кинулся, как всегда, на шею, а продолжал заливать пустое пространство между солнцами бледно-голубым светом. Девочка оставалась в блёклом пятне повседневности, только её руки, чуть розоватые, прорывая небо, тянулись к солнцам.

Осторожно попятился от тихого, сосредоточенного в своём рисунке Миши. Новый Миша.

Лейла стирала. Табуретка стояла в ванной. На табуретке — таз, а в нём голубой, а сейчас тёмный Мишин свитер. Зачем таз, когда есть стиральная машина?

Стиркой состояние Лейлы не назовёшь. Её руки в воде, просто лежат на мокром свитере, а Лейла плачет.

Чужим голосом спрашиваю:

— Что случилось?

Не слышит меня. Слёзы градом сыплются в таз. Всхлипывает, словно давится слезами, заливающими и нутро.

Я не знаю психологию женщин. Мама умерла слишком рано. И Вика рано умерла. Но по опыту с Викой знаю: когда женщина плачет, её надо гладить по голове. Поначалу она будет продолжать плакать, но ты всё равно гладь и гладь. Придёт минута, когда плач станет затихать и сам собой постепенно прекратится.

Я коснулся жёстких спиралек Лейлы. Ладоням непривычно. У Вики были лёгкие, мягкие волосы. Но я ещё раз провёл по незнакомой буйной шевелюре. Ещё раз, ещё.

Лейла вроде продолжала плакать, но всё реже и реже всхлипывала.

Наконец подняла лицо. Набухшая краснота и тоска из глаз.

— Что случилось? — спросил я, зная: сейчас она услышит меня.

И она услышала. И вынула руки из воды, вытерла фартуком, встала.

— Он отнял у меня всё.

— Кто «он»? И что значит «всё»?

Лейла снова уселась на край ванны, не в силах держать на весу массивный зад.

— Я хорошо пела. В институте выступала в самодеятельности. Мы с семьёй уже в Москву переехали, мама с папой и мы с братом. Он услышал.

Можно перебить — кто такой «он»? Но перебивать нельзя. Снова, как и вчера, ощутил возле виска тепло. И неожиданно сам понял: женился, а потом бросил.

Оказалось, больше, чем «женился» и чем «бросил».

— Он отнял у меня дочку. Косички я ей заплетала, бантики завязывала. А он постриг коротко, чтобы я не могла заплетать. Не сплю ночи, слышу — плачет дочка, маму хочет.

— Кто «он»? — всё-таки спросил, когда Лейла замолчала.

— Француз. Увёз. Арик зовут.

— Во Францию?

Она кивнула.

Значит, в Нью-Йорк.

«Ты — волшебник», — сказал мне Миша.

Ну и при чём тут волшебник? Что можно сделать? Как вернуть дочку Лейле?

Лейла аккуратно сидела на крае ванны.

Сколько ей лет? Дал бы пятьдесят, а ведь наверняка не больше тридцати. Сколько её дочке? И как можно помочь?

— Раньше ничего, — сказала Лейла, — а сейчас прихватило, как лихорадка.

— Ещё раз сначала и по порядку. Он приехал в Америку?

— Я училась в строительном. И он. Я пела в самодеятельности. Он играл в оркестре на флейте. Он велел бросить строительный, поступить в медицинский техникум. Говорит, строительный — не профессия для женщины. А медсестра нужна везде, особенно для семьи. Он привёз нас сюда в Америку. А потом с дочкой исчез.

— Почему «француз»?

— Из Франции приехал.

— Ясно. Давай имя, отчество, фамилию, год рождения, образование.

Лейла ушла. Четыре тридцать. Ещё длится рабочий день.

Миша стоит у окна и смотрит, как едут машины.

— Пойдём, Миш, гулять! — позвал сына.

У адвоката очередь.

Сосёт под ложечкой, я забыл поесть.

Миша листает книжку про Айболита, подолгу разглядывает каждую картинку.

История книжек простая. Когда получил разрешение на выезд, попросил отца накупить книг. Единственный багаж — книги. Вечерами сидим или лежим рядом и читаем. «Читаем» сказано точно. Сначала я читаю Мише, а потом Миша просит всё начать с начала и сам по очереди разглядывает каждое слово, пытается сам собрать буквы. Читает он, или просто память у него такая удивительная, но он повторяет то, что услышал.

— Папа, твоя очередь, — сказал Миша.

И тут же меня пригласили.

С мистером Брауном мы встречались всего раз, но золотистый въедающийся взгляд запомнился.

Мистер Браун встал, пошёл навстречу, залопотал быстро и весело. Понял я немного: рад встрече, не мог забыть, зови меня «Томас». Не частил бы Томас, может, понял бы и больше.

Томас попросил секретаршу пригласить переводчика и продолжал что-то стремительно говорить. «Много возможностей», «свободный вечер»...

Ну, почему я, дурак, связать двух слов воедино не могу?!

Круглый, лысый человечек вкатился в кабинет.

— Живу рядом, зарабатываю честно, — объяснил мне. — Зовут Эдик, значит Эдуард.

Совершенно непонятно почему, я, растворённый в золотистом взгляде Томаса, рассказал ему о Рише и Михе, о не рождённом ребёнке, и каким-то чудом появившемся сыне, и об Андрюше, отце Миха, и о Люсе, и даже о невидимом мире. Пустота между нами быстро заполнялась бликами, солнечными зайчиками, бенгальскими огнями.

— Чем помочь? — спрашивает Томас, когда я, растерянный внезапным, не свойственным мне словоизвержением, замолкаю.

— Мой сын Миша говорит, я — волшебник. А что я могу? — Рассказываю о Лейле, о её дочке, у которой сначала отрезали косички, которые Лейла любила заплетать, а потом и её саму отняли. Лейла искала — избегала весь Бостон, все детские площадки. Потом подумала: может, в Нью-Йорк увёз? В воскресенья на автобусе стала ездить в Нью-Йорк, по улицам и паркам бродила — хоть глазком поглядеть!

— Твоя Лейла — гражданка Америки?

— У Лейлы зелёная карта. Насчёт него не знаю. Учился в Москве в строительном институте, ездил зачем-то во Францию. — Протягиваю Томасу бумажку, написанную Лейлой.

Томас читает имя, долго молчит.

Что тут происходит? Блики… вспышки между мной и Томасом. Знаю Томаса сто лет. Где, когда встречались? Томас поможет.

— Ты не равнодушный. Ты уже волшебник, твой сын прав. Сделаем так. Я узнаю его адрес и вместе к нему съездим.

— Разве это входит в твои обязанности куда-то ехать? — слышу свой голос.

Кто это за меня говорит?

— Ты же хочешь быть волшебником. И я хочу. А два волшебника уже сила.

— У меня сын.

— Знаю. У тебя сын. А у меня есть кресло для ребёнка в машине. Заеду в семь утра. Перехватим героя. Если, конечно, он уже американец.

Домой пошли пешком.

Сосало под ложечкой. Но что значит ещё час потерпеть голодным, если не один я теперь. Пока только ощущение, что у меня появился друг в этой самой чужой стране Америке. Но ощущения меня никогда не обманывали.

Если вдруг не повезёт,
Друг поможет и спасёт, — запел Миша. —
Не останусь я в долгу,
И на помощь прибегу.

Я остановился.

Самозабвенно поёт Миша. «Р» он не выговаривает, и у него получается «вдлуг», «плибегу».

— Ты… ты откуда знаешь эту песню? Я тебе её не пел.

Миша пожимает плечами.

— Кто тебе её пел?

— Никто.

— Где ты слышал её?

— Не слышал.

— Сам сочинил?

— Не сочинил.

— Так откуда? Я тебе её не пел, — повторяю.

Миша снова пожимает плечами.

— Тебе только три года, кажется…

— Не три, уже четыре, просто я сильно истощён. Скоро войду в свой возраст.

— Как ты узнал о Лейле?

Миша улыбается.

— Это ты узнал.

Что за день сегодня? Или всё это мерещится, и тогда в самом деле говорил вовсе не Миша, а я сам откуда-то всё знаю?!

— Ты говорил, я — волшебник, что ты имел в виду?

— Поможешь Лейле.

— Это же не я, Томас.

— Ты.

— Как?

— Не знаю. Расскажи мне сказку. Хочу на ручки.

Вот же… Миша совсем ещё ребёнок. Зависимый от меня. Ему нужно рассказывать сказки, его нужно носить на руках. Как этот маленький ребёнок может что-то знать, откуда? Не Миша говорит, а голос в голове. После удара тронулся, вот и возникают видения.

Сосёт под ложечкой. А ноги — лёгкие, словно и не несу я затяжелевшего сытостью, растущего по часам Мишу.

— Сказку потом. Скажи, ты видишь то, что не вижу я?

Это я говорю? Зачем?

— А разве ты не видишь? Вот лицо… вот… и вот вокруг нас. И свет.

Миша говорит, или я сам? Вот же, странная стала у меня голова после удара — зыбко всё вокруг, и вроде мне тоже чудится, что всё пространство надо мной заселено. Чушь какая! Это в моей голове плещется какая-то муть, собирается в зыбкие очертания.

— Пусто же! Смотри, Миша! — сопротивляюсь своему воображению. — Это улица Кембридж. Вон фонари. А это стенки домов. Машины едут, автобусы. Асфальт делают. Пахнет горячим асфальтом.

— Это не то. То — выше.

— Выше небо, осеннее солнце, Миша.

— Не то. Возле тебя...

Прижимаю к себе Мишу, слышу его голос. Нет, не Мишин это голос! Силюсь смотреть, таращу глаза. Нет, всё то же, реальное, сработанное обычными людьми: фонари с распахнутыми руками, дома с красивыми подъездами. Пахнет горячим асфальтом.

У виска тепло. Меня самого касается это невидимое. А Миша вовсе и не при чём.

А может быть, Люся и Миша больны? И это просто их больное воображение или их галлюцинации?

Или мои? Голова стала совсем не моя после удара.

Тогда как Люся узнала Ришин адрес и где лежат деньги? Как узнала, что надо спасать ребёнка? Как узнала, что переводчица — пьяница, и что меня выпустят из России, и что мне будет помогать Лейла, и что мы встретим Томаса?

А может быть, это я сам всё знал? Весьма вероятно, Мих или Риша говорили мне адрес Риши и где лежат деньги? Просто я забыл, а сидя на её тахте, вспомнил?

Всё зыбко. Я не иду, я плыву...

— Ты не думай, ты расскажи сказку.

— Ты знаешь, о чём думаю? — И сам себе отвечаю: — Знаешь. Как и то, что ты видишь. Тебе только четыре, а рассуждаешь, как взрослый.

— Не порвалась связь.

— Какая связь?

— Я пришёл помочь.

— Кому?

— Тебе.

— Чем помочь?

— Увидеть, услышать. Чтобы ты не боялся. Они не бросили тебя.

— Кто «они»?

— Все, кого ты любил.

— Ничего не понимаю. Почему ты не помог своим родителям?

Мы пришли домой. Наконец жую лаваш и ем холодный суп.

И Миша ест холодный суп и лаваш.

Может быть, все эти разговоры — лишь в моём воображении? Люся и Миша — это я сам. Души Риши и Миха... Разброд моих собственных мыслей… И жажда человеческого могущества. Вот же я могу: видеть, слышать, чувствовать то, чего не видят, не слышат, не чувствуют другие!

— Ты о каких родителях говоришь? У которых я умер? Они не выросли понять. И они больше не родители. Их сын ушёл.

— Чему я могу учить тебя, если ты всё знаешь сам, из прошлой жизни, из будущей?

— Это ты всё знаешь. Я — твой отголосок. Не так. Ты меня растишь. Видишь, какой я маленький? Очень многого я не знаю, того, что здесь. Хочу знать. Я буду хорошо учиться, вот увидишь. Английский уже почти взял.

— Почему ты так хорошо говоришь?

— Ты всё время мне читаешь, рассказываешь, много со мной разговариваешь. Мне в детском саду один мальчик сказал, что кто-то в четыре года сочинял музыку, кто-то уже танцевал лучше всех, кто-то уже знал математику. Таких случаев много. И мне уже четыре года.

— Какой мальчик сказал?

— Джон. Он тоже родился в России с именем Ваня, а когда приехал сюда, стал Джоном, потому что теперь его папа — американец.

— Он по-русски говорит?

— Он даже умеет сам читать по-русски. С ним тоже много занимались, как ты со мной.

— Почему же ты не смог помочь себе в квартире матери?

— Умирал от голода.

— И умер бы, если бы я не пришёл?

— Тот умер. А ты пришёл. Ты должен был прийти.

— Я слышал, дети выбирают себе родителей. Почему ты выбрал пьяниц?

— Не я. Тот, кто умер. Ему нужно было умереть. Я выбрал тебя. Но сначала должен был пострадать. Так задумано.

— Кем? И за что?

Миша посмотрел вверх.

Зазвонил телефон. Эдик.

— Он гражданин. Вовсе не француз, еврей, в Бруклине живёт. Какое-то время учился во Франции. Завтра в семь у тебя.

Весь вечер пели Андрюшины песни.

Когда на сердце тяжесть и холодно в груди… —

орали, как когда-то орали с Михом.

Мимо ристалищ, капищ…

И я чувствовал: слышат, как мы орём, и Мих с Ришей, и Андрюша, и Вика.

Я специально чуть дольше держал «р», чтобы оно сливалось с Мишиным «л», и «л» смягчало жёсткость «р». И вдруг вспомнил: Мих до пяти лет не произносил «р», с ним логопед в детском саду занимался.

А ведь так много спокойнее жить, когда знаешь: вот они, все мои, тут, пока не видимые мне, но уже ощутимые.

Пусть я выдумал всё это. Как и то, что говорит Миша. Но мне так легче. Иначе нельзя жить, если знать, что навсегда мы врозь. Пусть выдумал. Но для меня они здесь!

Живут же сказки столько веков во всех странах — с живой водой, с бессмертием и с разными превращениями! Вот и я хочу жить сказкой, если это даёт мне возможность дышать. Здесь они все, без кого мне совсем нельзя, рядом со мной! И пусть они знают: я не забыл их, это я своей тоской призвал их к себе, они теперь всегда со мной, и для них тоже, не только для Миши, я ору их песни!

Завтра суббота. Занятий нет. Лейла не придёт. А у нас с Мишей завтра — миссия: вернуть Лейле её дочку.

Если друг оказался вдруг
И не друг и не враг, а так…

— кричим мы с Мишей сегодня.

Томас с переводчиком приехали минута в минуту.

Моросил дождь, но в машине было уютно и празднично. Болтался на брелоке небольшой медвежонок. «Мой талисман», — сказал Томас. И сзади, к стеклу, припали два медвежонка побольше.

Миша сидел в кресле, застёгнутый ремнями, и прижимал к себе белого улыбающегося большого медведя, подаренного Томасом.

Голос Томаса «Корзинка для вас, если проголодаетесь», тихая музыка, мотающийся мишка — словно после мороза я в тёплую ванну залез. Наверное, так чувствуют себя люди в невесомости: вечность и ты. И отовсюду брызги света, спасающие Мишу маленького.

И я выхожу из пространства
В запущенный сад величин...

Большинство из тех, кто жил в Серебряном веке Поэзии, связаны были с мистикой и небесами. А иначе как прожить в жестокие времена?

И я уже приближаюсь стремительно и властно к тому, что диктуется мне свыше. Теперь я понимаю, всё — оттуда.

Как рождаются строчки в душе поэта и музыка в душе музыканта? Свыше к ним это приходит! Так и ко мне идёт сверху что-то, чего я ещё не понимаю, но что властно руководит мной.

И тихая музыка в салоне, и едва слышный разговор Томаса с Эдиком, и созидающий тёплую энергию Миша — проявления того, что всё свыше. Невесомость и жар внутри. Я — вселенская душа, в которой живут оба Миши, и Андрюша с Ришей, и музыка, и то невидимое, что видят Миша с Люсей, а может быть, это вижу я сам, а вовсе не они.

Что же со мной? Откуда это всё во мне?

По касательной — Америка. Летящие мимо и навстречу машины, озёра и разноцветные деревья, уходящие вдаль маленькие городки.

— Расскажи, чем ты занимался с твоими друзьями?

Не сразу осознаю, что это ко мне обращён вопрос. Чуть придвигаюсь вперёд к Томасу, и в его стриженый затылок, в его крепко прижатое к голове, чуть розовое ухо рассказываю о нашем компьютерном кооперативе.

— О, это очень важная профессия, Ник. Хочешь, я помогу тебе найти престижную выгодную работу?

— Я ненавижу эту работу, — слышу себя и ёжусь.

— Неправильно думаешь. Помнишь восстание в Англии против станков? Историю учил? Компьютеры не при чём. При чём бандит. Быть программистом — выгодная профессия.

— Но мы работали вместе с другом! Я один не смогу!

— Ладно, давай подойдём с другой стороны. Хочешь, устрою тебя в бизнес-школу, оплачу твою учёбу? Закончишь, откроешь любой свой бизнес или пойдёшь работать в любую крупную компанию, везде будешь нарасхват.

Эдик помогает переводить.

Он оказался не болтливым, подаёт голос, лишь когда я не понимаю Томаса или не могу сам сформулировать фразу.

— У меня был бизнес, — говорю я.

— В неправильной стране. И, видимо, ты не сумел защитить его.

Музыка, Миша грызёт орехи из пакета, мелькают багрово-жёлто-зелёные деревья. Поздняя очень, а листья всё ещё не опали. Праздник Левитанской палитры.

Бизнес — это работа для добычи денег, это диссонанс невесомости. Купля-продажа.

При чём тут деньги?

Томас тратит свой выходной день на меня. Не за деньги. И сколько может получать бесплатный адвокат? Скромную зарплату. Спросить Томаса.

Но снова невесомость. Что со мной?

Сменились Левитанские пейзажи развязками, мостами, высокими домами, грохотом, проникающим даже сквозь уют и изолированность мира внутри машины.

Живёт Лейлин муж на четвёртом этаже разлапистого дома.

Таким и представлял его я: приземистый, плотный человек с крупными носом и губами.

— Кто вы? — испуганно спросил он, но, увидев Мишу, вынырнувшего вперёд, успокоился. — Вы к кому?

— Арик, это кто? — В переднюю вышла немолодая женщина в цветастом переднике, руки — в муке. Арик — её портрет.

Прежде сына она почувствовала опасность и, нарушая еврейское гостеприимство, готовое было соскочить с губ, заспешила:

— Собственно зачем... собственно что нужно? — И вдруг кинулась в глубь квартиры на громкие голоса мультфильма «Ну, погоди» и со всей силы захлопнула дверь в детскую комнату.

Арику ничего не оставалось, как провести нас на кухню. Он тоже почувствовал опасность. Он ёжился, как в дождь, втягивал круглую голову в круглую шею.

А Томас молчал.

Все мы уже сидели в тишине.

В тишине, потому что голоса мультика исчезли.

И вдруг хлопнула дверь квартиры.

Арик облегчённо вздохнул.

А Томас как-то мгновенно, лёгкой тенью, метнулся в коридор. Уже через пять минут он втолкнул в кухню плачущую женщину и ничего не понимающую девочку семи-восьми лет, как две капли похожую на Лейлу, только не приземистую и не толстозадую.

— Тебя как зовут? — подошёл к ней Миша и в свои ладошки взял её руку. — Я вижу, ты тоже любишь «Ну, погоди». Я наизусть знаю. Мне очень нравится волк, он совсем не страшный.

— Хочешь посмотреть? — спросила девочка. — Меня зовут Соня.

— Софочка, детка, идите с мальчиком смотреть… — плачущим голосом сказала женщина, а когда дети ушли, сдавленно крикнула: — Не отдам! Моя жизнь. Ничего, кроме неё. Сыта, обихожена. Хорошо учится. Не отдам.

— Это ты съела Лейлу? — спросил я.

А Томас спросил Арика:

— Почему ты у Лейлы украл дочь?

— Он не крал. Софа сама. Софа Арика любила больше.

Эдик едва успевал переводить стремительный поток обвинений: невестка замучила армянскими блюдами, а Арик привык к маминой кухне, живот болел; не хотела в синагогу ходить; родственниками Арика задавила — то сёстры, то тётушки, то племянники, не дом — базар…

Обвинения низались одно на другое, голос становился всё пронзительнее, губы узились, а кухня, как пылью, наполнилась злостью.

Томас не перебивал. Он стоял против женщины и удивлённо, чуть приоткрыв рот, явно не понимая, взирал на неё.

Когда она иссякла, недоумевая, спросил:

— А при чём тут вы?

Эдик поспешно перевёл.

— Разве вы — отец ребёнка? — добавил.

Повернулся к Арику.

— Я не понимаю.

Арик всё ёжится.

— Сколько вам лет? — спрашивает Томас.

— Тридцать пять, — бормочет Арик.

— Сколько вам было лет, когда вы женились?

— Двадцать пять.

— Почему ваша жена считает, что вы — француз?

— Я так сказал ей, чтобы она стала со мной встречаться. Два года жил во Франции, учился в бизнес-школе.

— Почему вы украли ребёнка у матери?

Томас передаёт записку Эдику.

Эдик читает: «Увёз Соню во Францию, там дам хорошее образование. Не ищи и никому не говори, иначе Соне не жить».

— Это вы писали? — спрашивает Томас. — Это уже угроза. Это карается.

Арик молчит.

— Я, правда, не понимаю. — говорит Томас, — как можно у любящей матери украсть ребёнка? Несчастны и мать, и дочь.

— Нет! — закричала Эмма. — Я заменила Софочке мать. Я делаю для неё всё: вожу в лучшую школу, на плавание. Я покупаю ей лучшую еду, пеку пироги. Я ухаживаю за её волосами, видели, какие длинные?, люблю в косы заплетать. Я, я... — исступлённо стучит себя по груди. — Софочка — моя дочка, моя. Мне без неё не жить. Всю жизнь я хотела дочку. Мне мало осталось, — рыдает в голос Эмма. Проталины розовой кожи на голове, залысины на лбу, губы дрожат.

Я вдруг глажу Эмму по голове.

— Чем же помешала вам Лейла? Она тоже любила косы Соне заплетать. И жили бы вместе, и заботились бы о ребёнке вместе, по очереди косы заплетали бы. Нашли бы в Лейле дочку.

Неожиданная ласка рождает новый поток агрессии:

— Она о сыне плохо заботилась! Она всё песни горланила с утра до ночи, хоть уши затыкай. — Отдёргиваю руку от головы Эммы. — Она...

— Стоп, — приказывает Томас. — У тебя, Николай, много жалости. Она не помогает. Вот бумага в суд. Вам, молодой человек, придётся ответить по всей строгости закона. Вы — американский гражданин, и за угрозы, и за кражу ребёнка...

Эдик поспешно переводит.

— Нет! — кричит Эмма, подскакивает к сыну, загораживает собой, словно Томас сейчас кинется бить его. — Моя вина. Я письмо диктовала. Я велела Арику. Причём тут он?

Томас говорит Эдику:

— Пойдём поговорим с Софой, — и, не взглянув больше на Арика с Эммой, идёт следом за Эдиком на звуки мультфильма.

А я без сил опускаюсь на стул.

Что со мной? Что не так? Почему мне так плохо?

Тюфяк Арик, безумна его мать...

Арик подносит мне воды. Эмма бежит в детскую. И я буквально волоком тащу себя вслед.

— Ты помнишь маму? — голос Томаса.

Им не нужен переводчик, девочка хорошо говорит по-английски.

— Помню. Она меня бросила. Она меня не любила. Только врала, что любит. Песни мне пела...

Сажусь перед Соней на корточки, смотрю в её глубокие мамины армянские глаза.

— Мама плачет, Соня, — говорю мягко. — Мама ночами не спит. Мама не знает, где ты. Она долго искала тебя: и в Бостоне, и в Нью-Йорке. Мама без тебя жить не может. Твоя мама каждый день приходит ко мне, она нянчит моего сына. Но без тебя она самый несчастный человек.

— Тебя украли у мамы, — встревает Томас. Я встаю. — Бабушка и отец украли тебя у мамы и увезли сюда из Бостона. Ты хочешь увидеть маму? — спешит перевести Эдик, хотя все понимают, что говорит Томас.

Девочка мотает головой.

— Она не любит меня. Если бы любила, нашла бы. — В голосе Сони те же жёсткие нотки, что у Эммы. — Приехала бы к нам. Она сама не хочет.

— Эдик, прочитай письмо Арика.

По мере того, как Эдик читает, лицо девочки меняется. Она кидается к Эмме, застывшей в дверях.

— Ты... ты... меня обманула. У меня есть мама. Моя мама. Меня дразнят, почему у меня такая старая мама. Ты заставила звать тебя мамой. Ты... ты... — Соня стучит кулаками по Эмминому животу. — Дай мне мою маму! Я скажу девочкам... моя мама — молодая.

Эдик спешит перевести Томасу.

— Хватит, Соня, — оттаскиваю её от Эммы.

— Вот и всё, дорогая бабушка, — голос у Томаса жёсткий. — И вы, и ваш сын предстанете перед судом. Вы оба получите сроки.

— Томас, Эдик, — прошу, — пожалуйста, выйдем. Пожалуйста.

В гостиной сиротливо на краешке кресла сидит Арик, по его круглым щёкам текут слёзы.

Веду Томаса с Эдиком в одну из спален, плотно прикрываю дверь. На цветастом покрывале кровати — белый медведь, белые подушки посажены на угол. Сонина спальня.

— Чего ты достигнешь, Томас, запрятав в тюрьму отца и бабку? О ком думаешь — о ребёнке или о законе? Да, они — преступники. Заставь их выплачивать Лейле компенсацию за моральный ущерб. Заставь их служить Лейле и проверяй, как они ведут себя. Но лишить девочку любви отца и бабки нельзя. Не обижали же они её — изо всех сил любили, всё ей отдавали! Пусть девочка сама разберётся, кого ей любить, кого нет. Это её выбор.

— Существуют законы, их нужно соблюдать. Если не соблюдать законов, не будет в стране порядка. Они — преступники.

— Они не убили Лейлу.

— Убили её душу. Сломали судьбу. Сделали несчастной. Забрали здоровье.

— Согласен, Томас. Посадишь их, кто Лейле поможет морально и материально? Одной очень тяжело растить ребёнка. А кому Соня ещё будет нужна? Когда они выйдут из тюрьмы (если Эмма выйдет), девочка будет взрослая. Согласен с тобой во всём. Но ты призван восстанавливать справедливость, а не карать. Не лишай ребёнка полной семьи, любви родных. Посмотри, какую жизнь они создали для Сони — всё для неё!

Оба вздрогнули от крика Эммы. Эмма бушевала в гостиной.

— Делай что-нибудь! Скажи своей дочери, что она не имеет права так разговаривать со мной. Скажи адвокату, что он не имеет права... Я не хочу в тюрьму. Что скажет Циля? Что скажет Рахиль?

Я побежал в гостиную.

— Тише, Эмма, прекратите истерику. Так нельзя себя вести.

— Я не хотела, чтобы Арик женился на Лейле. Он не послушался.

— Ты её даже не видела! — воскликнул Арик и втянул голову в плечи.

— У меня была для тебя, сыночек, невеста, девочка из хорошей семьи, она любила тебя!

— Я не любил её!

— Он кричал мне «любовь!» — Эмма вцепилась в руки Эдика. — Какая любовь? Я не хочу в тюрьму!

Из детской раздался пронзительный голос Миши:

Если друг оказался вдруг
И не друг и не враг, а так...

Я подхватил:

Если сразу не разберёшь,
Плох он или хорош...

— Эдик, переведи! Эдик!

В детской Миша стоял перед заплаканной и злой Соней, держал её за руки и, задрав голову, орал песню.

Я вторил. А в дверях застыл Томас и недоумённо смотрел на нас.

Эдик усердно переводил ему и мигал, словно ему сор запорошил глаза.

Исчезла злость с Сониного лица. Не бабка, Лейла смотрит на Мишу любящим взглядом. И, когда мы с Мишей замолчали, Соня сказала:

— Хочу к маме. Отвезите меня к моей маме. — Она подошла к Томасу и ухватила его за руку обеими руками, как только что её держал Миша.

— Твоя мать — нищая! Ты привыкла к другой жизни! — зло закричала Эмма. И вдруг рухнула на колени. — Доченька, останься со мной, молю тебя!

Обратную дорогу Миша, наевшись в ресторане до отвала и иссякнув эмоционально, крепко спал, положив голову на Сонины колени. Соня гладила его по голове.

Чувство сытости и усталости мешало собрать разбегающиеся мысли. Чудо отстранённости от мира, чувство невесомости исчезло.

Арик и Эмма плачут неприкаянные. Почему их так жалко?

Борьба с Томасом не кончена. Может, удастся убедить его?

Какое же это волшебство?! Это тяжкий труд и миллион вопросов. И вовсе не доказано, что чудо совершится.

А если Соня не полюбит Лейлу?

А если Лейла не сумеет дать Соне то, к чему Соня привыкла? Наверняка не сумеет.

А если всё-таки Томас посадит Арика и Эмму?

А что, если не посадит, а между Эммой и Лейлой продолжится война?

А что, если Соня возненавидит бабушку?

А что, если Соня возненавидит мать?

Что такое волшебство? Соединение Лейлы и Сони?

Соня смотрит в окно, и я не вижу её лица. О чём думает? На каком языке? Ведь она хорошо говорит и по-русски, и по-английски. Эмма английского не знает. И в детской много русских книг.

Весна. Мы с Михом, Ришей и Василием лежим на лесной полянке. Земля прогрелась солнышком, да и одеяло — толстое. От костра искры.

Вика вывозила нас с Михом в лес и учила разжигать костёр.

Лес, солнце, искры от огня — в честь Риши и Василия. Остров праздности.

— Мы родим много детей и с ними станем учиться жить, — говорит Мих.

— А разве сейчас мы не умеем жить? Мы же ценим всё, что нам подарено. Сколько птиц, солнца, зелени!

Риша говорит редко. У неё лёгкий голос, чуть быстрые слова, вот-вот взлетят.

— Умеем, умеем! — соглашается с Ришей Василий.

Почему сейчас, здесь, Ришин голос?

Рядом двое детей.

Что значит — «станем учиться жить»? О чём думал тогда Мих?

Спасли мы с Томасом Соню или обрекли на мучения? Простит ли она бабку с отцом? Не станет ли ей скучно с Лейлой? Понравится ли школа в Бостоне? Сможет ли Лейла оплачивать секции? Она не менеджер в богатой компании, как Арик.

В семь вечера позвонили в Лейлину дверь.

Лейла долго не открывала.

Но вот шаги…

Дверь распахнулась.

Заспанная, в цветастой юбке и розовой блузке, Лейла перебегает взглядом с одного на другого, не понимая.

— Коля, что случилось? С Мишей вроде всё в порядке.

Но вот она вскользь взглядывает на Соню. Уже отвела взгляд, снова взглядывает и теперь смотрит неотрывно.

— Мама?! — говорит Соня. — Это ты?

Это «мама» — взрыв. Лейла отступает, вскидывает руки и бухается на колени, совсем как Эмма.

— Спасибо, Господи! Исполнил!

Медленно встаёт и осторожно касается Сониного плеча. Не решается ни движения сделать, ни слова больше сказать, только смотрит на Соню.

Я чуть отстраняю Лейлу и за руку ввожу Соню в квартиру.

Раскладывающийся диван, обеденный стол, два стула, чайник на плите. Крошечная дешёвая «студия».

— А где будет спать Соня? — спрашивает Миша. — Лейла, пойдём жить к нам. У нас целая лишняя комната.

Приходит в себя Томас, говорит о том, что прежде всего нужно изменить жилищные условия и определить Соню в школу. Он говорит и говорит, а Соня держится за Мишу и только смотрит на Лейлу. И не понять, нравится ей Лейла или нет. И что делать сейчас?

Лейла тоже только смотрит на Соню не отрываясь. Совсем не соответствует её темпераменту.

И долго бы длилась эта игра в гляделки, если бы я не подхватил Соню на руки и не приказал:

— А ну, поехали к нам. Сегодня ночуете у нас. Купим торт и сок. Праздник сегодня.

— Я устал, — сказал Эдик и по-русски, и по-английски. — Можно мне домой?

Томас тоже осунулся за день. Десять часов за рулём, вторжение в чужую непонятную психологию.

Но он сам покупает торт и сок в гастрономе и довозит нас до дома.

— Завтра в десять встретимся.

Чужие. Соня не помнит мать и совсем ничем не связана с ней. Лейла не растила Соню и боится предъявить права на неё, боится не понравиться ей.

Спят они в одной постели, но под разными одеялами.

Не спят. Спит лишь Соня. Лейла повёрнута к ней и не сводит с неё глаз. Лунный и фонарный свет мягко освещает комнату.

Тихо спит Миша рядом со мной.

Ну и что дальше? Где тут волшебство?

Спасался от памяти чужими судьбами.

А сейчас мне срочно нужен Василий.

Телефон до сих пор не поставил. Лейлами, Сонями занимаюсь.

А Василий?

Сидит в Ришиной комнате, смотрит в одну точку.

Почему показалось, что Василий знает убийцу?

Пока Василия не будет рядом, нельзя больше ни о чём думать.

Вообразил себе призраков: рядом Риша и Мих! Нету их больше. Есть Василий. И сейчас нужно срочно придумать, как спасти Василия, как заполучить его сюда и переключить на жизнь.

Срочно выучить язык. Срочно найти работу.

А завтра установить телефон!

Заснул под утро. И во сне собирал сор: клочки бумаги, окурки сигарет, ветки...

ГЛАЗАМИ ВАСИЛИЯ

В школу он честно ходит. Теперь он учится в седьмом классе.

Скучные уроки. И новые лица. Отпрыски новых русских. Приезжают в школу на машинах.

Школа — английская, элитарная, сегодня английский — в моде.

Риша тоже училась в этой школе. Когда он пришёл сюда учиться, даже учителя старших классов спрашивали его: «А как там наша отличница?» И он, раздуваясь от гордости, рассказывал о Ришиных семинарах и лекциях по экономике.

Сейчас старых учителей нет. Одни уехали в Англию и в США, другие — в Израиль, третьи вышли на пенсию. О Рише его больше никто не спрашивает. Теперь спрашивают только о Викторе: нравится ли ему в институте? И скоро ли он заглянет в школу? Гордость и слава школы!

Русскому их учит толстая, восточная дама с коровьими глазами и длинным носом. Говорит она по-русски так, словно переводит с какого-то другого языка. Вроде слова — русские и звучат правильно, а русский — чужой, не родной, словно перевод.

Взрыв произошёл на общем собрании с родителями. Сообща решили придумать развлечения и поездки на год. В развлечения попали походы и многочисленные выставки — разных изделий, стекла, на которые нужно ходить классами...

— Простите, пожалуйста, за беспокойство, что отвлекаю ваше внимание от цели собрания, но пользуюсь случаем при всех задать директору школы вопрос, волнующий меня...

Узкоплечий, с гривой седых волос, в очках, не скрывающих ярких карих глаз, редкий экземпляр, каким-то чудом оставшийся от старой жизни, встал, хотя все родители говорили сидя.

Василий так и остался сидеть, обернувшись к нему, неудобно вывернув голову, не мог оторвать от него взгляда: чем-то очень близким веяло от него, чем-то напомнил он ему Андрюшу и Миха, та же человеческая порода! Защемило сердце. И вот с этим, сразу понятным и родным, говорить бы и говорить! И в это лицо, в эти глаза... смотреть бы и смотреть!

— Я буду так стоять, — низким, мягким голосом тихо произносил слова чей-то отец, — и прошу вас подождать говорить о чём-то ином, пока не придёт директор школы. Пожалуйста, пригласите сюда директора, мне очень нужно поговорить с ним при всех.

Классная руководительница, молодая девица, в узкой, короткой юбке, на высоких каблуках, зацокала к двери.

— Это что же ты себе позволяешь, интеллигентик вшивый? Ещё очки нацепил! Наше время тратишь. Откуда ты извлёкся?

У этого типа отсутствует ёжик, и не длинный он, а кряжистый и раздувшийся сытостью, и, весьма вероятно, у него не девятки гуляют в номерах, но он той же масти, что и «с ёжиком»: хозяин сегодняшней жизни!

Не успел он договорить своей фразы, как Василий сорвался со своего места и подскочил к нему.

— Как смеешь на «ты» с образованным, благородным и деликатным человеком, как смеешь оскорблять? Всё дозволено, потому что денег наворовал у честных людей, хоромы и забор возвёл и потому что этот человек не похож на тебя? А ну, извинись сейчас же перед ним!

Глупо заморгал толстяк, вскочил на ноги, задрал к Василию лоснящееся лицо.

— Да я тебя!.. — выбросил вверх кулаки.

— Ты мне ничего не сделаешь. У меня коричневый пояс каратэ, я с шести лет занимаюсь. А ты немедленно извинись. Ты оскорбил очень хорошего человека! Тебе не дотянуться до него!

— Вася, пожалуйста, — мама очнулась от своего столбняка и стала тянуть его за рукав. — Пожалуйста, идём сядем!

Он неловко обнял мать, повёл её на место под крик:

— Я это так не оставлю. Оскорбил меня сопляк! Щенок недоношенный!

— Успокойся, мама, пожалуйста.

В эту минуту вошёл директор. Был он лёгок, красив и улыбчив.

— Это вы меня вызывали? — спросил кряжистого. — Слушаю вас. Что случилось?

— Я, я вызывал! Вот тот сопляк оскорбил меня! Выгоните его из школы! — тенорком закричал сытый.

— Простите, это я вас вызывал! — Чей-то отец, очень похожий на Андрюшу и Миха, подошёл к учительскому столу. Василий сглотнул злой ком. — Молодой человек вступился за меня, не позволил меня оскорблять. Это героический, справедливый молодой человек. — В точности он передал слова кряжистого. — У меня много учеников. У меня сто пятьдесят статей, известных во всём мире. Даже сейчас, когда наука никому не нужна, правительство даёт мне гранты, потому что я исследую кровь, зарождающую раковые клетки. Некоторые формы рака я уже победил, я людей спасаю. У меня есть своё отделение у Петровского.

У Василия перехватило дыхание. Андрюша работал с раковыми клетками!

— Я понял. Извините, пожалуйста, за то, что вас посмели оскорбить в школе, которой мне доверили заведовать. Сейчас каждый третий болеет раком, и ваши исследования очень важны. Я знаю вашу фамилию, о Вас много писали. Так, что вы хотели сказать мне?

— Учительница русского языка, наверное, очень хороший человек, но ни русского языка, ни литературы она не знает. Я читал в дочкиных записях её высказывания о Пушкине и Чехове. Это стыдно. Одинаковые слова про всех, под гребёнку: «великий», «значительный вклад в литературу», «учат прогрессу» и так далее. Всё это не имеет никакого отношения к литературе. И никак подобная литература не может помочь детям научиться думать, анализировать, а что ещё важнее — разбираться в произведениях, в окружающей жизни и любить людей. Мне сказали, что сейчас дипломы продаются. Мы изъяли несколько подобных дипломов у нас в клинике.

— Я вас понял, — остановил его директор. — У вас только к литературе претензии?

— Мне не нравится внешний вид этой девушки, юбки почти нет, а тут дети. Географию она преподаёт очень плохо. И с другими предметами есть проблемы. Я привёл свою дочь в эту школу, потому что школа славилась преподаванием на английском языке, хорошей математикой, биологией, другими предметами. Сейчас никого из старых учителей нет. А я очень хочу, чтобы и дочка, и другие дети получили хорошее образование и воспитание.

Директор растерянно развёл руками.

— Простите, пожалуйста, но я ничего не могу сделать. Мне присылают учителей, я не имею права их уволить, за каждым из них кто-то стоит. Они меня просто выгонят, а на моё место поставят своего человека. Хорошо понимаю вас и сам страдаю. Вы не можете оплатить частное образование, я не могу обеспечить вам достойное обучение ваших детей.

— Так, зачем вы здесь?

— Кушать очень хочется, — горько пошутил директор. — Обещаю вам проверить диплом литератора, с этим я разберусь. Обещаю сделать всё, что смогу. Но интуиция подсказывает мне, что сейчас начинается эра безграмотности. Знания сейчас никому не нужны. Так же, как и люди с высокой нравственностью, ведь вы и об этом говорите?

— Сечёшь, директор. — Кряжистый засмеялся. — Эра бабок. Зелёненьких! Моя эра. Нам сейчас жить! Не вам! И вы сейчас обязаны служить нам!

Директор подошёл к кряжистому, очень серьёзно спросил:

— А как вы понимаете, что нужно делать, чтобы служить вам? Ставить пятёрки только за то, что у вас доллары? Нужны вам хоть какие-нибудь знания, а? Хоть какие?

— Хоть какие нужны, — тоже серьёзно и важно ответил новый русский, гордо приосанясь. — Пусть умеет считать и выискивать, где что плохо лежит, — он кивнул на сына, похожего на гриб-боровик, тоже кряжистого и широкого в кости. — Пусть умеет вешать лапшу на уши тому, от кого мне что-нибудь нужно.

— А ведь именно для этого и необходимы умные, образованные учителя, которые научат ребят анализировать ситуации и людей! Как же тут без психологии? Для этого как раз и нужна классическая литература, чтобы правильно понять всё в этой жизни. Толстой нужен, Чехов нужен, Достоевский. Они научат видеть и понимать ситуацию, человека. Я вернул их в школу. Хоть это смог сделать! Старая программа, по которой мы все учились, дарила детям разворот жизни. «Лапшу на уши» может вешать лишь тонкий психолог, тонкий аналитик. Не будете понимать психологию ваших оппонентов, не научитесь анализировать ситуацию, проигрывать несколько ходов вперёд, как в шахматной игре, рано или поздно разоритесь! Вот вы-то нам и помогите снять неграмотную барышню и нанять умного литератора. Только своими долларами не тычьте в лицо такому же отцу, как вы, беспокоящемуся о своём ребёнке и желающему дать этому ребёнку достойное образование и воспитание.

Новый русский застыл с разинутым ртом.

— Ну, что, поможете? Подпишите бумагу?

— А я что... а я ничего... я как все... Подписать... это я умею. Я ж не против. Объяснил натурально. Я что? Пусть наследник, надёжа моя, реально учится психологии и, как это Вы сказали, ходы проигрывать вперёд. Мужик. Ему надо.

Онемевшие родители пришли в себя и кинулись к директору со своими жалобами и просьбами.

И ребята в себя пришли. Захлопнули рты.

На другой день к Василию подошла Катя. Он знал, что зовут её Катя. Не дебил же он, всех знал по имени и фамилии. Но он никогда ни на кого не смотрел. И на Катю тоже.

Он жил особняком. С первого класса сидел на последней парте, никогда не поднимал руку, не вступал ни в какие разговоры и дискуссии.

Давал списывать соседу Митьке на диктантах и контрольных, дарил ластики и яблоки, если тот просил. Но даже Митькиного лица толком не видел. Ему никто был не нужен и не интересен. И к нему привыкли, как привыкают к мебели, и отстали. Никто не теребил его, не задирал. Считали его не от мира сего, не мешали ему читать книжки во время скучных уроков и жить в своей раковине.

А тут к нему подходит Катя.

К нему поднимает лицо, и он видит вчерашние глаза, но без очков, в которых есть то же, что во вчерашних, без чего так впивается железка в его съёжившееся нутро: она Ришиной, Мишиной породы человек.

Та же грива волос, только не седых, а каштановых и волнистых, чуть поблёскивающих под электрическим светом.

— Спасибо тебе за то, что ты защитил моего папу. Я очень люблю его. Он очень хороший. Ты защитил его!

— Ну, и что тут такого? — бормочет он, не зная, куда деть неожиданно длинные руки. Неловко, вопросительным знаком нависает он над Катей.

Такая же маленькая, как мама, только не тощая и не бледная, с румянцем во все щёки.

— А ещё я хочу сказать тебе, Вася, что я с первого класса тебя люблю. Мне от тебя ничего не нужно, живи как живёшь. А я буду тебя любить. За тобой в первых классах приходила сестра, я и её люблю, она у тебя очень красивая.

Он побежал прочь, от Кати, из школы.

Он нёсся по ледяному Кутузовскому раздетый, как бегал на зачёте по физкультуре, только сейчас не было финиша и их Вольдемара, как все звали физкультурника за кок на голове и за модные джинсы и куртки. Пробежал свой дом, проскочил метро, в несколько секунд оказался у Триумфальной арки.

Риша снова тут, с ним.

Недолго она встречала его после уроков. Он жил в следующем от школы доме и скоро стал сам ходить в школу и из школы с ключом на шее. Риша не могла сбегать со своих занятий каждый день.

Но Катя запомнила. «Я и её люблю», — сказала Катя про Ришу.

Слова «люблю» в его лексиконе не было. Слово, летящее из радио и телевизора, из всех книг, которые он читал. Что оно значит? «Дышать не могу без Риши» — это понятно. Ему теперь всегда не хватает воздуха, и руки оказались лишние: ни рисовать, ни поднести Рише подарок, ни дотронуться до Риши.

Его метелил ветер, колол мелкий снег, рано в этом году завоевавшие город, а он беспомощно топтался возле Триумфальной арки, около которой когда-то стоял Наполеон, ещё не ведавший ни о пустой Москве, ни о пожаре, ни о страшном отступлении, ни о своей судьбе после поражения в войне, смотрел на коней, живущих в арке, вечно летящих из прошлого в будущее, на воинов с копьями для защиты Отечества и не мог понять, как теперь жить, когда его кто-то любит.

Медленно пошёл назад. Ему нужно вернуться в школу. Сегодня на физике он делает доклад о Циолковском.

Учитель, молодой и бойкий, блестяще знающий физику, любит доклады. «Превращение одного вида энергии в другой», «Закон сохранения полной механической энергии», «Закон Паскаля», «Давление в жидкости и в газе»... Делаешь доклад и вроде учителя замещаешь, вроде бы вместо учителя объясняешь классу новый материал. А ещё во время докладов все пишут рецензии и все получают отметки.

Доклад на пятнадцать минут.

Зуб на зуб не попадает. Нужно бы побежать, а сил нет, еле бредёт.

Проблем с учёбой и ответами у доски у него никогда не было. Сам не понимал, откуда, а получалось, он всё знает. Отвечает всегда жёстко, кратко, по пунктам, ни одного лишнего слова.

Ему кажется, все эти его знания Риша в играх вложила в него.

Но сегодня, стоя перед классом, а вернее, под Катиным взглядом, он ощущал себя невеждой и голым. Нужно отстраниться от Кати, от ощущения беспомощности и начать говорить. Он закрыл глаза, приказал себе увидеть текст, мелко отпечатанный в книге.

— Циолковский писал: «Человечество не останется на Земле вечно, но в погоне за светом и пространством сначала робко проникнет за пределы атмосферы, а затем завоюет околосолнечное пространство». Идеи Циолковского создали лишь теоретическую базу для будущих полётов, — бубнит он без выражения, передавая слово за словом текста. — В книге «Грёзы о земле и небе» есть астрономические чертежи. Кроме того, Циолковского интересовали батисферы для исследования глубин моря и океанов. Он проектировал модели дирижабля. Построил первую в мире центробежную машину, провёл в ней опыты с разными животными. Построил аэродинамическую трубу. — Поперхнулся казёнными словами, но стремительно продолжил: — Все его предсказания сбылись. Появился единый язык науки — английский. «А очень скоро, я уверен, появится и постоянно обновляющаяся «энциклопедия всех знаний» (как назвал Циолковский), к которой каждый будет иметь доступ», — предсказал Циолковский.

И вот, пожалуйста, Интернет! Существует и виртуальная реальность... — Он с маху заткнулся.

Мало того, что весь текст дословно передрал из какой-то статьи и фотографически воспроизвёл, ещё и через себя не пропустил, как делал всегда, а слово за словом выбросил перед замершими одноклассниками. Это в первый раз с ним такое! Обычно всё перерабатывает в себе. И обычно, уже отвечая, вытягивает за отдельное звено всю цепочку, нанизывает на какой-то единый стержень. А тут всё — в кучу. И всё это из-за Кати. «Люблю». Каким словом кинула в него!

Он стоит перед классом без сил. Чувствует, что полыхает, как знамя в бою, и не может ни слова больше сказать, ни уйти на место.

— Садись, — растерянно говорит учитель, тоже не очень понимая, что сегодня случилось с ним.

Всё его пребывание в классе изменилось за одно мгновение. Катя словно створки в нём распахнула: есть другие люди, кроме него и Риши.

И почему-то именно «кровопускание», как он обозвал это открытие, вывело красным в воздухе: 999. Ёжик волос, пронзительные глаза. Пока живы эти девятки, пока убийца, обрубивший столько жизней, ходит по этой земле, жить нельзя и видеть другие лица нельзя. И уж тем более нельзя близко подпускать к себе такое странное слово из уст чудо-девочки — «люблю». И даже доклады делать нельзя, потому что мысли разбегаются и слова перестают ловко собираться в чёткие фразы.

Фотография формальной статьи! Позор какой!

Он ждал Катю за углом школы.

Она вышла поникшая и побрела по тропинке к Кутузовскому, еле перебирая ногами. Свои буйные волосы заплела в две толстые косы, уютно устроившиеся на груди.

Он подождал, пока она свернёт к остановке автобуса, едущего от центра, и кинулся наперерез.

Стояли на остановке люди, бабка в толстой шубе расползлась по скамье.

Он едва крикнул «стой»! А когда подошёл, увидел слёзы в её глазах.

Ни Риша, ни он никогда не плакали. Он не знал, что делать, когда человек плачет.

— Катя, прости меня. — И замолчал.

Он взял её за руку и повёл по Кутузовскому. Вёл осторожно, как вёл бы их с Ришей и Михаилом ребёнка, если бы тот родился. Завёл в угловой гастроном. И, когда совсем согрелся, уже не глядя в плачущие глаза, стал сбивчиво говорить:

— Ришу убили... только она растила меня... она для меня и папа, и мама. Во мне чернота. Я должен найти убийцу. Жду Николая. Ришин друг... брат. И мне будет брат. Он увезёт меня к себе. Забудь меня. — Плясали зубы, как от холода, хотя он уже согрелся. Плясало внутри. А видел Катины не выливающиеся слёзы и девятки. — Я не жив, Катя. Вот тут железка растопырилась, больно. Никому никогда... тебе, чтобы поняла, чтобы не обиделась. Прости. Забудь. Пойми. Я благодарен тебе, правда. Никто никогда не говорил мне таких слов. Я даже доклада сегодня сделать не сумел. Ты меня всего перекрутила. Ты... очень хорошая. Думаю, ты самая лучшая для меня! Но не в тебе дело, в том, что со мной... Я благодарен тебе, — повторил. — Но я не жив, Катя. Я уже повторяюсь. — Он сходу замолчал.

И тут Катя закричала на него:

— Ты жив! Ты совсем жив! Поэтому так больно. Если бы не жив, больно не было бы. Я знаю это. У меня мама умирала от рака долго, тяжело. Давно. А до сих пор тут, как ты говоришь, железка. И всегда больно. Но что делать... Мы не поправим. Мы не вернём. Мы должны прожить то, что отпущено нам.

— Я должен отомстить.

— Нет, Вася! Отомстит Бог!

— Да что вы все заладили: Бог, Бог?! Что значит Бог? Где Он, покажи! Если бы Он был, Он не отнял бы у тебя — маму, а у меня Ришу! Она одна была у меня. Никто никогда мне не был нужен, потому что она была со мной!

Катя замолотила по его груди. Распахнута куртка, и её кулачки бьют прямо в боль, в железку.

— Нет, нет, нет! — твердит она. И слёзы текут по её щекам. — Ты не мёртвый, ты жив, и ты должен жить свою жизнь. Ты родился один, ты умрёшь один. Никто так намертво не связан с другим.

Он поймал её кулачки в свои руки.

— Сколько тебе лет, Катя? Ты рассуждаешь, как старуха, прожившая жизнь.

— Я хочу успеть стать старухой. Я хочу прожить жизнь с тобой. Это из-за тебя я стала такой, научилась думать, научилась по полочкам раскладывать, чтобы тебя понять. Каждый твой взгляд ловила, каждое твоё слово. Я чувствую тебя. Я понимаю тебя. Ты внутри весь цветной. Ты очень богатый! Такого, как ты, другого нет!

Он, ошалев, смотрел на неё. Выронил её руки из своих.

— Пожалуйста, не надо, Катя! Ты всё придумала. Я обыкновенный, скучный сухарь. Я монахом стану, Катя. Я никогда не женюсь. Я не могу.

Неожиданно она улыбнулась, и слёзы разбежались по морщинам.

— Пусть так. Не нужно жениться. Но дружить-то ты можешь? Просто дружить. Вместе делать уроки, вместе гулять, вместе смотреть кино, вместе читать интересные статьи и книжки? — улыбнулась она снова. — Это ты можешь?

Он топтался перед ней младенцем.

Сколько это длилось?

Но он заставил себя поднять с пола портфель и намертво вцепиться в его ручку, как в спасательный круг.

— Ты не услышала. Сначала я убью Ришиного убийцу. А потом посмотрим. Если хочешь, жди. Я постараюсь сделать это как можно скорее. Но я ещё не готов. Понимаешь? И тебе ничего обещать не могу. Сейчас у меня погибает мама, ты видела её... я должен усыпить её бдительность, я должен поднять её жить, всё её свободное время я должен быть с ней. Если она выживет, если я спасу её и если я наконец отомщу, может быть... я не знаю, Катя. Но, весьма вероятно, за убийство я на всю жизнь попаду в тюрьму. Лучше не жди... Ты прости меня, пожалуйста.

Ещё какое-то мгновение Катя смотрела на него не моргая больными глазами собаки, а потом подняла портфель и пошла из магазина. Она едва передвигала ногами. Шла очень медленно.

А он не в силах был сделать ни шага.

Глава шестая

МОИМИ ГЛАЗАМИ

Утром Миша заболел. И автобус с детишками уехал в детсад без него. Он лежал тихий и смотрел на меня почему-то Ришиными глазами. Опять тронулся! Как это возможно?

— Что у тебя болит, Миш? Голова, горло, живот?

— Иди на занятия, папа. Я буду играть и спать. Я ничего не сделаю плохого, ты можешь не волноваться.

— Нет, мы поедем к доктору. Врач скажет, что не так.

— Не хочу к доктору.

Это первое «не хочу».

— Ты боишься врачей, Миш?

— Не боюсь.

— Чего боишься?

— Хочу, чтобы ты пошёл на занятия.

— Зачем, Миш? За учителем повторяю, как дурак, интонации, фразеологические сочетания. А слышу свой акцент и ничего не запоминаю.

Миша вздохнул.

— Это так легко. Слова сами укладываются рядом с русскими. Ты послушай телевизор, сам всё поймёшь. Но я, как и ты, не хочу говорить по-английски.

Второе «не хочу» за время их общей жизни.

— Почему?

Миша молчит.

— Объясни, пожалуйста.

— Мы здесь недолго будем, — говорит Миша.

— Не понимаю. — Он плюхается на кровать и ошеломлённо смотрит на сына. — Почему ты так чувствуешь?

— Ты отдал меня в сад.

— Не я, Америка. Америка подчиняет нас своим законам, здесь все дети с двух лет в саду, лишь нам с тобой дали время оглядеться. Это исключение.

— Все говорят по-английски. И я знаю английский откуда-то. Но во мне всё время звучат русские строчки: «Гонят листья мои обиды, а обиды никак не выйдут».

— Это ты придумал? Как могут листья гнать обиды, когда обиды внутри, а листья на дороге? Тебя обижают в саду?

— Не обижают. В саду русские строчки гремят, потому что английская болтовня мучит уши. Я понимаю, о чём говорят. Но не хочу слушать, мне скучно. Я или песни пою про себя, или стихи бормочу, или новые строятся.

— Как строятся?

— В порядок.

— Что это значит?

Миша вздохнул.

— И тебе тоже тут не так, как тебе надо!

— Почему ты это решил?

— У меня голова болит.

— Почему у тебя голова болит? Давай сделаем так: к врачу мы придём, чтобы только температуру проверить, носоглотку, у тебя насморк. Ничего страшного. Здесь близко есть большой кабинет врача для неожиданных случаев. Называется «Walk in». Если что-то серьёзное, отправляют в настоящий госпиталь. А если температуру померить, а если какие-то простые вопросы — почему вдруг голова заболела...

— Ты не оставишь меня там?

— Да ты что? Зачем? Доктор только посмотрит тебя. Мы с тобой ни разу у доктора не были. Надеюсь, скажет, что ничего серьёзного.

Плыть по течению не получается. Английский не при чём. У Миши глаза грустные. Срочно понять, почему. Не нравится воспитательница? А может, Миша не любит быть в стаде, как и я? А оплачивать индивидуальную гувернантку государство не собирается.

Но ведь есть деньги! Можно нанять Мише русского и американского учителя. А свой бизнес? А своё жильё? И Василия нужно срочно сюда перевезти! На всё не хватит.

Пока одевались, пока шли по улице, пока говорили об осенних разноцветных деревьях, опадающих по очереди, о вороне, по словам Миши, прилетевшей к нам из России, иначе зачем всю дорогу летит прямо над нами?, шёл и этот, дурацкий, внутренний разговор с самим собой.

Найти поскорее работу, купить жильё и скорее начать чем-то заниматься. Сейчас это называется бизнесом. Какой бизнес? Программирование и русификация компьютеров прошли, как Азорские острова, к ним возврата нет. А больше ничего я не знаю и не умею. Открыть кафе? Но я не люблю готовить. Тебе и не надо, Лейлу можно привлечь! — тут же возражаю себе. Нужно поскорее заработать много денег. Василию учёбу оплатить. В государственную такого талантливого не отдашь! Интересно, сколько стоит частная школа в год? А может быть, и правда, Миша не хочет здесь жить?

— Здравствуйте! Как я рада встретить соотечественника!

Я вздрогнул.

Мы уже в очереди к врачу. Как оказались здесь?

— А у нас беда... Сейчас пришли из-за живота, почему-то заперло... а вообще мы всё время связаны с врачами.

— Папа, смотри, мальчик странный.

Мальчик лет десяти, пушистый, с яркими голубыми глазами, ходит взад-вперёд по холлу, отрешённый от сегодняшнего дня, озабоченный лишь тем, что у него внутри.

— Папа, он нас не слышит и не понимает.

Женщина заплакала, и я окончательно включился в «сегодня».

— Чем болен ваш сын?

— Он мой внук, у него аутизм. Его неправильно тащили, повредили голову щипцами.

— Не плачьте, пожалуйста. — Глажу её руку. — Мы что-нибудь придумаем.

Женщина — моложавая. Волосы пшеничные и пышные, как у мальчика.

— Вот увидите, он выздоровеет, вот увидите!

Лепечу, а сам даже представления не имею, что такое аутизм, есть ли хоть какие-нибудь возможности бороться с ним.

Зато Миша пляшет перед мальчиком. И мальчик внимательно смотрит, чуть склонив голову на бок.

Зажигательный армянский танец, который танцуют мужчины на свадьбе. Поёт Миша по-армянски, ни слова не понять, но и ноги, и руки, и голова летят в стороны, вперёд, назад. Только русское «ух», «эх» врывается ловко в текст.

Пожилые люди, сидящие в очереди, улыбаются и хлопают.

— Ну и сын у вас! Смотрите-ка, мой Коленька застыл, не движется. Значит, ему нравится?!

— Ещё как нравится!

Женщину с внуком позвали к врачу.

— Я дождусь вас. Пожалуйста, не бросьте Коленьку.

...Никаких болезней у Миши не оказалось. Даже насморк — лёгкий.

Женщина дождалась.

— Меня зовут Альбина. Пойдёмте к нам, у нас есть торт.

Чем помочь? С чего начать? Что такое аутизм?

Наверное, надо взорвать ребёнка изнутри, научить жить внешней жизнью. Почему же врачи этого не делают? Или то, что делают, не помогает?

Миша, как маленького, ведёт Колю за руку, и Коля не сопротивляется. Миша во всю глотку орёт песни и вперемешку читает стихи.

— Ваш сын — прирождённый волшебник. Коленька слушает. Коленьке нравится. Пожалуйста, Николай, не бросайте нас.

Как у Миши это получается? Держать за руку, петь песни.

Нужно что-то делать вместе...

— Мы живём с дочкой. Моя дочка — выдающийся учёный. Её пригласили в Гарвард. У неё исследования в области мозга, предотвращение инсультов, ликвидация последствий, то есть восстановление. Её знают на мировом уровне. Она у нас и папа, и мама. Скорее папа, деньги приносит! С ребёнком совсем не умеет и не хочет. По характеру мужчина.

Коле нужны музыка, живопись, общение...

Красивая, просторная квартира. Кипит чайник. Миша носится по гостиной, танцует, ходит на четвереньках. Коля следит за Мишиными перемещениями, поворачивается к нему.

— Я читала ему много, только, по-моему, он плохо воспринимает.

— Коль, повторяй: «У лукоморья дуб зелёный...»

И Коля повторяет за Мишей: «Златая цепь на дубе том...»

— Настоящий волшебник! — плачет женщина.

— Полно, полно, — разливаю чай, режу торт, а сам раздуваюсь от острой радости: смогу! волшебник! — Сейчас напишем расписание уроков. Как видите, Коле нравятся песни. Я слышал, за мозг, за речь отвечают пальцы. Судя по тому, что ваша дочка работает в Гарвардском университете, она может позволить себе купить инструмент?

— Инструмент?!

— Именно. Коле, мне кажется, хорошо бы учиться музыке. Это раз. Два: мы с Мишей научим его песням, которые знаем, — с энтузиазмом набрасываю план действий.

— Но ведь Коля не поёт. Только слушает.

— Вот и хорошо. Наша с вами задача: научить его петь и читать стихи, которые мы с вами знаем. Серебряный век и лучшие советские. Есть хорошие стихи и у наших шестидесятников. Знаете Ахмадулину? А ещё пусть он начинает рисовать и лепить. А ещё мы дадим ему в руки профессию. Если он научится что-то делать руками, лепить, что-то выстругивать... не знаю, что... — Ещё немного, и взлечу сейчас!

— Какую профессию? Ему всего шесть лет. Он только в школу пойдёт.

— Это в школу, а мы его дома будем учить. Он ведь может музыкой дома заниматься. Наверняка здесь есть наши учителя музыки, которые не будут брать с вас большие деньги. Я вот закончил музыкальную школу. Помогает. И стихов много знаю, — вещаю важно.

Говорю и дуюсь от гордости: я — волшебник! Никто не смог помочь, а я, вот он я — герой, явился, раз, два и выучу мальчика, и спасу.

— Всё хорошо будет, увидите. Да перестаньте вы плакать. Мы ему ещё живопись подарим! И архитектуру. И в секцию каратэ его поместим.

Хвастался, хвастался и вдруг слышу:

— Бабушка, а я — хороший мальчик? Правда, я — хороший мальчик? Я — послушный мальчик, правда, бабушка? Я — послушный мальчик, — говорит Коля Мише.

Альбина прижала к себе худенькие плечи внука.

— Хороший, Коленька, ты очень хороший мальчик!

— А этот мальчик знает, что я хороший мальчик?

— Конечно, знает, Коленька.

— И знает, что я послушный мальчик?

— Знает, Коленька, конечно, знает. Мы все знаем, какой ты хороший и послушный мальчик. И добрый, правда? Ты же ничего не пожалеешь для своей бабушки?

— Бабушка говорит, я ничего не пожалею для своей бабушки!

«Господи! — охнул я про себя. — Господи, помоги! Помоги же, Господи!».

— Альбина, не плачьте. Пожалуйста, не плачьте! — залепетал, сгорая от стыда. Волшебник хренов.

— А вы думаете, музыка поможет? Пальцы станут работать?

— Обязательно поможет, — бормочу уже совсем неуверенно. — Музыка всем помогает. Вот увидите. Только не плачьте!

— Вы верите?

— Верю, Альбина, — выдавливаю из себя. — Пожалуйста, не плачьте.

Миша ставит перед Колей тарелку с куском торта.

— Ешь, Коля, вкусный. — Коля откусывает и ест жадно, глотает непрожёванные куски.

Господи, помоги! Помоги, Господи! Объясни мне, что делать? Я хочу быть волшебником! Как это быть волшебником?

Ночью не сплю.

Мелькают строки:

> ...Холодная черта зари —
> Как память близкого недуга
> И верный знак, что мы внутри
> Неразмыкаемого круга.
>
> *(Блок)*

> ...И я выхожу из пространства
> в запущенный сад величин...
>
> *(Мандельштам)*

> ...В небесах торжественно и чудно...
>
> *(Лермонтов)*

> ...О, сколько музыки у Бога,
> какие звуки на земле...
>
> *(Блок)*

И снова:

> В небесах торжественно и чудно.

Мы с Михом знали эти стихи с детства. Но вот Риша вдруг начала читать их. И они зазвучали совсем по-другому. И я увидел «небеса» с россыпью звёзд, с серпом месяца. И бесконечность неба.

Василий, когда Риша дочитала, повторил:

> В небесах торжественно и чудно...

Снова звучит Ришин голос:

> Ночь тиха. Пустыня внемлет Богу,
> И звезда с звездою говорит...

И ещё почему-то повторяется и повторяется её голос:

> Я б хотел забыться и заснуть...

Предчувствовала что-нибудь Риша?

Кажется мне или нет: мама играет Шопена. Всё детство засыпал под музыку. Это было по моей просьбе мамино «спокойной ночи». Звучит Шопен.

Игры мозга и собственной нервной системы, или мама играет мне сверху?

— Поедем все вместе на Азовское море. Там пляжи как раз для детей... — звучит отчётливо голос Миха. — С Васей будем устраивать заплывы, а Мишка пока будет только смотреть.

Что реально, что нет?

Подними меня, Господи, к себе, научи, как перевезти сюда Василия? Ты всё видишь. Дай знак, как он там? Убереги его от глупостей. Пусть Василий ждёт. Пусть кого-то начнёт спасать! Когда так безысходно внутри, обязательно надо кого-то другого спасать! А я пока что-нибудь придумаю. Помоги мне, дай знак, Господи! Напои меня умением помочь Коле. Научи, Господи, что сделать, ведь Колина судьба задумана Тобой, так? Или это наказание ему за что-то? За что? За то, что совершил в прошлой жизни? Или Тебя вовсе нет, и всё в этом мире случайно? Помоги, Господи, понять Твой замысел! Зачем-то ведь я встретился с Колей?! Он — Коля, я — Коля. Не остался же я Фелом для Тебя, Господи, по родительскому недосмотру?! Ну, дай же мне знак сначала о Василии, потом о Коле!

Миша сладко спит, раскинулся, руки от локтя вскинуты вдоль головы — расти.

Завтра новый день. Ночь — водораздел между «вчера» и «завтра».

Вчера раздувался от величия: волшебник я!

Какой волшебник?

Самонадеянное трепло!

Облило жаром.

Замелькали зелёные майские жуки. Сыплются градом с неба. Облака штопорами вкручиваются в воду, и в воде плывут те же облака. Господи, а это почему? Картинки из детства как сюда попали и зачем?

Наболтал Альбине: всемогущ, могу Коле помочь. Тобой, Господи, решил заделаться! Букашка, муравей! Ну, и что теперь?

В любом случае нужно бросить курсы, срочно сосредоточиться на Василии.

А уже потом соединять Колю с книжками, песнями и людьми — разрушать его код.

Отвечай за свой трёп!

Звонок — резкий. Подкинул на кровати.

— Ник, слушай, я тебе предлагал, а теперь конкретно, я могу определить тебя в бизнес-школу! У меня друг, мы вместе учились...

Это он уже в силах понять и без Эдика.

— Сейчас? Ночью?

— Какая ночь? Уже семь утра. Кажется, ты через сорок минут выезжаешь? Жду тебя после занятий в моём офисе. — И гудки.

Господи, это тоже Ты послал мне Томаса? Вместе с майскими жуками и Шопеном? Именно в минуту, когда решил бросить курсы? Не может быть случайностью. Знак.

С другой стороны, зачем мне Бизнес-школа? Кем оттуда выйду? Менеджером в компании, в магазине, в университете?

И так Америка превратилась в страну менеджеров. Всё производство — в Китае, в Индии...

Нынче мода на менеджеров.

— Папа, пора вставать!

Эх, Мих, Мих! С кем посоветоваться? Что делать?

— Дядя Томас хочет помочь тебе... — не то сказал, не то задал вопрос Миша.

— И что ты думаешь по этому поводу? — спросил неожиданно.

Полно дурака валять: Мише всего четыре года!

Срочно позвонить Люсе. До встречи с Томасом. Сколько, интересно, это стоит и как это делается?

Срочно позвонить Василию. Это нужно было сделать до Лейлы, сразу, как только телефон поставил.

Дни проскакивают, не остановить. Я — в вихре, несущем меня.

— Подумать надо, — говорит Миша.

Мишу увёз автобус.

На курсы всё-таки пошёл. До перерыва досижу, а потом — за телефонной карточкой. Лейла говорила: покупает в русском магазине.

Облака ползут по голове, набухают дождём...

Сделаю так, как скажет Люся.

...На занятиях читали газеты. Тяжёлый слог, не запоминающиеся слова. Да никогда я не буду читать американские газеты! Неинтересно.

Как это не читать газет? Тебя страна приютила, дала жильё, еду, бесплатные занятия, а ты смеешь болтать — неинтересно?!

Со всем рвением кинулся в текст. Легитимная власть, департамент правосудия...

ГЛАЗАМИ ВАСИЛИЯ

На другой день Катя в школу не пришла. И на следующий.

Что с ней случилось? Заболела?

Но классный руководитель на собрании неожиданно разразилась тирадой:

— Взбаламутил всех интеллигентик. Хорошего человека из школы выгнали. А когда добился своего, и пришёл новый литератор, перевёл дочь в другую школу.

Он едва сдержал крик — «в какую». Географичка сказала сама:

— И то правильно решил. Живут в Кунцево. Хоть и близко, а зачем каждый день в снег да в бурю ждать автобусов и кататься туда-сюда? Жить надо близко к школе, — вещала географичка.

Жива Катя. Ничего дурного с ней не произошло. Правильно решила.

Но почему-то возникло чувство потери. Пришёл к нему спаситель помочь, а он отшвырнул. Обидел человека.

«Люблю тебя с первого класса!» — снова окатило его.

И снова поднято её личико к нему.

И таящие в себе целую судьбу глаза смотрят на него.

И толстые косы, свившиеся из волнистой каштановой копны, посверкивающие под электрическим светом, покоятся на груди.

Все уроки тупо смотрел на девицу, усевшуюся на Катино место. Будто других столов нет!

С этого внезапного вторжения в реальную жизнь и возвращения в свою заброшенность, в свою изолированную от внешнего мира крепость золотистая, узкая стрелка часов снова словно застыла на одной цифре. Механически он делал доклады, решал задачи, читал. Сменялись и скользили, не проникая в его пустоту, праздники, собрания, соревнования, долгие молчаливые сидения с мамой за ужином-обедом. Цифра «9», хвостатая, злая, застила глаза и происходящее вокруг.

Новая литераторша оказалась ничем не лучше старой. Она была русской и русский знала, но её наука на русском сводилась к упражнениям, в которых тупо нужно было вставлять буквы в слова, и к глупым вопросам по литературе: «Как прославляется боевое товарищество в «Тарасе Бульбе» и осуждается предательство?», «Как изображаются крестьяне в рассказе «Бирюк» Тургенева?»

Слушать блёклую, скучную, прилизанную тётку было невозможно.

Хорошо ещё, что директор своей властью, как он говорил, вернул им старую программу. Во многих школах литературы как таковой теперь нет совсем. А у них есть. А раз есть старая программа, есть авторы, сотворившие бесценное богатство России, уж теперь твоё дело, читать их или нет? Проходят «Тараса Бульбу, а он всего Гоголя читает: «Вечера на хуторе», «Шинель» и «Нос», «Мёртвые души». Проходят из Лермонтова только «Песню про купца Калашникова», он же и стихи, и «Героя нашего времени» от корки до корки прочитывает...

В небесах торжественно и чудно...

Эти стихи Риша читала ему, совсем маленькому. Ещё тогда он увидел торжественность небес с россыпью звёзд, серпом месяца и бесконечностью пространства, ничем не ограниченного.

Но сейчас вдруг явственно услышал Ришин голос:

Я хочу забыться и заснуть...

Предчувствовала она?

От Николая ни слуху, ни духу. В воду канул, как и отец.

Нашло письмо отца?

Почему молчит Николай? Как выживает? Он так любил Ришу!

И с ним у Николая были свои отношения!

Николай не отец. Не может намертво забыть о нём. Не только гитара, которую Николай подарил ему и на которой научил играть. Не только песни. Но и странные разговоры о звуке струны, способной пробудить замёрзшую душу, о Гамлете, который мог бы изменить историю страны, дотерпи он до власти, но взялся за шпагу и погубил себя, о тех, кто на пределе сил с не двигающимися или разрывающимися от боли ногами, с тяжёлыми ранениями в голову, со сбивающимся дыханием, будут ползти и бормотать стихи. И выживут, потому что жив человек тем, что внутри.

В небесах торжественно и чудно.

Об этом говорил Николай? Что тогда пытался объяснить ему? Какая-то связь существует между небесами, в которых «торжественно и чудно», и всем тем, что происходит с людьми? Нет, не глупый муравей, оторвавшийся от своего семейства. Когда внутри ты набит стихами, задачками, которые обязательно нужно решить, маминой болью, которую нужно утишить... у тебя есть связь с небесами. И когда звучит: «С первого класса я тебя люблю...»...

Если все сказки о загробной жизни не сказки, и в самом деле Риша и Миша сейчас на небе, понятно, почему там — «торжественно и чудно».

Что придумать, чтобы маму вывести из её тупика?

Она по-прежнему готовит им еду, по-прежнему бесшумно ходит по дому и тщательно вытирает пыль. Она сидит с ними за ужином и порой даже спрашивает, как дела в институте у Вити и в школе у него. Но они оба видят, что она слабеет, что она сильно устала. А когда они с Виктором просят её бросить хоть одну из трёх работ, чтобы не так уставать, чтобы высыпаться, она не реагирует.

Сегодня после ужина он зажёг свечи, вскинувшиеся в их старинном разлапистом подсвечнике, усадил мать на их радостный диван, взял её руки в свои.

— Мама, у нас сейчас очень много денег. Ты можешь передохнуть. Очень прошу, брось надрываться.

— Коля велел все их вложить во что-то, что когда-нибудь...

— Мама, Николай не сказал слов «все их», он сказал — «часть из них». Пока мы с Виктором не работаем, мы можем тратить эти деньги. Их заработала Риша. И, как тогда, когда она каждый месяц давала тебе на жизнь, так и сейчас мы можем их тратить. Вспомни, сколько раз она просила тебя бросить работу? Почему тогда, когда она просила, ты не бросила?

— Потому что я не хочу сидеть на шее у своих детей. Погоди минутку. — Она встала и пошла в глубь квартиры.

А он уставился на часы, словно в первый раз их увидел.

Да, они вовсе не тёмно-коричневые, они — красного дерева, с вензелями, с чужой тайной, а цифры — золотистые на чуть матовом фоне. С детства он не слышал их тиканья, как не слышал своего пульса, они стучали его жизнью.

Сейчас услышал. Они тикают громко, самостоятельно, стремительно. Помимо него идущая жизнь, которой он не замечал.

Так же как не замечал подсвечника. Наверное, подсвечник «работал» при отце, все эти годы свеч не зажигали. Сейчас они, желтоватые, потрескивали. Может быть, мама расстроилась, что он зажёг свечи, — наверняка они напомнят ей об отце. Но ведь вида не покажет...

Он торопливо затушил их. А они всё ещё чуть жили, мягкие, с вкусным запахом.

В небесах торжественно и чудно...

Риша продолжает открывать ему зрение и слух, чтобы он видел и слышал.

— Вот, — неслышно подошедшая мама вкладывает в его руки зелёную папку для рукописей. Такие папки, пустые и заполненные, жили у отца на письменном столе.

— Что это, мама?

— Доллары, которые Риша давала мне каждый месяц. Ей платили рублями, она же сама обменивала на доллары, чтобы никакие реформы не уничтожили их. Она начала работать в июне, её не стало в июне. Здесь зарплата за одиннадцать месяцев. В первый принесла тысячу, во второй — две, в третий и четвёртый — по три тысячи, в пятый, шестой и седьмой — по четыре тысячи, в остальные — по пять. Ума не приложу, как она сумела всё это обменять.

— Ты не истратила ни доллара?! — Он вскочил и забегал по гостиной.

Мать не ответила. Сидела, уложив аккуратно руки на коленях.

— Ни доллара, — подтвердил он. — А Риша знала об этом?

— Как только она пришла туда, ей сразу стало не до этого. Миша. Ты ещё в больнице. Она металась. Она летала. Особенно когда ты пошёл на поправку. А потом соединение тебя и Миши. Ваша бурная общая жизнь. А потом маленький.

Он уселся перед матерью на ковёр.

— Риша забыла о тебе? И никогда больше не спросила, почему ты не бросаешь работу, как ты справляешься, что с тобой происходит?

— Что ты?! Что ты?! В первый месяц, когда тебя привезли домой и она почти всё время после работы была здесь, мы много говорили. Допоздна. Я всё гнала Ришу к Мише, хотела, чтобы она поскорее с ним вдвоём оказалась, а она усядется вот как ты сидишь, гладит мои колени и рассказывает, что ты сегодня нарисовал, какую книжку прочитал, что ей сегодня говорил Миша. А Миша и Николай пока с Виктором математические и экономические задачи решали.

— Но она не каждую ночь с нами ночевала...

— Не каждую. Уложит тебя. Обнимет меня и шепчет: «Ну, мам, я пошла замуж, Миша, наверное, уже всё объяснил Виктору». Каждый раз заново уходила замуж. Уйдут они, а я всё никак не могу от счастья в себя прийти, уж такие оба красивые, такие соединённые, такие блаженные... улыбаются и глаз друг с друга не сводят.

— Почему же они сразу не поженились?

— С одной стороны, из-за тебя. Риша боялась тебя ранить. С другой, боялась сглазить. Она говорила: «Понимаешь, это всё совсем неправдоподобно. Как две половинки слепились. Он, мама, начнёт говорить, я знаю, о чём. И наоборот». Он-то каждый день просил скорее оформить отношения, а она уговаривала его: «Вот родим сына, вот купим квартиру, чтобы у Васюша была большая комната, и тогда...»

— Мама, мама, не надо. А может, надо, мама? Ты, наконец, выговоришься. Я знаю, как когда всегда молчишь. Ты говори, мама.

— А что ещё говорить? Ты лучше меня всё знаешь. Ты выздоровел и тоже вступил в Кооператив. Знаешь, Риша рассказала, как Миша и Коля боялись этого слова! У всех НЭП всегда живой и 46-й год, когда открывались кооперативы, а потом всех «открывателей» расстреливали! Не могло быть при Советской власти частных предприятий, не смели люди проявлять инициативу. И Коля с Мишей боялись: вот-вот что-то случится. А ещё Риша каждый вечер отчитывалась по телефону, перед тем как спать лечь. «Сегодня Васюш никак не мог решить задачу. И Миша с Колей подключились. Бились, бились. Оказалось, в «дано» неверный посыл. Представляешь, мам?» В другой день рассказала, как Коля учил тебя на гитаре играть, пользоваться компьютером, как работать с программами. И как они торжественно вручили тебе новый компьютер, только что пришедший из США. А как-то рассказала, как вы спорили, имеет право или не имеет хороший человек убить очень плохого, если тот мучает и убивает ни в чём не виноватых. И ты кричал, что ещё как имеет! От убийц надо избавляться. А Миша тогда впервые возразил тебе: «Но ведь тогда этот человек сам становится убийцей!»

— Так что, получается, Риша тебе всё рассказывала? — хрипло спросил он, оглушённый позабытыми Мишиными словами.

— Мы с ней... понимаешь... мы с ней очень тесно...

— Как она со мной?

— Как она с тобой. Ты для неё был Вселенной. Она так и говорила: всем, не знающим тебя, ты кажешься странным, а дело в том, что ты не снаружи живёшь, а внутри, что ты и людей видишь не в одежде и не с их чертами лица, а в красках. Одни для тебя оранжевые, другие — коричневые, третьи — зелёные. «Но это грубое разделение, — объясняла она мне. — У него всё дело в оттенках».

— Мама, в память о Рише, ради меня, пожалуйста, брось хотя бы одну из работ. Смотри, сколько у нас с тобой денег! Мы имеем право тратить их. Риша, если бы узнала, сильно обиделась бы на тебя и расстроилась бы. Ты пошла против её воли.

— Оглянись, что вокруг, сыночек. Русские деньги ничего не стоят, только хоть как-то прокормиться можем. Вот увидишь, скоро устроят поголовно платное обучение. Больше всего Риша хотела, чтобы ты получил образование, так ведь?

— Ну, так, хотела. Но никакого противоречия я не вижу. Я получу его. Отличники всё равно всегда будут иметь льготы, их не так много, правильно? Кроме того, не в одночасье же все вузы сразу станут платными. А я обману будущее безобразие. Я закончу в этом году седьмой и восьмой, а потом за год ещё два, экстерном. Сейчас только ноябрь. Зимние и весенние каникулы впереди, всё успею. Увидишь!

— Нет! Пожалуйста, нет! Ты сорвёшься. Ты и так на пределе. Нарушится сон, ведь придётся сидеть допоздна.

— Я же выспался с вашей помощью на всю жизнь! Ваши снотворные сыграли свою роль. А потом... ты же знаешь, Риша наверняка говорила тебе: с помощью Михаила и Николая я перерешал задачи по физике и математике «до берёзки», как говорил Николай, то есть до высшей математики. А высшая математика — в вузах, не в школе. С гуманитарными, что ли, не справлюсь? Дай мне слово, мама, что с одной работы уйдёшь и начнёшь тратить Ришины деньги. Мы с Виктором скоро поднимемся. И глупости не говори: жить за счёт детей. Это общий счёт, твой — такой же, как и наш, ты нам жизнь подарила, ты растила нас, во всём себе отказывала и сейчас кормишь нас!

На другое утро Василий проснулся много раньше и уже в восемь стоял перед кабинетом директора.

— Что случилось? — Директор пропустил его вперёд себя. — Опять кого-то защищать собрался?

— Себя. Хочу попросить Вашего разрешения в течение этого года сдать экзамены за два класса.

— Это ещё зачем? Лишить себя лучших лет взросления? Спорт, дискотеки, книжки, товарищество.

— Дискотеки и товарищество не нужны. А спорт с книжками будут. Куда они денутся?

— Объясни, зачем тебе это? Ты же легко учишься. У тебя почти все пятёрки.

— Именно поэтому. Легко. Пусть будет трудно.

Директор встал из-за стола, обошёл его, уселся в кресло, потянул его за руку, усадил напротив.

— Хочу понять. Объясни. Если ты по семейным обстоятельствам, маме помочь... то ведь у тебя есть старший брат. Он в прошлом году кончил школу, был её красой и гордостью. Во всём состоялся. Легко поступил в институт, легко учится. Институт закончит намного раньше тебя, даже если ты перепрыгнешь класс. Вот он и поможет на первых порах маме, полностью вас обеспечит. Я слышал, спорт приносит большие деньги.

— Дело не только в этом.

— Так, скажи.

— Мне скучно. Мне очень скучно. Учителя говорят, а я как будто всё это уже знаю. Я хочу экстерном... я хочу сам... то, чего не знаю, тоже...

Директор встал. Чем-то неуловимо он похож на Миха.

Совсем недолго у него был отец, говоривший ему «доброе утро» и «спокойной ночи», задававший глупые вопросы — «о чём ты сейчас думаешь?», «у тебя есть хоть какие-нибудь желания?». Они вдвоём ходили в кафе-мороженое и в тир. Мих вместе с Николаем учили его собирать рюкзак, лазить по деревьям и выбирать колья для палатки.

И словно услышал его директор.

— Какое у тебя сейчас главное желание, Вася?

И он, споткнувшись о совпадение, ответил:

— Вытащить маму к жизни.

Директор протянул руку, крепко пожал.

— Держись, старик. Кажется, нелёгкую ты избрал себе дорогу. Я много слышал о Рише от Виктора. Он всегда с восторгом говорил о ней, сильно гордился. К сожалению, лично её не знал.

— Я пойду.

— Ещё минуту. Я тут всё обдумаю. Договорюсь с преподавателями. Ты, наверное, не захочешь ходить на некоторые уроки.

— Почти на все не захочу, кроме физики, — буркнул он, готовый бежать прочь от этого нетипичного директора.

— Занеси список, с каких уроков тебя снять.

— Спасибо, — сказал поспешно и буквально вылетел из кабинета.

«Риша» в устах директора — возвращение в тупик.

Виктор, оказывается, болтун. С ним — ни-ни, никогда, а с чужим человеком откровенничает! Зачем трепался?

Небеса торжественны и чудны...

Он сорвал с вешалки куртку и выбежал из школы.

Ничего ни торжественного, ни чудного. Небо затянуто ряской, только не зелёной, как в зацветшем пруду, а серо-чёрной. И из крошева ряски сыплется мелкая морось. Небеса снова закрылись от него.

Настроение меняется, как у барышни. То подъём, когда кажется — жизнь ещё возможна, бушуют силы, бьются о железку, готовые разнести её, то опять она, всевластная, растопыривается и вцепляется остриями в плоть. Собственно, что такого уж особенного случилось со вчерашнего вечера?

Вчера мама впервые заговорила с ним, как с Ришей, из себя выплеснула, словами сформулировала тайну отношений с Ришей. Переплетение душ, как у него с Ришей. Наверное, Ришина особенность — так припадать к чужой душе.

Он очнулся в метро на станции «Ленинский Проспект».

Как он очутился здесь? Почему?

На «Ленинском Проспекте» живёт, жил Андрюша. Жил.

Зачем он здесь? Но ноги сами несут его к Андрюшиному дому, к подъезду.

Здесь же, двумя этажами ниже, когда-то жил и Николай. Правда, он давно уже, со дня смерти Вики, здесь и не жил. В квартире остался отец Николая.

Вместе с ветхой старушкой вошёл в подъезд.

Старушка с опаской косилась на него, когда он следом за ней входил в лифт.

Он улыбнулся ей и нажал последний этаж.

У него никогда не было ни бабушек, ни дедушек. И он любил старушек. Ему казалось, старушки излучают покой и мудрость.

— Ты никак к Вере Петровне? — вдруг спросила старушка.

— Почему вы решили? — удивился он.

— Да туда стаями ученики ходят. Закончившие много лет назад никак не оставляют её в покое. И сегодняшние толкутся. Даже сейчас, после Андрюши и Миши.

— А вы знали их?

— Андрюшу-то? На моих глазах поднялся. Я с его мамой дружила, только рано, сердечная, ушла. А с Мишуткой-то маленьким я немного помогала, из детского сада иногда забирала, когда Верочка и Андрюша не успевали.

Они уже давно стояли на площадке возле Андрюшиной квартиры.

— Смотри, сынок, дверь неплотно закрыта, я уж знаю их дверь наизусть. — Старушка позвонила. За дверью тишина. — Зайдём, сынок. Что-то тут совсем не так.

Из квадратного просторного коридора прошли в большую комнату. В левом углу, ярко освещённом двумя окнами углом, как и при Андрюше, валялись рюкзаки и палатки, дождевики и ватники, стояли две пары лыж, а к ним приткнулась гитара.

Цивилизация тоже коснулась этой комнаты. Шерстяной ковёр на полу с крупными цветами. На нём часто сидели с Андрюшей. Два дивана решали угол правый. Между ними — розовый торшер с небольшим круглым выступом для чашек с чаем и рюмок. Было и кресло в этой странной комнате — в самом тёмном углу, как бы специально для отключения хоть на минуту от суеты.

В своём странном состоянии отупения прежде всего он увидел лыжи и гитару. Но старушка с криком «Верочка» кинулась в тёмный угол.

В кресле, склонившись на грудь головой, сидела Вера Петровна.

— Тебе плохо, Верочка? — спрашивала старушка. — Что с тобой?

Осторожно вытянула из рук Веры Петровны бланк.

— Смотри, завещание, заверенное нотариусом! — Лист выскользнул из её рук. — Открой глаза, девочка. Подожди, сейчас воды... сынок, воды... — Но уже из кухни услыхал сдавленный голос: — Поздно. Что случилось, Верочка, с тобой?

Кинулся в комнату. Старушка с трудом откидывала голову Верочки и закрывала глаза.

— Ещё тёплая. Что бы нам с тобой пораньше тут очутиться?

Виктор отвёз Вере Петровне деньги, что дал Николай.

Мама послала их в большом белом конверте — в таких она отправляла свои статьи. Из детства помнит. Когда мама с таким конвертом шла к выходу, Риша говорила: «Мама, удачи! Ты, когда будешь на почте сдавать, обязательно от себя и от меня скажи: «Лети, удачи тебе!»».

Оглянулся: может, здесь конверт?

Может, Веру Петровну тоже убили, а доллары взяли?

Старушка между тем осматривала Веру Петровну.

— Я, сынок, участковый доктор. И после пенсии ещё двенадцать лет по этим этажам летала! Видишь, висок — синий и вся левая сторона синяя? Похоже, инсульт у неё. А ведь совсем молодая. Мы бы с тобой всё равно ничего не сделали бы. Надо Богу молиться, что не паралич. Кто бы ухаживал за ней? Кому она нужна?

— Мне. Я ухаживал бы. Моя мама. Мой брат. И Николаша.

— А ты кто ей?

— Я? Внук, наверное! Не знаю, сын приёмный или внук. Её сын был моим отчимом, фактически отцом. А может, брат он.

Он запутался и замолчал.

— Так, это ты брат Риши?! Знакома я с Ришей. Миша привёз её сюда сразу, как увидел. Первые слова, которые она всем сказала: «Я сейчас без брата, но он всегда будет со мной!» Уж видел бы ты, как Андрюша с Верой с неё пушинки сдували! Я рулет делаю особенный, с изюмом, корицей, орехами, вот Верочка и попросила меня испечь. Платье Верочка надела голубое, с разводами, а на Андрюше я единственный раз галстук увидела. Как Риша свои первые слова сказала — про тебя-то, её тут же под руки да к столу. И меня усадили. И первый тост Верочка подняла:

«Твой брат — наш сын тоже. Мы с Андрюшей всю жизнь о дочке мечтали. Вот Бог и послал! Да ещё какую! Позволь нам тебя дочкой звать! — Вера к Рише всем корпусом повёрнута. — Вот тебе салат, доченька, мой фирменный, с крабами. А вот попробуй рыбу фаршированную. Это меня бабушка научила, а её — её мама. Ешь, доченька!»

— Уж так Верочка к Рише расположена была, всю их жизнь ей порассказала, что Андрюша — врач-исследователь, а она — училка, целый день в школе. И бедный её Мишенька был всегда бесхозный. Рос с Колей. Всё детство, все вечера здесь был Коля. Я ведь Колю тоже хорошо знаю. Братья они с Мишей, по-иному не скажешь. В детский сад вместе, в школу вместе, в институт вместе. Да, сейчас Коля совсем здесь не бывает, а его отец раз в месяц сюда приходит, за деньгами, сдаёт он квартиру.

Казалось, старушка начисто забыла, что Вера Петровна умерла, а ведь, наверное, срочно нужно им сейчас что-то делать.

— А уж Андрюша просто влюбился в Ришу. Когда они уходили, сказал Мише: «Ты, Мишка, двумя руками держи это сокровище, охраняй его. Такие раз в тысячу лет к нам на грешную землю спускаются».

— Надо бы «скорую» вызвать!

Старушка подняла с пола завещание.

— Ты погоди «скорую». Я тебе заранее скажу, что «скорая» сделает. Прежде всего милицию вызовет. Такая уж задача у «скорой», когда кто-то умирает. А милиция, знаешь, что сделает? Прежде всего опечатает квартиру до выяснения родственников и наследников. А я — врач. Я тебе уже сказала, поздно лечить её. Давай-ка мы сначала её волю узнаем: кого она в наследники определила? А потом и решим, что нам с тобой делать? — Старушка прочитала завещание. — Слушай-ка, а тебя, случаем, не Василием Рузаевым зовут?

— Василием Рузаевым.

— Ну, а про Колю я и сама всё знаю. Значит, Вася, «скорая» нам с тобой вовсе ни к чему. Хоронить её ты и Коля будете. С моей помощью. Вам двоим она завещала и квартиру, и машину, и всё движимое и недвижимое. Давай Колю вызывай, а потом мы уж доктора из поликлиники пригласим для бумаги.

— Коли в стране нет. Я могу вызвать маму и брата. Только мама на работе, брат в институте.

— Звони маме на работу.

Старушка укрыла пледом Верины ноги, словно они могли замёрзнуть.

А он плюхнулся на диван.

Не иначе, Риша привела его сюда.

Как по-другому он мог тут очутиться?

Хорошо помнит, вышел из кабинета директора. На улице не было неба. И вдруг сразу очутился у выхода из метро «Ленинский Проспект».

— Давай, Васенька, я схожу домой. У меня там пшённая каша есть. Я, как с утра ушла кровь сдавать, так и не евши со вчерашнего дня. Ты уж подежурь здесь. Мы с тобой поедим, мозги просветлеют. А тут и мама подъедет.

Он остался один на один с мёртвой Верой Петровной.

Даже с Ришей мёртвой он не смог находиться. Сидел не дыша, скрючившись на диване, непомерной тяжестью придавленный к коленям.

Как найти Николая?

Не успел расслабиться — впервые за несколько месяцев мама заговорила!, а тут новая беда.

Он тоже заметил, как Вера Петровна относится к его Рише. «Доченька, ты сюда садись. Кресло тебя расслабит. И малышу удобнее лежать. Я тебе чаю налью. Ты только, пожалуйста, не хлопочи».

«Да я помогу вам! — просила Риша. — Я же целый день сижу. Пожалуйста, разрешите мне что-то делать! Вы лучше про своих учеников расскажите. Сколько выпусков у вас было?»

И Вера Петровна начинает рассказывать. Наверное, это заложено в учительской природе — разжёвывать «каждое положение параграфа», как с ласковой насмешкой называл эту особенность своей жены Андрюша.

Он явно ревновал и пытался отвоевать Ришу у Веры Петровны: рассказывал о своих опытах в лаборатории.

Похоже, они работали вместе — Андрюша и Катин отец!, потому что Андрюша тоже изучал кровь и раковые клетки в крови. Но теперь спросить не у кого. Теперь только сам додумывай.

Вера Петровна совсем не похожа на маму, она была под стать Андрюше — высокая, статная, с густой косой, аккуратно уложенной на затылке. Русская красавица. И Миша в неё — статный, с густой копной каштановых волос.

А Николай у них золотистый. Не рыжий и не блондин, а именно золотистый.

Тихо вошла мама.

— Дверь открыта, — виновато сказала она. Подошла к Вере Петровне. — Васенька, давай мы с тобой всё-таки вызовем врача.

— Подождём.

В эту минуту старушка появилась с кастрюлей и с радостным воплем: «Хорошо, что вы пришли, здравствуйте, рада познакомиться! Я вас сейчас пшённой кашей накормлю».

А он отключился.

Дальше было всё, как во сне.

Магические слова в завещании — «сын» — определили все действия. Веру Петровну увезли в морг. А мама и старушка, вернее, Елизавета Саввишна, вызвали похоронного агента. Старушка и деньги нашла — не тронутые, как и у мамы, в знакомом конверте.

Виктор и женщины обговорили все условия похорон. В документах нашли кладбищенскую книжку с номером участка и номером могилы. Могила есть. Совсем недавно в ней захоронили Мишу, а потом и Андрюшу. Долго решали, что делать: раньше, чем через десять лет, в неё хоронить нельзя. Агент же, получивший в два раза больше долларов, чем полагалось, встрял в разговор, сказал: могила — просторная, он всё устроит.

Когда агент ушёл, стали рассуждать, почему была не закрыта дверь в квартиру, и не надо ли всё-таки вызвать милицию? Нотариус случайно не закрыл? Или сама Вера Петровна, почувствовав себя плохо, оставила дверь приоткрытой, чтобы к ней пришла помощь?

Этот вопрос волновал Елизавету Саввишну.

— Если не закрыл нотариус, может быть, это он чем-то сильно расстроил Верочку, и она из-за него умерла, а он в страхе бежал?

— Нелогично, — сказал Виктор. — Как раз, всё наоборот. Если бы он был психологическим виновником её смерти, уж он обязательно крепко закрыл бы дверь, чтобы создать видимость своей непричастности. Следов насилия нет никаких, вы же сами сказали, правда ведь? Деньги вы нашли! По-моему, причин для коллапса у неё больше, чем достаточно. Как я понимаю, кроме Миши, других детей у неё не было. Сначала единственный сын... потом муж...

— Пожалуйста, Витя, хватит. Всем ясно, нотариус не при чём. Наверняка она плохо себя почувствовала и побоялась остаться в запертой квартире. А тут и Вася случайно...

— Да, да, случайно...

> В небесах торжественно и чудно... —

звучит, звучит Ришин голос.

Под него, словно снова Риша гонит его, он уходит из Мишиного дома и едет домой.

Глава седьмая

МОИМИ ГЛАЗАМИ

Мишу увёз автобус.

На курсы всё-такие пошёл. До перерыва досижу. А потом за телефонной карточкой: Лейла говорила, покупает её в русском магазине.

Сделаю всё, как скажет Люся. Только пусть поможет с Василием. Сегодня позвоню Василию.

Люся скажет, что делать с Колей?

На занятиях снова читали газеты.

Не хочу заниматься политикой.

Андрюша был диссидентом. Это политика?

Отец Василия был диссидентом.

Он сейчас здесь, в США. Может быть, найти его здесь? Попросить вызвать Василия? Наверняка за столько лет он стал гражданином!

Зачем? Тебе нужно, чтобы Василий жил только с тобой! При чём тут его отец?

При том, что он был диссидентом.

Политика не при чём. Газеты читать надо, чтобы постараться понять страну, которая тебя приютила, а ты смеешь болтать — «неинтересно», «политика»?!

Огляделся. Чёрный судья напряжённо склонился над газетой, шевелит губами, а потом старательно выписывает слова и ищет их в словаре. И японка, сбежавшая в США учиться, листает словарь. И гаитянский мальчик, который написал в сочинении «Хочу учиться и быть свободным», вчитывается в текст и морщит нос.

А ведь жизнь, оказывается, именно политика.

И убийство Риши и Миха — тоже политика!

И политика созидала судьбы людей в России советской.

Со всем рвением кинулся в текст.

С последнего часа всё-таки удрал.

Срочно нужна телефонная карточка.

Целый час набирал номер Василия. И, когда уже совсем отчаялся, загремело:

— Слушаю.

— Вась, здравствуй. Как ты?

Молчание затягивалось.

— Что случилось? — спросил со страхом. — Мама, Виктор?

— Вера Петровна.

— Что Вера Петровна? Больна? Ну, что ты молчишь?

— Ты не можешь приехать? Она тебе и мне... всё оставила... завещание. Она... Не молчи же! Я столько ждал твоего звонка! Пожалуйста, приезжай и скорее возьми меня к себе жить. Тогда я выздоровею.

— Ты приедешь сюда ко мне! — выдавил с трудом.

— У меня мама. Я должен быть рядом с ней. Жить буду с тобой, но каждый день мне нужно её видеть. Только я и ты вылечим её. Она совсем тихая.

— Я должен подумать. Ты жди, Василий. Моё слово очень крепкое. Мне без тебя не жить. И тебя ждёт большой сюрприз.

Василий горько усмехнулся.

— Ты даже сегодня шутишь. Единственный сюрприз для меня на сегодняшний день — ты рядом со мной, другого не нужно.

— Пожалуйста, дай мне время. Совсем немного времени, Вась! Помни, ты — мужик!

Сразу набрал Люсю. Она ответила шёпотом. В России уже без двадцати одиннадцать.

— Мне нужен рядом Василий, — первое, что сказал.

— Я знаю. Он к тебе поехать не сможет. Ему срочно нужна помощь. Я не знаю, успеешь или нет.

Она отключилась.

А я всё держал трубку, и грохотало в груди, разрывая грудь.

Ну, Господи, дай мне знак, что мне делать? Почему срочно? Почему помощь?

Веры Петровны нет?

Вся моя жизнь — не только Андрюша, Мих и Риша, но и Вера Петровна. Да, она оставалась в тени Андрюши. Но её фаршированная рыба, её ученики, затевающие литературные споры по любому поводу и ждущие её последнего слова, но её жадность к моим мыслям и желаниям... были тоже главными составными моей жизни.

Вера Петровна и Василий остановили удобную американскую жизнь.

Бизнес-школа, потом какая-то модная кампания, в которой он станет менеджером. Коля. Мише не нравится английский язык, и американская жизнь не нравится. Он не сказал этого, но и так понятно: он хочет в Россию.

У меня в России — могилы и Василий. Ришина душа. Василий станет дядькой Мише. Нас вместе будет трое. Семья. А ещё ежедневно Ришина мама и Виктор.

Но чем я стану заниматься в России?

Стрелка летит к трём. В четыре я должен быть у Томаса.

— Привет, Томас.

— Привет, Ник.

У Томаса, как всегда, очередь в предбаннике. Как всегда, минуты — деньги.

Вместе с чашкой кофе Томас придвигает мне лист с перечислением экзаменов.

— Всего два года, и любая контора, любая крупная кампания, любой банк откроет перед тобой двери. Ник, выгодное дело. Ты выиграешь жизнь. Брось вызов жизни! — Томас рассказывает о школе. О перспективах. — Бери бумаги. Даю на раздумья два дня.

Дождь барабанит, вбивает в зонт и в голову: два дня!! На какие раздумья? На выбор.

Два дня на выбор.

Выбор из чего?

Стать бизнесменом?

Стать волшебником?

Да, Томас помог Лейле и Соне узнать друг друга. Но их жизнь ещё совсем не налажена. Соню лишили бабки и отца. И я лишь пол дела сделал, отвоевав их свободу у Томаса на несколько дней. Пусть Соня о бабке не вспоминает, но об отце скучает, украдкой названивает ему. Отец — тихий. Он молча сидел рядом, когда она играла на фортепьяно или читала. Он хорошо знает английский и помогал ей делать уроки. И они болтали по-английски. Бабка сердилась: «Не смейте! Говорите по-русски. Ребёнок родной язык забудет!». Но Соне легче говорить по-английски. Да и с Лейлой отношения пока далёкие. Хотя Лейла заплетает ей косы, как мечтала, кормит на убой, зацеловывает, Соня ещё только привыкает к тому, что у неё есть мама.

Лейла с Соней — в списке неоконченных дел.

Причём тут Лейла и Соня, когда появился Коля? Настоящее волшебство — спасти Колю, подарить ему полноценную жизнь.

Причём тут все они, когда Василий просит вернуться? Когда и какая Василию нужна моя помощь? Это же — Василий!

Вот какой выбор!

Развернулся и бросился обратно к Томасу.

Ворвался в кабинет.

У Томаса пожилая пара. Женщина в слезах. Но Томас тут же встал.

— Простите, пожалуйста, я сейчас.

Привёл меня в соседний кабинет, где коллега уже закончил работу.

— Что случилось? Твоё лицо...

— Прости! Помоги! — На ломаном английском стал рассказывать о Василии — о том, что мальчик ищет убийцу своих родителей, чтобы убить! О том, что Василий — это Риша, Ришина душа, о том, что я должен вернуться в Россию. — Документов нет. Мне нужно срочно. Василия могут убить или засудить. Помоги. Я тебя люблю! Ты теперь мой единственный друг. Но не получилась Америка. Помоги. Бог просит тебя за меня! Пожалуйста! Прости за истерику, но это жизнь Василия. Это тоже мой ребёнок, как Миша.

Томас уже с первой фразы уселся в кресло посетителя и снизу, не мигая, смотрит на меня.

— Ты понимаешь, о чём говоришь?

— Ты сказал, готов заплатить за меня в бизнес-школу. Не надо. У меня остались деньги от моего Кооператива. Я не тратил их. Сколько нужно, чтобы срочно добыть хоть какой-то документ и визу? У меня есть русский загранпаспорт, он ещё работает. Что мне ещё нужно?

— Ты сильно любишь этого ребёнка... — не то спросил, не то сказал Томас. — Я понял, любовь для тебя больше, чем карьера.

— Он будет дядькой моему сыну, это брат Риши, ты знаешь, что Риша... он приёмный сын моего друга, он может погибнуть! Это всё, что у меня осталось от друга и от Риши. Только я могу остановить.

— Иди домой, буду думать. — Не сказав «до свидания», Томас вышел из кабинета.

Снова под дождём. Зонт забыл раскрыть, и уже потоки стекают с волос и с лица, куртка тоже промокла.

А пока Томас будет думать, я поработаю волшебником.

Сегодня же позвоню Арику, чтобы приехали с бабкой повидать Соню, соединю Лейлу с мужем. Помогу Соне помириться с бабкой. И, вдруг, успею что-то сделать для Коли?

С Михом любили бежать по Ленинскому и орать песни.

В чём смысл жизни?

Жить лишь для себя в материальном, корыстолюбивом, карьерном мире Америки? Целый день важно ходить по банку и раздавать распоряжения? Или сидеть в кабинете за голым просторным столом и пугать тех, кто не кончил бизнес-школу?

Только не это. Всё это — чужое, не для меня.

Раскрыл зонт. Теперь дождь стучит по зонту, хотя всё ещё по лицу стекают потоки с волос.

Томас решает мою судьбу.

А Соня с Лейлой уже встретили Мишу. Можно не спешить. Соня сидит над уроками, Лейла готовит и рассказывает Мише про свою жизнь: как учили их, во что они играли, какие книжки читали. Пересказывает Мише Носова и Швамбранию, «Тимура и его команду».

Соня ревнует мать к Мише и прислушивается, о чём они говорят.

Носова Миша и сам знает. И «Тимур с командой» прочитаны. А ещё Миша знает рассказы Чехова — «Спать хочется», «Ванька», «Каштанка».

И теперь он рассказывает их Лейле.

Можно не спешить.

Выбор?!

Какой выбор? Я сделал свой выбор.

Главное сейчас, пока Томас не объявится, не думать о Василии, о Москве, где меня наверняка подстерегает смерть. Сейчас нужно затаиться и ещё немного поработать волшебником.

Коля не умеет ни разговаривать, ни общаться.

Многие замкнуты в сосуде души, очень трудно выбираться на обозрение чужих глаз. Многие не умеют разговаривать и освобождаться от разбухающих в них обид и вопросов.

Василий, например.

Опять Василий?

До момента, когда взлетит самолёт Бостон — Москва (если взлетит с нами вместе), Василий — табу.

— Помоги, Господи, решить, какое у меня назначение. Я знаю, Ты уже решил. Ты уже знаешь моё будущее.

Не успел переступить порог дома, ко мне кинулись все трое.

— Наконец-то, Коля!

— Папа, как хорошо, что ты пришёл! Нас с тобой ждёт Альбина. Два раза звонила, обед приготовила. А к Соне приехали папа и бабушка с предложением замуж. Они Лейле звонили и сидят в Макдоналдсе, ждут их. А Лейла боится оставить меня одного. А я говорю, я могу один. А я говорю, в Нью-Йорк уезжать от нас не надо. Папа, я не хочу без Сони и Лейлы. Уговори их здесь остаться.

Наконец Миша замолчал.

У Лейлы — малиновые пятна на щёках.

— Что ты решаешь, Лейла?

— Соне нужен отец, она скучает.

— Ты хочешь жить с отцом, Соня? — спрашиваю.

Лейла напряжённо ждёт, что ответит Соня.

И Соня говорит жёстко:

— Да, хочу. Давай, мама, жить с папой! Папа хороший. Он тебя не будет обижать.

— Меня будет обижать бабушка, доченька.

— Не будет, Лейла. Бабушка будет носить тебя на руках! — Миша вздыхает. — Только пусть они переезжают сюда!

Вот и без тебя обошлись: сами взяли и приехали — брать замуж! Ты не при чём.

А ведь само собой всё решается!

Лейла с Соней должны жить в Нью-Йорке с отцом. И остаётся только Коля... Стоп. Коле помочь много труднее, чем Лейле с Соней, с Колей Томас бессилен. А кто ещё и как может помочь?

— Папа, придумай, не дай им уехать, — Миша умоляюще смотрит на меня.

В окно стучит дождь.

Вот тебе, «волшебник», новая задача.

— Я тоже не хочу без вас! — Лейла прижимает Мишу к большому животу. — Я им так и скажу: пусть сюда переезжают, у меня здесь живут волшебники. — Николай вздрогнул. Он никогда этого слова вслух не произносил. — Если бы не вы, как бы я жила без Сони? — Лейла плачет. А плакать ей не хочется. Ей замуж хочется.

Соня молчит. А ведь последнее слово должна сказать она. Она любит подружек в Нью-Йорке. Она любит учительницу музыки. Она любит свою просторную комнату. Для неё тоже выбор. Молчит. Значим хоть что-нибудь для неё мы с Мишей?

— Доченька, помоги мне, давай уговорим папу переехать сюда.

Соня стоит важная, почему-то похожая на бабку: так же поджала губы и сцепила руки на груди. И их не трое против одного. Соня — одна за четверых. Она решает. Это её выбор. Она в этом выборе главная.

— Пойдём, Сонь, поговорим. — Беру её за руку, разрушая в ней бабку, веду в свою спальню, сажаю на кровать. — Ты не хочешь оставаться в Бостоне? Тебе здесь плохо?

— Мне здесь хорошо. Но мама здесь любит Мишу больше, чем меня, мне это не нравится. А там я буду одна, мама будет любить только меня.

Я захохотал.

— Ты не видела маму, когда тебя здесь не было. Она была такая несчастная, такая одинокая... она так тосковала о тебе. А сейчас болтает без передышки и поёт. Она жить начала, когда ты приехала. Думаешь, она Мише книжки рассказывает? Тебе. Только тебе, чтобы ты слушала. Миша все эти книжки наизусть знает. Она боится, скажет тебе «давай почитаю» или «расскажу», а ты скажешь «нет». Она ждёт: ты сама попросишь её почитать тебе или рассказать о книжке, или поставить вместе спектакль.

— Правда?

— Правда. — Прижимаю к себе девочку. — Мама любит тебя больше жизни. Только тебя так любит.

Капает вода в ванной, кто-то неплотно закрыл кран. Срочно нужно идти к Коле. А я прижимаю к себе девочку, глажу по спине.

Альбина закатила праздничный обед. Из четырёх блюд.

— Фаршированная рыба — моё коронное блюдо, делаю раз в месяц.

Вера Петровна готовила фаршированную рыбу на праздники. Говорила: «Возни много, а ведь не оторвёшься!»

— Хватает на неделю. А три недели надо к ней готовиться, чтобы захотелось. Память о вкусе долго живёт.

— Бабушка, правда, я хороший мальчик?

— Вы гитару с собой привезли. Значит, играете на ней?

— Фортепьяно пока не принёс.

— Не надо фортепьяно приносить, — улыбается Альбина. — Мы с дочкой решили сами купить. Но здесь не принято покупать сразу инструмент, только если пойдёт у него. А пока есть масса аналогов с клавишами.

— Бабушка, скажи, правда, я послушный мальчик?

С таких лиц ангелов рисуют.

— Конечно, Коленька, ты очень хороший и послушный мальчик. Берите, пожалуйста, пирожки. Круглые — с мясом, треугольные — с капустой.

— Сколько же времени вы тратите на такой обед?

Миша спрашивает Колю:

— Ты считать умеешь?

Коля смотрит на бабушку.

— Встаю рано, пока мальчик спит.

— Бабушка, я считать умею?

— Умеешь, Коленька. Скажи, сколько будет пять и пять?

Коля выставляет руки вперёд.

— Видишь, какой ты умный. Правильно, пять и пять будет десять, столько, сколько у нас пальцев.

Настраиваю гитару и завожу:

...Пять ребят у костра поют чуть охрипшими голосами.

Миша и Альбина подпевают.

Коля чуть открыл рот и смотрит. Даже когда отзвучал последний аккорд, удивление не сходит с его лица.

Усадил Колю, дал в руки гитару.

— Смотри, вот этот палец берёт эту струну, этот — следующую. Звуки получаются разные. Попробуй сам. — Пальцем Коли дёргаю струну.

Поворот ключа, и в гостиную входит красавица. Глаза, волосы, губы! Высокая, тощая. Такой только главные роли в кино играть. И будет слава на весь мир.

Склоняюсь к Коле.

— Вот смотри, сюда палец. Молодец.

— Мам, у меня срочная работа. Вас, кажется, Николай зовут? Спасибо, что развлекаете моих, а то они у меня совсем закисли. Я — Галя. Простите, у меня один вечер на статью. Мам, дай поесть.

— Мы не развлекаем, — сказал Миша. — Разве мы клоуны?

Галина уже двинулась было к лестнице на второй этаж, но, услышав Мишу, остановилась и уставилась на него.

— Сколько же тебе лет?

— Лет мало, а мыслей много.

— Как зовут тебя?

— Михаил Николаевич Вольский.

— Вот, доченька, собрала тебе еды. Отнести или сама? Тебе что, кофе, сок?

— Кофе будет кстати. — Галина всё не может отвести взгляда от Миши.

С удовольствием смотрю на её опрокинутое лицо.

Коля дёргает струну.

Взяв из рук матери тарелку с едой, Галина поспешила по лестнице вверх. Длинные волосы плеснули за ней волной.

Уснул как убитый. А через час проснулся.

За окном шёл снег, как на Родине.

Мы с Михом устраивали бои снежками. Иногда и Вика с нами. У Вики снежки получались тугие, но она всегда била в грудь — сквозь толстую куртку они не ранили.

Снег.

Зажмурился крепко, но падающий снег продолжаю видеть. Снежинки летят вниз и почему-то сразу же поднимаются вверх. И само собой получается так, что я, подхваченный ими, начинаю возноситься вверх. Вижу — тело моё как лежало, так и лежит, раскинувшись, около Миши, но чувствую, что поднимаюсь. И нет недоумения, почему так происходит?

Вика (лишь облик Вики) в вязаной сиреневой шапочке с помпоном, как у девчонки, Мих (лишь облик Миха) — в тёмно-синей куртке — рядом со мной. Они смеются. И теперь не снег, а они подхватывают меня под руки и несут к яркому свету. Что, я тоже умер?

Но вот Вика и Мих исчезают. Я один на один с ярким светом. И звучит голос. Не мужской и не женский. Не земной голос, он проникает внутрь. А может быть, звучит из меня.

— Ты хочешь видеть невидимое и слышать неслышимое? Ты хочешь совершать чудеса? Хочешь спасать людей? Дарю тебе. Условия. О себе не помнишь, раз. Сегодня долго думаешь и делаешь правильный выбор, два.

— Ты подарил мне дар видеть и говорить с Тобой навсегда?

— Нет, скоро он тебе будет не нужен.

— Рише хорошо?

— Риша ушла в земную жизнь. Ришу встретишь. Узнаешь сразу. И, когда найдёшь её, потеряешь дар, который даю тебе сейчас.

Свет такой яркий, что я ничего, кроме света, не вижу. Но щуриться не надо — глазам не больно. Свет пронизывает. И голос пронизывает. Раздвигается «я» моей сущности.

— А Мих где?

— С Михом увидишься здесь, когда придёт твой час. Но о нём не печалься. И о Вике не печалься. Они оба ведут тебя. Они с тобой. Ты сможешь говорить с ними. Выполни свой урок.

Стремительный полёт (или падение?) вниз.

Сквозь крышу и девять этажей рушусь в свой второй.

Снова люлька из снега. Снег летит занавесом, но, не долетая до земли, превращается в дождь.

Вместо яркого света щедрые американские фонари — вереницей — на нашей широкой улице.

Потолок с бродящими по нему вспышками света. Я не люблю шторы. Мир за окном, мир внутри — вместе. От света фонарей, от падающего дождём снега уютно. Я причастен к таинству вершащейся жизни моей планеты.

Трогаю руки, ноги, лицо.

Какой странный сон! Как расшифровать его?

Да это просто выплеск всех моих галлюцинаций, голосов, боли и надежды! Что тут такого особенного? Чего только ни вообразишь себе, когда дошёл до точки отчаяния!

Но странно: становится легко и спокойно. Есть Бог, и Он помогает мне справиться с моими потерями!

Уснул снова, хотя ни усталости, ни желания спать не было.

Проснулся, когда Миша уже делал зарядку и кипел в кухне чайник. Вот сейчас Миша ловко влезет на детский стул, снимет с электрической плиты свистящий чайник и заварит мне в чашке кофе, ловко поджарит яичницу. Откуда в нём такая хозяйственность? Я же, наверное, из-за Вики и из-за Миха, легко варившем нам сосиски и пельмени, совсем беспомощен на кухне.

Какой странный приснился сон!

— Папа, это не сон. — Миша, розовощёкий и радостный, входит в спальню, ставит чашку с кофе на тумбочку.

— Ты мысли читаешь?

— А разве ты не читаешь? Все, если настроятся, читают мысли. Я удивляюсь, зачем так много говорить. Часто у людей слова и мысли — разные. Зачем?

— Если ты всё понимаешь, объясни, что значит — «сделай правильный выбор».

— Ты уже сделал!

Сел в постели. Глотнул огненный кофе. Ожог, как свет ночью, раздвинул створки.

— Ты прав, я сделал выбор. Дело за Томасом.

— Томас поможет, — весело говорит Миша и берёт в руки ослепительно жёлтый грузовик.

Миша очень любит машины и возит в грузовике то плюшевую собаку, то медвежонка, которого подарил Томас, то части от конструктора наваливает горой, а потом разгружает. И при этом беспрестанно дудит.

— Чего ты так долго лежишь? Яичница остыла. Тебе скоро выходить. А мой автобус через пять минут. Я поел творог.

На курсы зачем-то пошёл.

Ещё раз поговорить с чёрным старым судьёй? Или сказать спасибо Глории, нашей чёрной учительнице, кончающей мехмат университета? Или просто всех, как на фотографии, на всю жизнь запомнить?

Английский мне никогда больше не понадобится!

Снег растаял, будто его и не было, и в люки стекала вода.

Я совсем не ощущал тела. Что-то сильно поменялось во мне. Шёл, как всегда, пешком. И словно сквозь стены видел. Ко мне подплывало тепло живущих в домах, с их болями и радостями. А я посылал им тепло своё, распиравшее меня и прибывавшее снова и снова по мере того, как утекало прежнее.

И Мих, и Вика плыли рядом со мной, и я ощущал очертания их тел и видел улыбающиеся лица.

Воображение опять? Или это Бог посылает мне успокоение? Лечит меня: вечно живы души тех, кто уходит!

— Я здесь продолжаю то, что начал, — голос Миха.

— А что ты начал?

— Принимаю заблудшие души, помогаю им уйти от Дьявола к Богу. Помогаю тем, кто порвал с жизнью и всё ещё мучается.

— Не понимаю, о ком ты?

— Помнишь Веню? Веня покончил с собой, потому что не поступил в институт. Он со мной. С отцом я провожу много времени. Он без меня не справился. Нужно помочь ему. А теперь и мама. Не смогли они без меня и без Риши.

— А тот, кто убил вас?

— Жив.

— Мих, где ваш с Ришей ребёнок?

— Как «где»? В твоём Мише!

— Это невозможно! Ему уже четыре! Он уже жил с душой, когда вас с Ришей убили.

— Тот умер, Фел, умер. И Бог вдохнул в то тело душу нашего — это случилось одновременно, в миг, когда нас с Ришей убили. Он — наш, Фел! Душа, предназначенная Рише и мне, — в нём. Потому он и с тобой.

— Как это возможно? Он же будет похож на своих биологических родителей!

Мих засмеялся.

— Он наш с Ришей сын. И твой. При чём тут тело и на кого похож? Душа наша.

— Вика, тебе хорошо?

— Я здесь не одна... — зыбкий голос Вики.

— Я помогаю тем, — перебивает Вику Миша, — кто не умеет найти себя здесь, кто ещё в жизни потерялся. — Запах горелой пыли и склонённое лицо Миха над сломанным компьютером... — Но я и тебе помогаю. Веду тебя через Люсю. Это я помог ненадолго открыть тебе нас, чтобы ты перестал мучиться. Ты только ничего не бойся. Жизнь — вечная. И ничего не пропадает. Все добрые мысли и дела, наша любовь. Я всегда с тобой.

Как тяжело всё время слышать другой мир!

Это не другой мир. Это души тех, кого я любил.

А может, я свихнулся, тронулся, и мне лишь мерещатся души? Голову повредил мне бандюга.

— Не всё время, Колюш. Мы очень скоро отключим тебя. Будешь жить свою жизнь. Но знай, что мы — рядом. И радуйся жизни земной!

И сразу голос учителя:

— How do you do? Take your pens and write about happiest day in your life. Please don't think about vocabulary and grammar. Your thoughts, your feelings.

Понимаю каждое слово учителя, и напрягаться не нужно. И сами собой нижутся слова на белый лист. Счастливейший день: они с Ришей, Михом и Василием обедают и смеются. Сейчас, сегодня, у нас получилась сложная программа для одной американской фирмы в Москве. Нам хорошо заплатили, и мы устроили пир в одном из лучших новых ресторанов с заливным поросёнком, морским рагу, с пирожками и необыкновенным сладким. Черника, безе, орехи, мороженое — чего только не было в этом сладком! Все мы первый раз ели эту еду и, как дети — леденцы, смаковали её. Пир интеллекта — программа и пир утробный. Почему нам было так смешно? Сейчас и не вспомнить.

Конечно, не об обеде писал я своё первое и последнее английское сочинение. Я писал о нашей дружбе и о том, как мы сумели просчитать сложную программу, и как нас благодарил сам президент фирмы. Первый американец в нашей жизни.

Он был русый, голубоглазый, хорошо говорил по-русски и совершенно свой. Этот американец всё время улыбался, совсем ещё мальчишка, и всё пытался рассказывать русские анекдоты. Рассказывал старательно, но, видно, нюансы не все понимал и улыбался виновато — почему ему не смешно, а русские смеются? Мы с Михом постеснялись объяснить.

Про анекдоты не написал. Написал, что в Америке и в России люди близки по духу, умеют работать, улыбаться и понимают друг друга.

На улице солнце.

Шальная погода в Бостоне — то снег, то солнце, то ливень, без перехода.

Привиделась мне вечная жизнь. Воображение слишком богатое. А вернее, что-то случилось с головой. Вроде моя голова, а что-то не так. Вот же, есть только реальная жизнь!

Сегодня по плану этой реальной жизни — Лейла, её муж и свекровь.

— Я отказалась переезжать в Нью-Йорк. Они отказались переезжать сюда, — встретила меня Лейла.

Глаза красные, опухшие.

— Причина есть и другая? Ты не почувствовала его любви?

— Откуда ты знаешь? Не почувствовала, да, а быть просто прислугой и мебелью не хочу.

Миша и Соня смотрят по компьютеру русские мультфильмы и дружно смеются.

— Он любил тебя раньше?

Лейла не понимает.

— Когда?

— Когда вы начали встречаться, ты чувствовала любовь?

Мы уже на кухне, и я уже ем её суп и смотрю в её лицо. А сам вижу: Лейла и Арик идут, держась за руки, с концерта. Арик поглядывает на Лейлу, и его явно распирает гордость за неё и гордость за себя: это он ведёт красавицу-певицу за руку, и никому он её не отдаст. И без всякого дара представить себе подобную сцену труда не составляет.

— Арик ведь любил тебя? — въедаюсь я в Лейлино прошлое. — Что послужило причиной любви? Твой голос, твоя независимость, твоё гостеприимство, твоя внутренняя радость... неважно, но ведь он любил! Если любил, значит, может любить снова. Отвела Арика от тебя его мать, так? Но ведь он не женился снова, так?

— Наверняка мать не разрешила. Она хочет, чтобы он принадлежал только ей, только её слушался. А откуда ты знаешь, что он любил меня?

— Если бы не любил, не женился бы. При такой мамочке пойти ей наперекор можно только из-за большой любви. Он скрыл от неё, что женат на тебе.

— Откуда ты знаешь? Да, он сказал мне, что знакомить меня с матерью не будет, потому что женился тайком.

— Вот видишь. Он очень любил тебя, если пошёл наперекор матери. И во Франции он жил один, без матери. И там ощутил вкус свободы от неё. Так? Поэтому и женился, что вернулся в Россию с ощущением свободы от матери.

— Откуда ты всё знаешь? Ты, что, волшебник?

Я засмеялся. Мне, как и Мише, четыре года. У меня всё впереди. Необъятные силы. Ненасытность к жизни. Сейчас моя работа — Лейла и Соня. Я уже изменил их судьбу, когда сам был глух и слеп. А сейчас, после той ночи, я всемогущ. Пусть это играет моё воображение! Но я хочу верить: нет конца, нет смерти, жизнь продолжится и после смерти, теперь Мих и Вика — со мной, и Ришу я встречу и узнаю. И Миша — наш общий сын: Ришин, Миха и мой. Дитя любви.

— Я не знаю, волшебник я или нет. И это не важно. Важно то, что ты любишь мужа, а муж любит тебя. Но ты знаешь причину, почему Арик так и не смеет проявлять своих чувств, он задавлен матерью. Он затерроризирован. Я сейчас поеду в Нью-Йорк. Ты оставайся сегодня у нас, заботься о Мише.

— Но сейчас уже три часа.

— Ну и что? В пять сяду на поезд. Вечером я там. Арик встретит меня. Сначала поговорю с ним, а потом с Эммой. И первым утренним поездом вернусь. Уложи Мишу пораньше, хорошо?

— Всё сделаю. Но я не хочу от тебя и Миши уезжать.

— Придётся, Лейла, тебе жить в Нью-Йорке. Мы с Мишей должны вернуться в Москву. Такие у нас обстоятельства. Не лишай себя своего счастья. Но условие поставь: он матери, как беженке, как не работающей, выбивает субсидированную квартиру. А вы живёте отдельно от неё! Это условие!

— Почему вы вдруг уезжаете?! — буквально возопила она. — А как же я без вас?!

— Лейла, всё потом. Сначала Арик и Эмма. Я слышал, в Америке трудно найти работу. А у него работа хорошая, положение стабильное. Должен же он вас с Соней кормить!

— Я тоже хочу работать. Хочу учиться, — мрачно сказала она.

— Вот и прекрасно. Подтвердишь свой диплом медицинской сестры. Я должен ехать, Лейла.

Миша кинулся ко мне на шею.

— Я не слышал, как ты пришёл.

— Зато ты весело смеялся, получал удовольствие!

Прижав к себе Мишу так крепко, что зашлось дыхание, зашептал в его ухо:

— Почему ты не сказал мне, что ты Ришин и Миха сын?

— Я думал, ты знаешь. Я и твой, ведь правда?

— Мой! Еду в Нью-Йорк. Слушайся Лейлу и смеши Соню. Поиграй с ней во что-нибудь.

Миша не ответил, обхватил меня за шею руками и повторял «папка», «папка». Не вслух повторял. Но я слышал это «папка».

Как странно, ещё вчера во мне жила нерастворимая боль потери, невозможность перестать думать о Рише, Михе и Вике, неизбывная боль за Василия, а сегодня я — богач. Все мои любимые со мной. И мы все вечны. И я расскажу об этом Василию. И я освобожу Василия от боли. И мы вместе найдём Ришу!

Пусть, пусть воображение! Разве теперь это важно?

Всё равно урок жизни выполнить нужно! Уж я изо всех сил постараюсь!

Сегодня, сейчас нету меня, есть миссия помочь Лейле с Соней. Есть миссия — спасти Колю. А потом Василий!

И самый большой дар — вот этот стук Мишиного сердца в моё сердце: Ришин и Миха сын спасён. И очень скоро Миша познакомится со своим родным дядькой!

Господи, спасибо тебе за Мишу и за вечную жизнь! Господи, видишь ли ты меня: как я, наконец, счастлив! Спасибо, Господи!

Звонок Арику. Звонок на станцию South: резервация билета.

Праздничная станция — South, тихий, с мягким движением и уютом, поезд, какого не видел никогда, по имени Amtrak, и книжка Лермонтова.

Нет страха, нет беды. Вместе с выдохом из всех пор вытекает депрессия, съедавшая меня столько месяцев. Всё чище и свободнее дыхание. Вот она, жизнь. Пока на земле. Я еду выполнять свой урок.

Арик ждал меня в машине, как договорились.

— Спасибо тебе, — сказал свои первые слова Арик. — Я звонил Эдику, он говорит, ты спас нас от тюрьмы.

Без матери у Арика осанка — другая. И вроде не такой он уж и маленький, и не такой приплюснутый, и плечи — широкие, и голова откинута! Ясно, почему так долго удерживается на работе.

— Мы не можем где-то посидеть поговорить?

— Дома обед... — неуверенный голос Арика.

— Сначала поговорим вдвоём, потом с Эммой. Расскажи о своей работе.

— С работой повезло. Служу в страховой компании.

— Интересно?

— Сытно, — усмехнулся Арик. — В России учился на строителя. И вдруг Франция, бизнес-школа. Случайно повезло: первый обмен! До сих пор не пойму, как попал в счастливчики. Потом вернулся в свой строительный — нужно было закончить. Хобби — флейта. В оркестре играл. Так Лейлу встретил. Слух у неё... и голос до кишок достаёт.

Мы уже сидим в Макдональдсе, пьём кофе и едим бюргеры.

— Тогда она была худая. И глазищи в пол лица и куда-то вглубь затягивали, в тайну, таких раньше не видел!

— Успел строителем поработать?

— Французская фирма предложила менеджером поработать, оправдать учёбу. А тут исход: хлынули евреи в Америку. Ну, и мы тоже. Да в Америке какой строитель?! Экзаменов кучу нужно сдавать, диплом подтверждать. Тут снова помогла французская бизнес-школа. Взяли в страховую компанию, один хороший человек привёл меня туда. А кто ж своим сытым животом пробрасывается?

— Согласен. В Бостоне тебе делать нечего.

— Да и квартира… выплачиваю.

— Понимаю. Теперь слушай, Арик. С матерью ты должен жить отдельно.

— Как это? У меня площадь большая.

— Кажется, мать по статусу — беженка. Так? Ей полагается жильё, так? А ты должен жить своей семьёй! Останешься жить с матерью, семьи у тебя никогда не будет. Мать пусть в гости приходит.

— Она не захочет так.

Я засмеялся.

— Сколько тебе лет, Арик? Ты — мужик или маменькин сынок? Ты уже далеко не мальчик. Времени для счастья остаётся не так много. Звонок звенит громко. Лови свой момент!

— Отцу обещал: не брошу.

— Что значит — «брошу», если мать живёт рядом? Заботься о ней, но не рушь свою жизнь. И Лейла, и ты несчастны. И Соня. Ты за них тоже отвечаешь перед Богом. Разве твой отец зависел так от своей матери?

— Она у него рано умерла.

— Твоя жизнь — твоя, и я не смею лезть. Но вот чаши весов: на одной три судьбы — ты с женой и с дочкой, на другой — мать. Вози её к врачу, давай ей деньги, ходи к ней в гости… но не пускай в семью, не разрешай ей командовать собой, женой и дочкой, определять вашу жизнь, пусть Лейла и ты строите свою семью сами! Однажды ты уже послушался мать, и что получилось: ты — без жены, Лейла — без тебя, дочь — без матери! Все несчастны.

— Что же, мне теперь ей квартиру покупать?

— Зачем? Я слышал, если она — беженец, ей полагается субсидированная квартира. Кажется, так это называется? А ты с Лейлой и Соней будешь жить в своей.

— А если она не захочет?

— Она захочет, Арик, если ты скажешь, что уедешь от неё в другой город навсегда и увезёшь семью. Разве ты поместил мать в дом престарелых? Разве она голодает? Разве ты не заботишься о ней? Но до твоего возраста быть под опекой матери не смешно ли? Если бы твоя мать лелеяла твою семью, помогала бы Лейле, сохраняла бы ваш брак, не зудила бы тебе с утра до ночи, что Лейла тебя не достойна... тогда понимаю. Матери — разные. Твоя — разрушитель, а не созидатель твоей жизни, и переделать её ты не сможешь.

— Она воспротивится.

— А я припугну её. Я отвёл её от тюрьмы. Не согласится, тюрьма ещё в силе, стоит лишь Томаса призвать.

— Только не это!

— Значит, так. Прежде всего ты вылезаешь из-под маминой юбки, становишься мужиком, расправляешь плечи, отвечаешь за свою семью, получаешь свою собственную жизнь в своё пользование. Остаёшься рабом матери, снова теряешь Лейлу с Соней, уже навсегда. Я уговорю Лейлу переехать к тебе, как только мать получит квартиру, но жить с твоей матерью Лейла не согласится. Она должна быть хозяйкой в доме, и дочка должна уважать её.

— Но ведь у неё тоже есть родственники.

— Они, кажется, живут в Армении и в Москве? Ну, раз в год кто-то приедет на две недели. И что? Рассыплешься разве? Наоборот, примешь их как положено. Попросишь мать наготовить вкусного. Устроите пир. И посадишь мать на генеральское место, пусть принимает своих ровесников и распушает хвост! Ещё вопрос: судьба Лейлы. Сам говоришь: слух, голос. И что за профессия — убирать чужую грязь, ходить за стариками, за чужими детьми. Это с нами ей повезло: с Мишей одно удовольствие общаться. Была же у неё хорошая профессия в России! Подтвердите диплом медсестры. Выучи её английскому. И устрой куда-нибудь петь. Она ещё прославит тебя. А чтобы вернула фигуру, погони в спортзал. Да и тебе не мешало бы, живот больше, чем у неё. Счастливая жена — счастливый ты.

— Слушай, а ты не психфак кончал?

— Кончал, Арик, ещё какой психфак! Не обо мне речь. Согласен сделать и себя, и своих девочек счастливыми?

Эмма не ожидала увидеть меня. Я легко угадал и её благодарность — тюрьму отвёл, и её ненависть — отнял Соню, и испуг — зачем приехал? Всё-таки предложила:

— Обедать будете?

— Сначала поговорим. А потом, если пригласите, с удовольствием.

— О чём «поговорим»? — спросила с ужасом.

Арик пошёл в душ. Мы уселись в гостиной. И здесь запахи мяса доставали. Гамбургер явно не насытил меня.

— Эмма, сколько вам лет?

— Шестьдесят пять. Я Арика поздно родила.

— Как вам кажется, сколько длится молодость?

— А к чему это вы?

— Сколько вам было, когда умер ваш муж?

— Сорок. У него такой тяжёлый рак был!

— Рак?!

— Почему вы спрашиваете?

— В сорок лет вы остались одна и, по-видимому, никого после мужа у вас не было. Так ведь?

— А к чему это?

— А к тому, что Арик остался без женщины много раньше, чем вы, так ведь? И тоже никого у него не было.

— А к чему это?

— А к тому это, что именно вы лишили его любви, радости, неодиночества, семейной жизни. Так ведь? Вы держите его под своей юбкой, не очень чистой в нравственном отношении. Он не мужчина, не человек, он вами полностью подчинён и искалечен. Вы это обещали мужу перед смертью? Не хотите честно признаться, все эти годы вы думаете только о себе, себя лелеете. Вы ведь вытянули у мужа приказ сыну — заботиться лишь о вас? Не вы, мамочка, о сыне, а начиная с десяти лет мальчик — о вас? Мужу было очень больно, он сильно мучился, и, чтобы вы отстали от него, повторил ваше требование сыну, так ведь?

— Откуда вы знаете, что я просила мужа об этом? — с ужасом спросила Эмма.

— Бог открыл, — усмехнулся я. — Всё о вас знаю. На какие ухищрения вы шли, чтобы отвадить Арика от Лейлы, чтобы разрушить его любовь. Вам важна лишь ваша власть над ним и Соней. Вы не о них думаете, о себе. А ваш сын — ответственный и совестливый — в отца.

— Откуда вы знаете? Что выдумываете? Кто позволил?

— Бог открыл, — повторяю. — Вы, кажется, упрекали Лейлу, что она замучила Арика армянской едой. Так ведь? А ведь ваш муж, кажется, умер от рака желудка?

— Откуда вы знаете? — вскричала Эмма.

— А он какую еду ел в течение долгих лет вашего брака, не припомните? Или младенец Лейла ему армянскую готовила? Значит, так, Эмма, есть альтернатива. Или вы искупаете своим поведением вину за смерть своего мужа, за несчастливые, полные рабства и унижения годы вашего сына. Пока он не умер, Эмма... но очень недолго остаётся ему до возраста, в котором умер его отец. Ест-то он вашу еду! Так вот, или вы, наконец, забываете о собственной персоне, о своей властности, хитрости и подлости и создаёте условия для счастливой жизни Арика...

— Мы готовы взять Лейлу обратно, вы же знаете! — перебила Эмма.

— Не «мы», Эмма. Вы здесь не при чём. Арик, Лейла и Соня должны жить отдельно от вас, своей семьёй.

— Э-э, так не пойдёт!

— У Томаса, Эмма, документы оформлены. Решайте сами, где вам больше хочется провести остаток жизни. В субсидированной квартире недалеко от сына с возможностью видеться с сыном и его семьёй хоть каждый день, но без права терроризировать кого-то из них, без права вмешиваться хоть во что-то, навязывать кому-то из них свою волю, или в тюрьме, Эмма. Повторяю, документы готовы. А сейчас, если вы хотите накормить меня своей, не армянской едой, я с удовольствием воспользуюсь вашим гостеприимством.

И я пошёл к Арику в комнату, где после душа он лежал на кровати, розовощёкий, снова съёженный страхом и зависимостью и смотрел в потолок.

— Пожалуй, Арик, для меня сегодня обеда не будет. Поеду ночным. Отвези меня, пожалуйста. Может, успею?

— Мальчики, обедать, — раздался дрожащий голос Эммы.

ГЛАЗАМИ ВАСИЛИЯ

Впервые в жизни он очутился на похоронах. Похороны Миши и Риши он бездыханно проспал под тяжёлым снотворным.

Впервые в жизни он видел гроб, в котором лежит человек.

Он старался не смотреть в строгое лицо Веры Петровны. Висок был прикрыт не очень точной краской, но синего цвета видно не было. Несмотря на это, Василий видел только тёмную синеву.

В зале морга не протолкнёшься. Ученики. Разных возрастов. Кто-то уже седой.

Всю биографию Веры Петровны рассказали.

Какая была молодая, неопытная, но всё читала им стихи, рассказы и к признанным учителям на уроки бегала. А им, соплякам, всё честно потом и докладывала — чему на каком уроке научилась.

Ученики последних выпусков говорили о её молодости и горячности, несмотря на возраст: каждый раз словно первый раз рассказывает о Куприне и Блоке, заряжает их восторгом перед словом. Ни разу не повторится.

В этом тайна и есть: каждый раз она к чужому созданию и к писателю с разных сторон подбирается.

Ученики благодарили её и судьбу, что именно она попалась им в учителя.

Он слушал каждого как новое откровение, вглядывался в лица и пытался угадать, как у кого сложилась жизнь.

— Она учила нас быть счастливыми, радоваться жизни. Мы и есть счастливые благодаря ей.

Фотографировались лица учеников в мозгу. И совсем Василий не понимал, как легко у всех у них в такой момент складываются во что-то понятное слова. Он спешил всё запомнить, как это нужно говорить, чтобы самому потом всё это пробормотать Вере Петровне.

Неожиданно увидел в гробу Ришу.

Он в гробу не видел её, а тут, вот она, перед ним — Риша. И это про неё говорят «Научила быть счастливыми». Да ведь в самом деле это Риша научила его и маму, и Виктора, и Миха, и Николая быть счастливыми.

Задохнулся открытием, запахом тлена, еловых веток, цветов и побежал из зала прочь.

Боткинские улицы и переулки.

Он так далеко от дома!

Скорее в метро. Скорее домой.

Мама с Виктором устраивают поминки. И долго будут сидеть в квартире Андрюши и Веры Петровны. А Елизавета Саввишна будет изображать главную персону, восседать во главе стола, угощать блинами, кутьёй, мёдом и говорить, говорить, смигивая слёзы и салфеткой промокая блёклые щёки: Андрюшу маленьким помнит, потом женихом — Веру привёл, а потом она Мишу из детского сада брала.

Наверняка брала редко, Николай рассказывал: они росли с Михом вместе, их брали по очереди то те, то другие родители. Что-то нет тут места одной Елизавете Саввишне и одному Миху.

«По всем правилам должны быть поминки», — важно объясняла Елизавета Саввишна маме и Виктору.

А потом мама и Виктор будут пол ночи убираться. А когда уберутся, запрут дом и принесут ключ ему.

В следующий раз войдут в квартиру вместе с Николаем.

Он идёт к Динамо.

Николай, наконец, позвонил. Сказал все слова, которых он так долго ждал.

Но почему же сосёт под ложечкой: не приедет Николай. Что-то там такое у него происходит, что не пускает сюда.

Скорее заниматься.

Решил прежде всего сдать математику за седьмой и восьмой, потом физику.

Литературу оставит на закуску, чтобы успеть перечитать всё, что есть в программе, и то, что ему интересно прочитать.

Они с Ришей любили читать перед сном. Светил над ними торшер, а они лежали, голова к голове, и читали.

Эта привычка осталась. На сладкое — в конце дня — почитать.

Целую вечность он едет домой. Людей днём меньше, чем вечерами. Раньше он совсем не смотрел в лица, а сейчас с удивлением разглядывает восточных людей, заполнивших вагон, словно все таджики и грузины к ним переехали. Впрочем, определить национальность он не может. У большинства жгучие чёрные глаза и буйные шевелюры. Красивые люди собрались в вагоне. Сегодня опять оттепель, и большинство без шапок.

Сейчас он придёт домой и сядет за алгебру. Задачи — ерунда. Главное — теория.

Только сначала поесть.

Мама в эти дни ничего не готовила.

Он сделает себе яичницу.

Риша любила сначала поджарить хлеб с обеих сторон, потом сыр, потом положить сыр на хлеб, а потом всё это богатство залить яйцами.

Дом встретил тиканьем часов. Но сразу Василий слышать его перестал.

Яичница.

А теперь за стол.

Ни минуты простоя.

Ни минуты на прошлое.

Настоящее строить совсем по-другому. Заставить себя ничего не ощущать. Только алгебра сегодня. Линейные уравнения с одним и несколькими неизвестными, функции.

Он купил для каждого точного предмета толстую тетрадь в клетку. «Всё в одном пакете» — и теория, и задачи! Перед экзаменом только просмотреть.

...Уже вечереет. Ноябрь, декабрь — самые трудные месяцы для него. Он любит когда много света.

Завтра суббота. По субботам мама уходит много позже. Сможет выспаться.

Хватит алгебры. Он хочет читать.

Лёг, открыл «Три товарища». Миша говорил — мальчишками бредили Ремарком.

«Небо было жёлтым, как латунь; его ещё не закоптило дымом. За крышами оно светилось особенно сильно...»

Привидение. Уборщица Матильда Штосс.

Коньяк, ром.

Совсем другой мир.

Никто из его знакомых и родных не пил.

Увидел восходящее солнце, хотя теперь мир для него был чёрно-белый, пьяную Матильду и склонившегося над бумагами господина Локампа. Увидел автомобильные радиаторы».

Замелькали лица, фразы, растопырившиеся, как серые лучи от солнца, и он заснул.

И приснилась ему Риша. Улыбается. Бежит к нему навстречу.

— Васюш, Васюш, я к тебе иду. Ты жди меня.

И залито солнцем небо. С ярким цветом. Латунное.

И снова Ришин живой голос:

> Ночь тиха. Пустыня внемлет Богу,
> И звезда с звездою говорит...

Разве сейчас ночь?

Да ведь он спит. Конечно, ночь.

Это только сон: к нему бежит Риша в свете солнца. Как это может быть: всё спутано — ночь с днём. Там же наверняка нет ни ночи, ни дня!

Где «Там»?

Нет никакого «Там». Есть только хаос их шарика.

Как так получается, что он и сон видит, и ещё рассуждает?!

Спит он или не спит?

Первый раз за все эти месяцы к нему пришла Риша. Во сне. И он не хочет отпускать её.

Значит, просыпаться не надо. Он будет сутками спать. Зачем ему просыпаться?

Тук-тук-тук... — на весь дом грохочет.

Он вскакивает и кричит:

— Нет! Не хочу! Хочу, чтобы здесь была, рядом со мной... — прижимается к двери, бежит к окну с глупым фонарём, освещающим ночь. Его трясёт. — Не хочу!

Он бьёт кулаками стену рядом с окном до тех пор, пока косточки от боли не немеют. Теперь он молотит стену ногами.

Заморозка кончилась. Кровь бьётся, гонится по нему огненными потоками, горит всё нутро. Боль в руках и в ногах никак не может отвлечь от огненной, бьющейся в нём и требующей выхода крови. И никак не вздохнёт.

Открывает рот... пытается вздохнуть, воздух внутрь не втягивается.

999! 999!

Всё, хватит терпеть. Убить!

Только тогда сможет вздохнуть.

Только тогда перестанет внутри печь, и дрожать, и бушевать!

Как можно убить этого — «с ёжиком», без имени и без лица? Оружия нет.

Онемевшими руками выбрасывает учебники и тетради из портфеля, бросает на стол.

В гостиной тикают часы. Ночью и ранним утром они одни действуют в доме. Мама и Виктор, наверняка пришедшие совсем недавно, измученные вчерашним днём, спят.

Тикают часы. А для него они застыли на одной цифре: «9».

Риша в гробу. Глаза закрыты. Волосы стекают пушистыми потоками вдоль лица, обрамляют его в золотистую рамку. И голоса, повторяющие и повторяющие: «Научила быть счастливыми».

Руки сами берут с буфета старинный, массивный подсвечник, аккуратно вынимают из ямок свечи, рядком складывают на буфете, суют подсвечник в портфель.

Не зима, не осень в этом ноябре. То засыплет снегом, то снова сухой асфальт, и вылезает солнце. Правда, низкое, бледное. Но оно начинает светить сбоку, дразня, и сразу меняет всё вокруг. А потом снова дождь или снег.

Сегодня опять слякоть.

Что гонит его? Как он оказывается в том тупике?

Он уже был тут несколько раз, возле дома 9. И сидел в канаве за облетевшими кустами.

И уже несколько раз при нём подъезжала коричневая машина с девятками.

В первый раз бандит приехал с приятелем. Из машины чуть не выпали оба. Как мог доехать за рулём в таком состоянии?

— Ты только прямо иди, — наставлял «с ёжиком» приятеля. — А то моя сука сразу учует. А если всё путём — вроде как за ужином сама поднесла...

— Моя волю взяла... до себя не допускает, если я хоть чуть-чуть... уж я её... дай только добраться...

— А что? Пора приструнить! Доберёшься, отметелишь, как полагается. Я свою... знаешь как... смертным боем... чтоб не тявкала. Ш-ш-ш! Мы... тихо. Машину тут бросим и по плиткам... Ну, ты прямо иди, в самую серёдку плитки ногу ставь. Ты за мной держись. Только не качайся.

Крик «суки» услышал Василий почти сразу, лишь захлопнулась калитка.

— Опять нажрался! Опять забулдыгу привёл! А ну, ступай, дармоед... откуда явился.

— Заткнись, сука! Забыла последнюю учёбу? Голую взял. Голую выставлю. У меня быстро. Ишь, волю взяла, всю мою жизнь спутала. Из-за тебя покалечен! Прорва! Без копейки выгоню! Помогай, сука, держи его! И мечи моему дружбану что есть на стол! У меня быстро... Только посмей разинуть свой поганый рот...

И «сука» заткнулась. И наверняка поволокла «дружбана».

А он, промёрзший до костей, побрёл прочь.

В другой раз рано утром в субботу уезжал бандит из дома один.

Но в воротах стояла та самая «сука», «дрянь», что разбила о его голову стеклянную вазу. В полураспахнутом халате, в шлёпках на босу ногу.

— Ну, желай удачи!

— Обставишь его, как пить дать обставишь! Желаю!

Он нажал кнопку, ворота поехали, «сука» отскочила внутрь.

Сегодня суббота.

Если субботними утрами он кого-то должен «обставлять», если это система...

Если баба не выйдет проводить...

Вся жизнь — сплошные «если».

Если директор разрешит экстерном...

Если Николай приедет к нему...

Если он сегодня... наконец...

Никак не может победить озноб. Куртка не греет. Руки, вцепившиеся в портфель, ледяные, скрючились.

На всякий случай вынул подсвечник. Портфель за загривок зажал левой рукой, правой — подсвечник.

Сегодня опять слякоть.

Слякоть и дождь поглощают все звуки. Как только бандит потянет дверцу машины на себя, как только повернётся к нему спиной, сразу...

Риша в гробу. Только вчера увидел. Только вчера осознал.

Ей холодно в земле. Одна она в земле... Он до сих пор не отомстил!

«Тот, кто убивает даже убийцу, убийца».

— Молчи, Мих, — чуть не вслух говорит. — Молчи, Николаша. Спелись! Ничего не говорите мне! Я сам знаю. Рише будет холодно до тех пор, пока этот «с ёжиком» смердит. Я знаю. Разве я живу, Мих? Я больше не живу, Мих. Да, я учу теоремы и решаю задачи. Да, я читаю книги. Вот теперь «Три товарища». Хочу посмотреть, почему вы оба бредили Ремарком? Я пойму. Я всё пойму. Вот только этого… уберу. Он вас с Ришей лишил вашей жизни! И твоих родителей, Мих. И меня. И Николашу. Все… из-за него…

Чуть не вслух он кричит каждой своей клеткой:

— Риша делала всех счастливыми. За что её убили? Никакого Бога нет, слышите, Риша, Мих?! Если бы Он был, вас не убил бы подонок! Правит миром Дьявол! И расплодил себе подобных.

Где он? Почему не выходит?

Горит фонарь над воротами.

Кому нужен такой яркий?

Лихорадка бьёт. Руки намертво вцепились в портфель и в подсвечник.

— Нет Бога, нет! Нет! — бормочет, выбрасывая из себя лихорадку.

Действие снотворного, которым пичкали столько месяцев, кончилось. И заморозка, державшая его в бездействии, тоже.

Биологичка приносила плакат — кровеносная система. Красные потоки везде, в каждой клетке. Не человек — бьющееся сердце, гоняющее кровь, бьющиеся трепетом сосуды, вот что определяет жизнь. В нём восстала кровь, это она стучит, гудит, приказывает:

— Убей!

Сквозь неё — шорох поднимающихся ворот.

Он чувствует, сегодня этот, «с ёжиком», окажется один.

Сейчас… сейчас он выедет со своего участка на машине, а потом из машины выйдет, чтобы нажать кнопку ворот.

Повис на портфеле и подсвечнике. Только они полны силы. Весь перелился в руки.

Давай, кровь, помогай, кинься в руки, сделай их могучими.

Он привстал. И застыл на корточках.

Без шапки, в спортивном, тёплом, коричневом костюме вылез из машины длинный, с ёжиком, пошёл нажать кнопку.

Ещё секунда. Ещё.

Вот вернулся к машине, обошёл её, вот взялся за ручку дверцы.

Бросок.

И подсвечник со всей силы впивается в ёжик волос.

И портфелем, портфелем Василий бьёт и бьёт ненавистные плечи и шею.

И, лишь когда длинное тело скрюченным утыкается в машину, отступает спиной к канаве, к кустам.

Секунда, и вот он уже бежит напролом, прижимая к себе подсвечник и портфель и кричит:

— А-а-а!

Облегчения нет, освобождения нет.

Та же самая гудящая набатом боль, и бушующие огненной кровью слова:

«Убийца! Ты тоже убийца! Убийца! Тебе нельзя больше жить!»

Бежит сквозь тёмный лес, не разбирая дороги, чуть не натыкаясь на деревья, бежит к Москва-реке, спотыкается, снова бежит.

Уже совсем близко Москва-река, пляжи, запруды. Омуты. Головой в омут. К Рише!

Быстрее, быстрее!

Она же приснилась! Она же бежит к нему! Не может без него, как и он без неё.

Вот что значит вещий сон. Соединиться с Ришей навсегда.

Риша бежит к нему, он бежит к Рише.

Вот сейчас, скоро, наконец, он встретится с ней.

Риша уже близко. Скоро вода!

— А-а-а! — кричит он своей крови и никуда не девшейся, растопырившейся и впившейся во все его клетки железке.

Только вздохнуть. Один раз! Увидеть Ришу и вздохнуть. Быть вместе с ней. И, наконец, не жить! Не жить!

МОИМИ ГЛАЗАМИ

Ещё один день. Никуда не пошёл. Миша в саду. Зачем-то складываю книжки в чемодан... свитера... Читаю «Старика Хоттабыча». С Ришей сегодня. Меня трясёт. Мерещится гроб с Ришей... Василий... И его боль. Чуть не кричу: «Поезжай, Василий, скорее спать... Скорее усни, отключись от боли».

Лейла, Миша пришли, а я как сомнамбула... Почему мне так плохо?

Рано ложимся спать.

Приснился Василий. Он бежит через темноту, через кусты и деревья к реке, к тому месту, где все они когда-то купались, и кричит. Одна нота: «А-а-а!» Не крик — наконец выплеснувшаяся из него боль. Василий спотыкается, на секунду замирает, снова бежит.

Скорее Вите звонить, сказать, где искать Василия, скорее звонить Люсе!

Срывающимся пальцем нажимаю американские кнопки, ошибаюсь, снова нажимаю.

В Москве только восемь утра. Витя ещё спит.

Никак Витя не поймёт спросонья, что случилось, почему я звоню ему в такую рань.

Он ещё не хватился Василия.

— Мы там купались. Ты успеешь. Подъезжай на такси с другой стороны, нет, не к пляжам, дальше вверх по реке. Вызови Люсю, она поведёт тебя! Она знает. Пиши её телефон. Ей лишь перейти Кутузовский, и она у тебя! Скорее, Витя.

— Папа, я сейчас, чаю... я сейчас, папа! — Миша включает чайник.

Мы пьём чай. Просто пьём чай.

— Такси успеет, Миша, успокойся.

— Да, успеет. Пойдём, папа, гулять. Всё равно не уснём.

Мы идём по улице Кембридж. У нас уже ночь.

Фонари светят, луна светит, и, кроме нас, никого под этим спокойным светом на улице нет. Даже машин.

— Миша, с какого момента ты помнишь себя?

— Сильно хочу есть. А пошевелиться ни рукой, ни ногой не могу. И мне очень холодно. Лежу в луже, потому что не собрал сил дойти до туалета. Я очень истощён. Это сейчас понимаю. Тогда не понимал. Забытьё постоянное. В наследство получил от того несчастного мальчика и лужи, и истощение, и забытьё.

— Ты видел свою так называемую мать?

— Женщину уводили. Всклокоченная, волосы нечёсаные, мешки под глазами на щёки падают, синюшная. Она с балкона стала обзывать соседей и кидать банки. Банки разлетались вдребезги, осколки превращаясь в оружие. Соседи вызвали милицию. Когда её уводили, она грозила убить соседей. Милиционер ударил её. Она упала. Её поволокли волоком.

— У неё была белая горячка?

— Что-то вроде.

— А почему соседи не сказали милиционерам, что у неё сын?

— Его никто не видел. Роды у неё принимала мать. Тоже пила и скоро умерла. Женщина не гуляла с ребёнком. А ребёнок был так слаб, что не плакал, лишь пищал. Он умер. В тот момент, когда убили моих папу и маму, которым я был предназначен, я пришёл в его тело, чтобы ты меня как можно скорее взял.

— Подожди, Миша. Да, я вижу теперь тоже, но я не понимаю, как всё происходит: как может душа из тела не родившегося ребёнка перейти в мёртвое тело?

— Я уже почти родился.

Опять в голове два голоса. Это он сам говорит с душой своей? Или с Мишиной? Откуда берутся эти голоса? Вот же Миша семенит рядом, ребёнок ребёнком. И фонари светят спокойным светом.

— Не понимаю, Миша, почему ты так развит? — лепечу в оправдание своим странностям, с которыми никак не могу справиться. — Ты ещё совсем ребёнок, а вроде и не ребёнок, я с тобой могу говорить обо всём, ты всё понимаешь и знаешь то, что знаю я.

— Я не порвал связь с прошлой жизнью. Но я ребёнок, я совсем ребёнок, и скоро порвётся связь, и я буду помнить только то, чему научил меня ты. А ты будешь меня долго растить.

— Но я не хочу так жить.

— Как «так»? Растить меня не хочешь?

— Как «не хочу»? Да я без тебя и жизни своей не представляю.

Мы стоим друг против друга под фонарём. Оба по-земному замёрзли. И очень трудно склоняться к Мише, чтобы видеть его глаза.

— Пожалуйста, идём домой, Миша. Витя уже посадил Василия в такси. Скоро можно будет позвонить.

— Как «так жить», папа? — повторяет Миша. Его рука совсем ледяная.

И, только когда мы уже сидим на кухне на своих привычных местах, и когда уже выпиты первые чашки чая с лимоном и мёдом, и Миша спрашивает в третий раз «как «так»?», я, захлёбываясь, спешу выбросить из себя всё иллюзорное и непонятное:

— Я не хочу «видеть» ничего из того, чего не видит обычный человек. Я уже знаю, что все мои ушедшие любимые в порядке, что Риша снова живёт. Я знаю, что должен выполнить свой урок, ради которого пришёл на землю. И я изо всех сил постараюсь спасти всех, кого смогу, помочь всем, кому смогу. Я знаю, вот сейчас вижу, почему Василий бежал по лесу и истошно кричал. Он убил того, кто убил Ришу и Миха. И ты это знаешь. Но больше я не хочу ни видеть, ни знать того, что должно быть ведомо лишь Богу. Мне хватит того, что я увидел, хватит этого знания на всю жизнь. Я хочу быть глухим, слепым, не слышать «горний ангелов полёт, и гад морских подводный ход, и дольней лозы прозябанье». Хочу совершать ошибки, расплачиваться за них и не знать, что будет со мной впереди. Понимаешь?

— Нет. Если бы ты не «видел», ты не спас бы Васю.

— Я не спас его. Я только помог найти его. Василий оказался очень ранимым и очень глубоким человеком. Он не справился с собой. С Ришей его связывала не только родственная любовь, Риша подарила ему книжки и природу, научила чувствовать. Благодаря ей он такой чуткий, без кожи. Но я и так это знаю, без всякого видения. И, если он убил, неизвестно, что дальше будет с ним. Зачем я тебе всё это говорю?

— Ты говори, говори всё, что сидит внутри! Тебе нужно говорить! А я буду тебя слушать. Но, когда видишь, ведь ты можешь помогать...

— Я и так могу помогать. Но я не в состоянии жить, когда каждую секунду мелькает в голове калейдоскоп лиц, вершащихся событий, странных видений.

— Я не понимаю. Это так просто. Когда хочу, я отключаю всё это, и тогда я совсем маленький. А когда мне надо, подключаю.

— Как можно отключиться?

— Очень просто. Закрой глаза и начни смотреть то, что окружает тебя. Наш электрический чайник серебристого цвета, наше покрывало — с медведями, твой свитер — с полосками. Я люблю разглядывать свои машины и альбом. Хочешь, покажу тебе, что я нарисовал, когда ты ездил к Эдику?

— Неси.

А ведь и впрямь серебристый чайник с чёрной ручкой, и покрывало с медвежатами, и свитер с цветными полосками сработали: как-то сразу я перестал видеть свет и слышать голоса.

Увидев рисунок, зажмурился.

Не Миша, Василий рисовал!

Мазок ярко-жёлтого, вокруг оттенки этого жёлтого, переходящие в оранжевые. Мазок ярко-голубого. Солнце освещает лицо. Лицо — не лицо, это глаза и улыбка. Ни нос, ни брови, ни подбородок не выписаны, а лицо — живое.

— Как это могло... как это случилось?

Миша и Василий по генетике не родные.

Душа — не генетика.

— Почему ты так растерялся? Ты уже видел это?

— Манера Василия.

— Понятно. Что же ты удивляешься, если он — мамин родной брат?

> Быть может, прежде губ уже родился шёпот
> И в бездревесности кружилися листы,
> И те, кому мы посвящаем опыт,
> До опыта приобрели черты.

Не только меня, но и Мандельштама мучили те же вопросы.

«Господи, помоги понять, что мне нужно в этой жизни?!»

Подошёл к телефону Виктор.

— Я вызвал «скорую» к этому дому. Вася дал адрес.

— Из дома?

— Из автомата. Люся так велела.

— Где Люся?

— Здесь.

— Можешь позвать её?

— Нет, она успокаивает Васю. Что-то говорит ему, водит руками. Он всё рассказал: они с Ришей убирались в том доме, Ришу там чуть не убили, Вася кинулся защитить, Риша ударила подонка, а жена расшибла голову Василию, он сначала умирал, а потом лежал два месяца из-за тех подонков в больнице. Он давно уже подстерегал бандита — хотел отомстить за Ришу и Миха. Как я мог поверить в то, что он успокоился? Почему не добился от него правды раньше? Идиот...

— Пожалуйста, не ругай себя. Ты делал, что мог. Всё равно раньше Василий не сказал бы, не захотел бы впутывать тебя, а ты всё равно не уследил бы и уж, конечно, не остановил бы его!

И вдруг Виктор закричал:

— А ты думаешь, мне легко? А ты думаешь, я не любил Ришу? А ты думаешь, я не хотел отомстить? А ты думаешь, я не ревновал всю жизнь, что она только Ваську?.. Мне так нужно было её внимание! А я для всех них мебель. Благополучная мебель. Всегда молчу. Не возникаю. Всегда всё сделаю, что попросят. А ты знаешь, что это значит, когда тебя не замечают, когда тебя меньше всех любят? Ты хоть из кожи вылези, а тебя не полюбят?! Я хорошо помню отца. Но он кудахтал только с Ришей, видеть её спокойно не мог, сиял. Одна Риша. Ну, и мать он сильно любил, конечно. Нет, меня не обижал, даже разговаривал со мной. «Что-то новое, мужик, хочешь сегодня узнать — о планетах или о морских глубинах? Или о черепахах?» А я хотел, чтобы он подбрасывал меня, как Ришу, ловил и прижимал к себе. Хотел, чтобы Риша целовала меня на ночь! Да, знаешь ли ты, что такое зависть, что такое ревность?

Истерику обрубило, только в голосе осталась дрожь.

— Вот. Люся пришла.

— А где мама?

— Мама спит. Мы с ней в четыре утра вернулись.

— Алло. Здравствуй. Наконец успокоился.

— Я не вижу, Люся, что он убил, хотя по логике...

— Я вижу, что не убил. Промазал. По касательной прошёл, мозг не задел.

— Ты ему это сказала?

— Внушила. Он всё твердил: «Я теперь тоже убийца, как этот подонок».

— Спит?

— Без задних ног. Я пока побуду здесь. Спасибо тебе.

— За что это?

— За Виктора. Он мне снился не раз. Я знала, что встречу его. Встретила.

Цирк какой-то!

— Ну, ты даёшь! Ты же ещё совсем малявка! Попроси Виктора, пожалуйста, к телефону. — А когда услышал снова привычный, чуть хрипловатый голос Виктора, сказал: — Пожалуйста, накорми Люсю, напои чаем. Она спасла меня и спасла сына Риши и Миха.

— Не понял. Кого?! Он не родился!

— Душа, Виктор. Ты тоже жди меня. Люся будет любить тебя всю жизнь. Только тебя. Потерпи немного, она быстро подрастёт. Всё, что ты говорил, понимаю. Считай, ты прошлое выбросил из себя. Жизнь начинается снова, Витя, и у тебя, и у всех нас. И тебя все сильно будут любить. Тебя! Ну, что ты молчишь?

— Ошалел. Ты скоро прилетишь?

— Постараюсь. Не от меня зависит. Границу надо как-то преодолеть. Бумаг нужных пока нет.

— Я буду ждать тебя.

— Да, ты меня жди. И не расстраивайся больше. Мы теперь будем все вместе.

А потом я примостился возле разметавшегося во сне Миши и тоже провалился в сон.

Разбудил меня пронзительный звонок в дверь.

Босиком пошлёпал открывать.

Сегодня суббота. Ни Лейла с Соней не придут, ни автобус Мишу не ждёт.

— Томас?! Так рано?!

— Кто сказал — «рано»? Сейчас одиннадцать. И я хочу кофе.

А когда из чашек задымил кофе, Томас вынул из кармана пиджака пачку документов.

— Российский паспорт у тебя есть. Вот на тебя и Мишу разрешение вылететь. Но ты понимаешь, больше ты сюда въехать никогда не сможешь?

— Зато ты будешь приезжать ко мне, так ведь?

Томас поперхнулся кофе.

— Я — к тебе — в Россию?

— А что? Вовсе не плохая страна. В ней много такого, чего здесь быть не может.

— У вас стреляют, у вас убивают!

— Бывает. Но ведь чёрная полоса рано или поздно пройдёт. Убивать перестанут.

— Так что же тогда у вас такое, чего у нас быть не может? Твои песни, твои поэмы?

— И это. И театр, и литература, и музеи. А главное — дух, Томас. Что-то в воздухе, понимаешь? Вот птица летит. Мы не думаем даже об этом, а птица летит.

— Ты хочешь сказать, вы там летаете?

— Что-то вроде этого. Что-то вроде. У нас всё чересчур. Костры... Я тебе разожгу наш костёр... костра не может быть в Америке. Переплетенья душ. Ну, вот как у нас с тобой. Что-то невидимое, что-то главное. Что-то, без чего нельзя дышать. У тебя со многими так?

— Только с тобой!

— Ну, видишь?!

— И ты меня бросаешь. Ты уезжаешь, когда я уже не могу без этого... чего-то. Я не знал, что так бывает.

— Вот видишь. Но ведь я пока не умираю. Я ведь с тобой остаюсь связанным. Это же теперь навсегда. Телефон есть. Самолёты есть. Ты прилетишь ко мне. Мы можем вместе где-то отдыхать! Мир большой. То, что есть, оно уже есть, этого уже не разорвать. Я тебе буду звонить.

— Но ведь ты говорил, тебя ищут, чтобы убить.

— Да, могут, потому что я — единственный свидетель. И тот, который обворовал нас и убил Миха с Ришей, конечно, постарается меня убрать. Не один же он! Но думаю и надеюсь, что и ему, и тем, которые с ним, уже не до меня, наверняка уже поделили и власть, и прибыли! Мне сейчас не до личного страха. А убить могут и здесь, так ведь, Томас?! Но, Томас, сам знаешь, от судьбы всё равно не уйдёшь. Может быть, и не убьют меня, Томас. Мне сейчас никак нельзя помирать. У меня, Томас, дети на руках! Мне их надо вырастить. А уж потом... посмотрим.

— Папа, я очень хочу есть!

Несколько дней. Всего несколько дней. С вечерним сидением у Коли, со слезами Альбины, с уговорами Лейлы ехать в Нью-

Йорк и заверениями, что для неё наступит новая жизнь с любовью, с учёбой, с настоящей семьёй.

«Жди, Лейла. Арик обещал. Он уже подал заявление на субсидированную квартиру для матери. Очень скоро вы будете вместе».

Наконец самолёт.

И возбуждение.

Все девять с лишним часов я пытался хоть на минуту задремать. И не мог. Лишь сторожил Мишин сон. Голова Миши лежала у меня на коленях.

Что ждёт меня в Москве?

Тот, «с ёжиком», которого, оказывается, Василий с Ришей знали, который чуть не убил Ришу ещё раньше и которого Риша изо всех сил стукнула подсвечником по голове за Василия, очухается рано или поздно и вычислит Василия. И попытается...

Не попытается. Он улетит из России навсегда.

У него в России останется много не «оконченных» дел, но он больше никого в России не успеет убить. Он испугался. Он дорожит своей никчёмной жизнью и сбежит. И никак он не мог видеть Василия. Василий подкрался к нему сзади.

А что ждёт нас с Мишей в Москве?

Риша ушла жить. Значит, теперь нужно найти её.

А где искать?

И неожиданно вижу совсем молодую женщину с ребёнком на руках. Светлоглазая, удивлённо подняты брови, короткая стрижка чуть рыжеватых волос, тощая, лёгкая, чем-то отдалённо напоминающая Ришу.

Но это совсем не Риша.

Эта женщина не может быть Ришей.

Риша только вернулась жить.

Он замотал головой. Опять бред. Снится мне женщина.

Но она, эта женщина, так открыто радуется мне, улыбается. Между верхними зубами едва заметная щёлка.

Откуда я знаю эту женщину? Когда и где встречался с ней?

Я сплю. Я сладко сплю. И снится мне сон.

Такси. Миша прижался ко мне.

— Папа, ну что ты так волнуешься?

— Ты сейчас познакомишься с двумя своими родными дядями и с бабушкой.

— Папа, не волнуйся.

Почему так долго тащится из Шереметьево машина?

Зуб на зуб не попадает.

Наконец Кутузовский.

Возле Ришиного подъезда стоит Люся. Так мы сговорились.

За несколько месяцев Люся вытянулась в девушку. У Люси исчезла детская припухлость у губ.

— Тебя и не узнать!

Обнимаю её и держу бережно в руках, боясь сжать, и бессчётно повторяю:

— Спасибо, Люся, за Мишу. Спасибо, Люся, за Василия.

А когда отпускаю её, Люся подхватывает Мишу на руки, изо всех сил прижимает к себе.

— Ты так вырос! Ты совсем другой!

И Миша обнимает Люсю за шею, шепчет ей в ухо:

— Люся, спасибо за папу, за то, что живу.

Падает снег. В Москве зима. Большими хлопьями падает снег. А мы, как дураки, сбились в тесный клубок.

— Ну, пора, — выдыхаю наконец.

Дверь открыл Виктор. Ошалело смотрит, с одного на другого переводит взгляд.

А потом осипшим голосом зовёт:

— Мама! Вася!

Теперь все трое смотрят на меня. А потом на Мишу.

Никто не может ни шагу сделать друг к другу.

И всё-таки бред, мучивший меня столько месяцев, вырывается:

— Это Миша. В нём душа Риши и Миши. Тот умер... в ту же минуту, когда... — я запнулся, понимая, какой несуразностью звучит всё это для нормального человека.

Но тут звучит — голосом Миши:

— Я перешёл в его тело. Я выбрал в родители маму и папу, я должен был быть их сын и стал жить.

— Да, это так! — говорит Люся.

Василий подходит к Мише, рывком берёт его на руки.

А Миша обхватывает его за шею и замирает.

— Коля, у тебя такая борода, я тебя не узнала. — Таисия Семёновна смотрит то на того, то на другого. — Люся, объясни мне, пожалуйста, что происходит. Я ничего не понимаю. То, что ты что-то там видишь... допустим. Я слышала, бывает такое. Но душа...

Люся разводит руками.

— Могу только подтвердить, что это ваш внук.

— Откуда вы такие взялись, дети?

— Мне странно, что не все видят... — признаётся Люся. — Мне кажется, все видят. А может быть, нас специально высылают, чтобы остановить убийство, я не знаю.

Стоп. Люсин голос. Это она говорит Таисии Семёновне, или это ему кажется, что она говорит? А она вон улыбается во всё лицо и смотрит на Виктора.

— Николаша, ты ко мне вернулся, — сдавленно говорит Василий и осторожно отдаёт матери Мишу, тихого и расслабленного.

— Я к тебе вернулся, — эхом откликаюсь я, и мне передаётся всё, пережитое Василием, как в немом кино, прокручиваются картинки. Сам вижу, как пухлая и оборзевшая от вседозволенности и жадности баба того, «с ёжиком», обвиняет Ришу и Василия в воровстве, и как со всей злостью садиста, не удовлетворённого зрелищем их унижения, бьёт стеклянной вазой Василия по голове, и как Василий лежит на боку очень долго в больнице, правой рукой пытается рисовать, а Риша мечется между Василием и работой. И канаву видит с облетевшими кустами на границе с лесом, и девятки дома и машины, и руку Василия с подсвечником, занесённую над «ёжиком волос».

А может быть, это Виктор передал мне рассказ Василия? И никаких чудес!..

Звонит звонок в дверь. Василий вздрагивает. Открывает дверь. На пороге огромный, совсем седой человек в спортивной куртке и с чемоданом.

Смотрит на Таисию Семёновну с Мишей на руках.

И есть только глаза Таисии. И глаза мужчины.

— Что же мы в передней стоим? — вибрируя говорю. — Заходите, пожалуйста, Тарас Викторович.

Виктор делает шаг к отцу. И отступает перед его взглядом, не видящим его, а сцепившимся со взглядом матери. Василий тоже смотрит на мать.

Расправляются морщины, приподнимаются углами брови. И распахиваются во всю ширь глаза.

Да, она же совсем молодая!

— Едем, Николаша, едем скорее! — зовёт Василий. — Миша, иди ко мне!

Но Таисия Семёновна ещё крепче — защитой — прижимает к себе Мишу.

— Мы скоро вернёмся, только устроимся дома. Это совсем близко. Но я должен скорее попасть домой. Мы через два часа вернёмся, — уговариваю я Таисию Семёновну.

И Миша быстро-быстро говорит:

— Мы вернёмся, бабушка. Мы скоро вернёмся, и я тебе всё расскажу с самого начала. И тебе, дядя Витя! — И вдруг сморщивается, на какое-то мгновение замирает и плачет. Сначала тихо, как скулит, а потом навзрыд, горько. Прыгают губы и щёки.

— Что с тобой, Миша? — пугаюсь я, подхватывая его на руки. — Скажи, Миша. Ты никогда в жизни не плакал!

— Я так больше не могу. Я теперь могу, наконец, всегда быть маленьким, да, папа? — сквозь слёзы, рвано говорит он. — Правда, папа? Я люблю играть, папа. Я люблю, когда ты носишь меня на руках. Мне нужно, чтобы ты обо мне заботился, мне нравится, как ты меня растишь. Я же маленький. И хочу долго быть маленьким. И хочу, чтобы ты долго растил меня. Мы с тобой всегда будем вместе, да? А теперь у меня есть и бабушка, и дедушка, и дядя Витя, и Вася... Можно я долго буду маленьким, а, папа?

Василий осторожно вытягивает Мишу из моих рук, изо всех сил прижимает к себе, выносит из квартиры, осторожно идёт по лестнице вниз. Люся спешит за ним.

Мы садимся в машину, хотя ехать совсем близко: лишь, развернувшись у Триумфальной арки, совсем немного проехать по Проспекту и свернуть на Студенческую.

Почему-то разворота у Триумфальной арки больше нет. Разворачиваемся только в Кунцево.

Василий всю дорогу качает Мишу, как грудного.

«Да, Миша, ты теперь долго-долго будешь маленьким, а мы все будем тебя защищать», — слышу голос Василия.

Но Василий молчит.

Странно, всю дорогу все молчим. Люся держит ножку Миши.

Наступила реакция, пришло расслабление.

А Василий, не отрываясь, смотрит на Мишу. Наверное, как и я, видит Ришины волосы, шапкой, Ришин взгляд — вглубь.

Или кажется мне, что Ришины волосы, Ришин взгляд...

Слипаются глаза. Люся сжимает мне руку: не спи!

В кармане куртки от московской жизни ключи — от дома отца, от Викиного — моего дома, от машины, ещё один — от Мишиной машины. Мы всегда подстраховывали друг друга. Связка ключей от московской жизни, бесхозно прожившая в куртке все эти месяцы. И сейчас сжимаю ключ от своей — Викиной квартиры, в которую везу своих детей.

У лифта Миша выскальзывает из рук Василия и первый торопливо подходит к двери.

Я открываю её своим ключом.

А в квартире запах куриного супа.

— Кто здесь? — с ходуном ходящим сердцем вхожу в комнату.

Посреди комнаты стоит очень молодая женщина в голубой блузке и брюках с ребёнком на руках.

Та, что привиделась мне в самолёте. В удивлении приподняты брови. Короткая стрижка рыжих волос. Совсем не Риша. Не похожа ни одной чертой. Она пристально смотрит на меня.

И вдруг улыбается.

— Это вы. Только борода... не сразу узнала. Это ты. Помнишь, в школе Мишин отец приходил к нам в класс рассказывать о своей лаборатории. Помнишь? Он говорил, что между иммунной системой и раком существует связь, что иммунная система может распознавать рак как внешнего врага, которого нужно уничтожить, что наверняка у многих людей случался рак, о котором они так и не узнали, потому что сама иммунная система справилась с ним и убила его в зародыше. А у больных раком, похоже, иммунная система не срабатывает. Её и надо лечить.

— Подожди... я помню... Андрюша приходил в школу. Но вы... ты... ты что училась со мной и Михом?

— Ну, да. Всегда сидела на третьей парте со стороны двери. А ты с Мишей на предпоследней в том же ряду.

— Подожди, ты — Саша Косырева?

— Саша, — кивнула она. — Только теперь не Косырева, а Буренина. Я всю жизнь тебя любила. Только ты меня не замечал. Вы с Мишей жили какой-то своей жизнью, ни меня, ни других ребят в вашей жизни совсем не было, вы сразу после уроков убегали. Я назло тебе замуж вышла. Только тебе это было всё равно. «Назло» не получилось. Ты даже не узнал об этом. А скоро и ушла от мужа. Он не ты. Он не нужен мне. Фамилию сейчас меняю обратно на свою. Из-за Мишиного отца поступила в медицинский, тоже стала заниматься кровью и попыткой найти спасение от рака. Встретила случайно твоего отца. Осмелилась спросила, как ты. Он коротко сказал, что случилось, и что тебя нет в стране. Пожаловалась ему, что мне жить негде. Он и сдал мне твою квартиру. Но, если вы все здесь остаётесь, я могу... к подруге... Я часто смотрю на твою фотографию. Вы, как всегда, с Мишей вместе. Разговариваю с тобой.

Слова Саши плывут световыми бликами, солнечными зайчиками. Из комнаты, из оранжевых Викиных любимых штор, из воздуха ткётся плотная завеса бликов и зайчиков. Они заполняют меня, руша во мне монашество и мужское одиночество. И наполняют слабостью, когда моя воля уже ничего не значит.

— Николаша, что с тобой?

В эту минуту к нам поворачивается ребёнок. Девочка месяцев пяти. Она сразу смотрит на Василия и тянет к нему руки.

— Риточка, что с тобой?

— Ри...

— Это Риша! — Сквозь светло-зелёную ткань травы, сквозь искры, летящие от костра, узнаю эти глаза.

— Это Риша, — эхом повторяет Люся.

— Это мама, — говорит Миша. — А теперь моя сестра.

Девочка тянет руки к Мише, но Василий уже прижал ребёнка к груди. И его пушистые волосы припали к пушистым волосам ребёнка и перепутались.

— Я ничего не понимаю, что тут происходит, — говорит Саша, переводя взгляд с одного на другого. — Ты знаешь мою Риту?

— А что понимать? — говорит Люся. — Кажется, всё ясно. Ну, я пока пойду. Приду позже. Ведь мы поедем к Виктору, да, Коля? Через два часа?

— Люся, я тебя буду ждать. Ты поскорее приходи! — говорит Миша и обеими руками хватается за ножку ребёнка в белом пушистом башмаке.

Подхожу к Саше. Конечно, я очень хорошо знаю её. И дело не только в том, что мы учились в одном классе. То знание — мираж. И не в том дело, что она привиделась мне во сне. Я знаю её манеру близоруко щуриться, её улыбку, чуть съезжающую в одну сторону, родинку на щеке. Я пытаюсь «увидеть», когда в первый раз «встретился» с ней... но я снова слеп и глух, как простой смертный. Мой дар бесследно исчез.

Я начинаю свою обыкновенную жизнь и рассчитывать теперь могу только на себя.

Казалось бы, я сейчас на одной волне с Сашей, откуда-то давно известной и очень близкой женщиной. Наверное, я о ней теперь должен заботиться, ведь она — мать Риши.

Но Саша — не Риша. Она лишь мать Риши. Совсем другая, чем Риша.

И словно подмогой мне голос Риши:

В небесах торжественно и чудно…

— Это моя Риша, — говорит Саше Василий, намертво прижавший к себе ребёнка. — Мою Ришу убили. Но она ко мне теперь вернулась. Ведь вы не отнимете её у меня, правда? Я могу всегда быть с ней? Вы разрешите, правда ведь? — Василий поворачивается ко мне. — Теперь уж я сумею защитить её, правда ведь, Николаша?!

А я всё смотрю на Сашу и никак не могу понять, что же мне сейчас делать. Саша не Риша, нет. Но нельзя вот так — взять и расстаться с ней сейчас. Она — мать Риши. Василий нашёл Ришу и теперь должен «всегда быть с ней».

Подхватываю на руки Мишу, и Миша прижимается ко мне, а рукой крепко держится за ножку ребёнка в розовом вязаном носке.

Василий улыбается, как улыбался, когда мы все были вместе и говорит громче, чем говорит всегда, чуть не кричит:

— Николаша, я очень хочу тебя познакомить с Катей! Она сильно обрадуется, что я нашёл Ришу, что у меня есть теперь Миша. Тебе очень понравится Катя. Она нам будет помогать. А я всё время о ней думаю. Я найду её и приведу к нам! Хорошо? А потом мы все вместе будем жить в папиной квартире, правда? Ведь мы с тобой, Никлаша, хозяева там. Все вместе, слышишь?

— Давайте поедим. У меня курица сварилась. Я очень голодная, — Саша испуганно смотрит на меня, снизу вверх, зависимым детским взглядом. — Коля, прости меня за мою болтовню.

«В небесах торжественно и чудно»… — голос Риши.

1995–2008–2014

Пробуждение

повесть

= 1 =

Земля болела камнями — они врезались в неё, израниили. День съезжал к ливню. Сначала просто моросило, ещё брезжил зыбкий свет. Но разом рухнул ливень, поглотив свет и всю живую жизнь. И только голыши камней плеснули пляшущим светом под вспыхнувшим зигзагом молнии. Гроза зимой?

Он застрял перед бушующим морем под ливнем. Ни случайно вместо куртки надетый плащ, ни спортивная шапчонка не помогли — промок до костей и отяжелел одеждой — сделать шаг невозможно. Камни — скользкие, по ним не шагнёшь.

Конец света такой: ливень, остановивший шаг и жизнь.

Уже через несколько минут продрог до костей.

— Иди, — приказал себе.

Конец собственного я. «Я — никто», капля, хрупкая мошка, прибитая к земле ливнем, во власти Высшей силы.

А то, что ты вдруг идёшь, — случайность, как и твоя жизнь. Но и чудо. Идёшь вопреки.

Ливень, как ушат воды, разом иссяк.

Всё-таки он дошёл до своего убежища. Зажмурился под яркими лампочками люстры. И даже переоделся. И даже согрел чайник. И плюхнулся в кресло перед журнальным столиком.

Чудо — что не выключили свет. Чудо, что есть газ и эта странная обитель — с пыльными стенами и мебелью, выцветшими занавесками и скатертью, скрипящим, рассохшимся полом, с которого в день приезда он с трудом собрал пышные слои пыли, обитель, в которую он сбежал из обустроенной московской квартиры — с женой, двумя телевизорами и полным холодильником. Эрика любит, чтобы еды было много. Наслушалась бабушкиных историй про войну. А вдруг кончатся в магазинах все продукты? А у неё и макароны с крупами в шкафах и в морозильнике рыба и мясо.

Странное чувство — причастности к этому странному, явно не жилому дому. И странное ощущение прострации.

Из тёмного угла комнаты — шорох и шаркающие шаги. Неопрятный старик? Блестит под яркими лампочками лысина.

Нависли брови над равнодушным взглядом. Резкие складки сбили углы губ вниз.

Паралич воли. Ни вздохнуть, ни шевельнуться.

Спросить бы: ты кто, откуда взялся в этом странном доме — дверь заперта. И двойные, непробиваемые окна — на толстом шпингалете. Но язык прилип к зубам.

Старик тоже оплыл неподвижностью. Взгляд безучастный.

Что ему надо?

Ливень больше не бьёт землю. Сквозь двойные стёкла не слышно, как отряхиваются деревья от тяжёлых капель, шлёпающихся в лужи.

Был бы камин, зажёг бы, и исчезло бы наваждение.

Земля болела камнями, изранившими её. И словно камни, вечные жители земли, — здесь, между ними, они победили землю и хрупкость живой жизни.

Камни помогли. Он видит их — между ним и стариком, раскинувшиеся по-барски, они сейчас защитой ему, и выдавливает из себя:

— Ты кто?

Старик ухмыляется, узкие губы раздвигает в подобие улыбки.

— Не узнал? — И снова углы губ скобами съезжают вниз.

— Мы не знакомы, — сказал. Не сказал? А слова повисли над камнями.

— Очень хорошо знакомы, — бормочет старик.

Камни — полоса отчуждения — безопасности.

Если старик шагнёт через них, кончится жизнь.

На отца не похож. Да и умер отец давно. Деда не было.

— Я не знаю тебя.

— Ещё не знаешь.

— Я и говорю: не знаю.

— Я — это ты, — старческий голос. — Ты таким будешь очень скоро. Время, подаренное тебе, проскочит быстро.

Он вскочил.

— Кто ты?! Что ты выдумываешь.? Посмотри на меня. Я красив, статен, молод. Ты убог, сморщен, стар. Ничего общего между нами нет.

Старик усмехнулся.

— Ты слеп. Несмотря на твои тридцать четыре, ты уже не молод. Красота твоя успела потускнеть. И ты уже не так статен. И в душе ты мёртв, а потому равнодушен к людям. Ты...

— Замолчи! Откуда ты взялся? Как ты можешь знать меня? Как смеешь судить?

— Это ведь ты виноват. Ты сделал меня таким! Точнее, ты сам сделаешь себя таким.

Игорь снова плюхнулся в жёсткое, старое кресло.

И только теперь страх расползся по всем его жилам, замораживая его в неподвижность. Язык набух этим страхом.

Закрыть глаза крепко. Привиделся старик. Причудился. Никого нет в этом погибающем доме.

Почему погибающем? Непробиваемые окна, дверь — непробиваемая, стены — толстые, непробиваемые. Просто внутри много пыли. И диван с креслом, как и шторы, как и скатерть, выцвели, а стены, как и пол, словно слоями пыли прикрылись... И скрипят половицы.

— Открой глаза, смотри на меня и слушай. Что ты сделал со своей жизнью?

Игорь усмехнулся.

— А что ты знаешь о моей жизни?

— Помнишь пустырь? Били твоего... ты называл его другом, придумал ему имя Сэм, хотя он был просто Сеня. Сколько тебе было — четырнадцать, пятнадцать? Помнишь крики «жид», «жидовская морда»? Ты не бросился спасать его, просто смотрел.

— Откуда знаешь? Никому не говорил. Ты кто?

— Ты не подошёл к Сене и тогда, когда спугнули подонков. А помогла ему встать Ольга, которую ты до шестого класса таскал за косы. Она помогла ему встать и увела к себе домой, где прижгла кровоточащие раны, заклеила их пластырями, напоила чаем.

— Кто сказал тебе?

— Тебе сказала Ольга, разве нет? Ольга позвонила тебе, попросила отвести Сеню домой. Но ты отказался.

Игорь встал, потом сел.

Камни между ними пропали. Блёклый рассыхающийся пол. И ветхий старик... вот он, перед Игорем, со слезящимися мёртвыми глазами, со съехавшими к подбородку углами губ, с почти провалившимся ртом.

— Сеня перевёлся в другую школу, в другой район. Из-за тебя. Он не простил предательства. Видел, как ты стоял и смотрел на выродков, убивавших его. Это было начало твоего шествия к гибели души.

— Я не верю в потусторонние силы, влезающие в сегодняшнюю жизнь, предсказывающие будущее, изготавливающие клоны, тем более, я молод, ты стар. Иди себе, не тереби меня. Непонятно, кто напел тебе эту чушь?

Старик молчит, словно слушает не слышимое ему.

— Иди, старый.

— Ты так же гнал свою мать, хотя именно твоя мать дала вам деньги на квартиру. Но твоей Эрике твоя мать не нравилась, Эрика запретила ей появляться у вас, а ты не восстал и оказался ленив, чтобы ездить к ней. Ты не звонил матери месяцами и никогда не звал к детям. Мать жила одна, болела одна. Только не стала Эрика от этого счастливой. Ты не вставал ночами к близнецам, когда они плакали, не давал ей поспать, ты кричал на неё, чтобы уняла их, кричал, почему не подала тебе вовремя еду, и уходил вечерами в клуб, чтобы развеяться. Что связывает тебя с Эрикой? Вы не умеете разговаривать друг с другом, ты не знаешь...

— Замолчи! — Он вскочил, подхватил стул, чтобы швырнуть в старика, но тут же снова плюхнулся в кресло и закрыл глаза.

— Ты никогда никого не любил. Дети сбежали из дома в общежитие техникума, едва смогли. На работе ты всегда был голосом начальства: срезали кому-то зарплаты, не оплачивали кому-то отпуск... Никто не хотел сидеть с тобой в столовке...

— Что со мной? — Игорь снова вскочил. Он не он. Его трясёт мелкая дрожь. Что в нём происходит? Словно кто-то встряхнул его.

Никакого старика в комнате нет. На стене пыльные портреты тех, кто жил в развалюхе раньше. Стёр ладонью пыль. Молодая женщина с золотистыми волосами, душем залившими плечи, зеленью плещет из глаз. Что в этой женщине? Он никогда не видел её. Но что-то есть в ней... что заставляет его смотреть и смотреть в это светлое лицо. Рядом фотография совсем маленького мальчика — с такими же зеленеющими глазами, с такими же пушистыми золотыми волосами.

— Кто ты? — спросил женщину. — Где ты сейчас? Где твой сын? Кем стал? Сколько лет... — не досказал.

Ему предложила этот дом круглолицая, круглотелая женщина средних лет с пышным воротником и взбитыми волосами, ничем не похожая на ту, что пристально смотрит на него. И денег с него никаких не взяла. Сказала: пустует, и, если он хочет одиночества, очень подходит. Ещё тогда подумал: странная агентша! Спросил: как это — без денег? Она усмехнулась: хоть пыль вытрете, дом — брошенный, мне поможете.

В самом деле — похоже «брошенный, никому не нужный».

Что с ним? Дурацкие мысли лезут в голову: странная женщина на фотографии, странная агентша… как же это «бесплатно»? Запоздалый вопрос.

И он весь взболтанный, никак не войдёт в своё обычное равнодушие.

День истёк. Даже мышей здесь нет.

Он хочет есть. Пошёл на кухню, открыл холодильник, в нём сиротливо лежали батон колбасы и батон хлеба, что он привёз. Отрезал по куску того и другого. Жевал.

Старик привиделся. И его обвинения примерещились.

Никогда не мучился раскаянием, никогда никого не любил. А сейчас что с ним?

Он не хочет стать таким стариком, шамкающим, с тусклыми глазами.

Снова подошёл к фотографиям.

— Кто ты? Где ты сейчас? Сколько тебе лет на этой фотографии? Сколько сейчас? Зеленеющие глаза… золотистые волосы… Почему хочется смотреть в это лицо? Что-то глубоко забытое?.. Или привидевшееся?

У Эрики серые глаза, серые волосы.

Один звонок в агентство, и круглая тётка, может быть, и даст телефон хозяйки?

Но, судя по потерявшему цвет и свет полу, серым пыльным стенам, в доме давно никто не жил. Брошенный… Жива ли эта золотоволосая, зеленоглазая?

И что он скажет этой женщине? Зачем она ему?

Когда-то был влюблён в Эрику.

Не был. Женился, чтобы кто-то готовил ему и удовлетворял похоть.

Если не любил, почему по Эрикиному приказу вырубил из жизни мать?

Скорее поехать к матери. Или хотя бы позвонить…

Это поможет не стать привидевшимся или приснившимся стариком?

Равнодушные глаза старика…

Причём тут старик?

Чего лично в нём нет? Почему всегда было так тускло внутри, так пусто, словно он и не живёт, а сейчас весь взболтанный?

Сначала спать.

Плед привёз свой. Ложись. Спи. Утро вечера мудренее.

А земля зачем болеет камнями? Почему весь берег в камнях, ворвавшихся в землю, изранивших её? Камни вечны? Берег камней, победивших землю... Зелень тоже в камни превращается? В них тоже нет души, как в нём... Зачем они около моря?

Зачем он приехал сюда? От чего удирал? От чего спешил отдохнуть? Что искал? Мысли пчёлами жужжат в голове.

Разве можно зимой ехать к морю? Ни искупаться, ни на бережке поваляться? Глупо тратить отпуск на царство камней, волн и ливней.

Утром никак не мог разлепить глаз, хотя в окно лез солнечный свет.

Тело не слушалось солнца — распласталось безволием, снова бесчувственно. Жив он или нет? И ни одной мысли, и — никого, о ком хочется вспомнить.

Эрика раздобрела, ходит медленно.

Что она любит есть? Какие фильмы смотрит? С кем говорит по телефону? Он не знает. У неё свой телевизор в комнате на тихом звуке. К ней никто никогда не приходит, как и к нему.

Когда дети жили с ними, под Новый год Эрика снимала с антресолей ёлку, с детьми украшала. Даже пирог пекла.

С класса седьмого дети встречали Новый год с одноклассниками. А они с Эрикой едва дотягивали до двенадцати, чокались бокалами с каким-то вином и расходились по комнатам. Что она смотрела в новогоднюю ночь? Огонёк или фильм слюнявый — о принце на белом коне, которого не случилось?

Почему не сбежала от него? Из-за громадной квартиры, которую подарила им мама, из-за привычки? Или она такая же, как он, — мёртвая? Без друзей, без желаний? Или притворяется такой же, а сама живая?

Солнечный свет затоплял комнату. Это ненадолго. Скоро он съедет вбок и осветит чужие окна.

Старик — чушь. Привиделся. Но почему вдруг именно после ливня, пронизавшего его насквозь, ослепившего молнией, явился к нему Сэм, Сеня, которого когда-то кто-то избивал? Почему вдруг явилась мать?

Она была ласковая. На ночь гладила по голове, по щеке. Никогда ничего не заставляла делать и чуть не каждый день дарила подарки и сладости покупала.

Но никогда не спрашивала: «Как дела в школе? С кем дружишь? Что читаешь?»

Отец умер рано. Не дома. Мать сказала — от рака.

Сказала: оставил много денег. Где набрал столько? Чем занимался?

Мать работала в какой-то конторе. Никогда не спросил, что она там делала.

Летом ехали к бабушке на дачу. Мать копала грядки, рвала сорняки. С бабушкой вместе готовили.

Он болтался по просекам прозрачного леса, валялся в гамаке, что-то читал. Ненавидел дачу.

Порой впадал в разговор матери и бабушки — о поисках урана. Бабушка с дедом были геологами, и дед рано погиб от вредности профессии. Это что же — уран отравил его? Долетали обрывки фраз о столкновениях с урками (откуда заключённые?), о том, как грузовик с ними рухнул в пропасть (уже после смерти деда), и она случайно упала в воду. Голову простудила и всегда потом ходила в шапочке.

Он не вникал в рассказы бабушки, а мамин голос всегда звучал тихо.

Бежать прочь от непонятных разговоров.

И вдруг сорвался с кровати.

Почему мать никогда не говорила с ним? Почему всегда была мышкой?

Да, ласковая. Да, добрая. Да, трудяшка — всё сама, никогда ни о какой помощи не просила.

Вот кто виноват в том, что он такой: один, в себе, никого не видит, ничто не интересно ему. Это она сделала его одиноким, равнодушным, не научила чувствовать. Вырос в раковине собственной: со своим компьютером, в котором смотрел детективы или футбол, пока мать на работе, со своими уроками, на которых мухи дохли. И сейчас живёт не живёт.

Он пил воду, булькая, а жажда жгла грудь.

Солнце сбежало из дома.

Один раз помнит: мать горько плакала. Когда похоронила бабушку. Навзрыд.

Почему не кинулся к ней? Не нашёл ни одного слова?

Уже тогда был мёртв?

Это мать не научила его чувствовать, кого-то жалеть, кому-то помогать.

Атрофированы органы чувств.

Взад-вперёд по скрипучим, прибитых старостью половицам.

Ему нужна мать — её обвинить в его бессмысленной жизни, ей предъявить счёт. Пусть расплачивается! Кинулся к телефону и отбросил на кровать.

Не по телефону. Обвинять надо в лицо, видеть глаза.

Сколько лет он не встречался с матерью? Двадцать?

В первые два года после женитьбы и Эрикиного ультиматума не звать мать к ним он ещё приезжал к матери поужинать, а потом — бессонные ночи — дети кричат: он не высыпался, сонной мухой бродил по улицам, высиживал на работе. А потом забыл о матери. Привык без неё. Работа, дом. Летом ехали с детьми в какие-то дома отдыха под Москвой, чтобы не готовить. Оттуда электричкой на работу.

А как дети подросли, отправляли их в лагерь. И день за днём работа, дом.

Что он делает здесь? Что случилось вчера после ливня?

Доел колбасу и хлеб, побросал вещи в чемодан и зачем-то снял со стены фотографию женщины. Сиротливо улыбался маленький мальчик со стены, оставшись один. Но Игорь равнодушно скользнул по его лицу, отключил холодильник и вышел из дома.

Солнце не стояло над головой — зима, оно сползло в одну сторону. Но слепило, как летнее. Что значит — живёт над морем! Между морем и солнцем связь. Пошёл к морю.

Камни уже не были скользкими, как вчера. Блестели не острые сегодня — облизанные волнами и высушенные солнцем.

И вдруг он бросил чемодан на землю и стал сдёргивать с себя одежду. Воздух — плюс одиннадцать, не больше, вода, наверное, ледяная. Но что-то толкнуло его к воде, и он, перепрыгивая волны, кинулся в них. Окунулся с головой и тут же вылетел на берег, выброшенный холодом, просквозившим до сердца.

Вытянул из чемодана плед, закутался и так стоял, глядя в таинственное чудо, плещущее волнами и сверкающее разноцветно под солнцем.

Столько лет прожил, а у моря не был.

Он — один на всём свете. Робинзон.

Что с ним происходит? Всё внутри ходуном ходит. Он — не он.

И глупости в голову лезут. Почему читал немного, почему ничто не интересовало?

Ему достались 90-е. Слышал: до 90-х россияне — читающая нация. В транспорте... дома... На площадях — стихи. Ему не досталось, в школе почти не было литературы.

Причём тут литература?

Причём тут 90-е? Кто он? Кому нужен? Почему не жил? Лишь сейчас: встряска холодом морским и сотрясением внутри — словно бьются друг с другом... кто, что? Он не знает. Он не может понять бешенства и жалости, и страха, и боли, взявшихся откуда-то...

Он — Робинзон, один, никому на свете не нужен. Брошен в непонятный мир.

«Робинзона» нашёл мальчишкой в мамином книжном шкафу.

Пятницу так и не встретил.

Солнце, море с волнами, бьющими камни.

Спутал жизнь старик, взорвал.

= 2 =

Позвонил в дверь к матери в восемь вечера.

Она долго не открывала.

Жива? Или нет её больше? Почему-то испугался.

Замок щёлкнул.

С мокрыми жидкими волосами в голубом толстом халате стояла перед ним старуха. Вглядывалась. Не спросила: «Кто вы?» Смотрела выцветшими глазами.

И отступила, как бы приглашая войти. Узнала.

Он вошёл. И стоял с чемоданом в одной руке, с шапкой — в другой, глядя на неё — узнавая и не узнавая.

Он не помнил лица матери. Никогда не смотрел. Слава богу, жива. Но тут же всё то, что бурлило в нём, вырвалось:

— Какого зверя ты вырастила? Не умею разговаривать. Друзей нет. Жену не люблю. Дети сбежали из дома. Пусто. — Наконец поставил чемодан на пол и ткнул себя в грудь. — Почему не разговаривала со мной? Ничего не читала и не рассказывала сказок?

Почему никогда не расспрашивала о школе, о том, что люблю, что не люблю?

Мать повернулась и пошла в глубь квартиры.

Он знал: пошла в спальню одеваться. Её спальня — большая, с глазастыми, чуть не во всю стену окнами.

И его комната — большая, с большими окнами, с тахтой, письменным столом, телевизором и диваном. Была ещё одна комната — неприкосновенная — отца — с большим дубовым письменным столом, укрытым зелёным сукном, с уютной лампой в зелёном абажуре, с тахтой, диваном и креслом.

Он знал: мать ничего нигде не поменяла. И, сбросив обувь и пальто, подхватив чемодан, пошёл в свою комнату.

Шёл через гостиную с камином. Залитая ярким светом весёлых лампочек люстры, похожей на люстру в доме у моря, она изменилась. Широкие окна укрыты тяжёлыми бордовыми портьерами. А на противоположной стене — фотографии. Цветные, слепили. И сразу — лицо той женщины из непонятного дома.

Игорь замотал головой, раскрыл чемодан, швырнул влажный плед на кресло и вынул фотографию. То же лицо. А рядом — маленький мальчишка. А ещё рядом — Небожитель... подвижник... Умное, светлое лицо... вылепленное в совершенстве... какие ещё есть слова описать лицо человека необычного... его словарь не велик. Но Игорь всё в жизни отдал бы, чтобы познакомиться с этим человеком, слушать его, открыв рот, делать всё, что он скажет.

Вся стена — в фотографиях. Бабушка. Рядом с ней бородатый глазастый мужик. И снова — золотоволосая девушка между ними, рядом с ними, везде. И снова — тот — «особенный»!

Он не заметил, что мать давно стоит рядом.

— Сначала поешь.

Он протянул матери фотографию из дома у моря.

— Кто это?

— Я.

Повернулся к ней.

— Ты?! У тебя тёмные волосы... глаза... — и замолчал. Только сейчас, в ярком свете, увидел: у матери — зелёные глаза. Съёженные морщинами, наверняка исплакавшиеся, но в них ещё живёт молодая зелень.

И впервые за всю жизнь вспыхнуло в нём что-то, чего так всю жизнь не хватало! Обожгло теплом.

Он прижал руку к груди.

— Как оказалась твоя фотография у моря в выцветшем пыльном доме? Как очутился там я?

— Это твой дом, наш с тобой. Римма в агентстве — моя старая подруга. Позвонила, сказала: ты объявился, тебе нужен отпуск… к морю, ты хочешь побыть один, чтобы поменьше цивилизации… Вот я и устроила, чтобы ты наконец проснулся, чтобы наконец пришёл ко мне. Отвезла ей ключи от нашего дома.

Мать спотыкалась на словах.

Он плюхнулся на диван.

— Говори.

Мелкая противная дрожь трясла его.

Рухнули тридцать четыре года равнодушия. Оказывается, он умеет чувствовать…

— Твой отец был… — мать сжала бледные губы, словно каждое слово причиняло ей боль.

— Особенный… — подсказал он. — Сам вижу. Если тебе трудно…

— Каждый день без него пытка. Не договорили с ним. Не дочитали стихов. Не допели песен. Не досмеялись над его шутками…

— Ты же не виновата, что он умер от рака!

— Не от рака. Его убили.

Кто? Как «убили»? Но почему-то слов больше не было.

Игорь впервые в жизни смотрел в лицо другого человека и впервые чувствовал за другого. И не прыгающие губы, и не мечущаяся боль в глазах матери, а то, что сотрясало мать изнутри — детская беспомощность перед потерей, невозможность жить без отца, не прожитая жизнь… Он понял: она не смогла отца спасти, и она не отомстила за отца. Вот почему осторожная ласка — ему, вот почему — молчание. О чём и как она могла говорить с ним, что могла и не могла сказать?! Она хотела и не могла, любила его больше жизни, как часть отца, и запретила себе любить его так же, как любила отца. Мысли путались. И правильно, что не полюбила. Он же тоже, как и отец, бросил её. Только отца убили, а он…

Понял, они оба, и отец, и мать, не прожили своих жизней, хотя мать жива. А он, единственный… — тот, кто мог отогреть её, помочь ей, не научился кого-то видеть, кроме себя, и бросил её одну погибать.

Пустоцвет, вымороченный, мёртвый изначала был.

— Мы с отцом учились вместе в МАИ, — скребущий, тихий голос его матери. — Профессора иной раз пасовали перед ним. Как... — но сравнения не получилось. Игорь сам понял: яркий, талантливый, умнее всех. Но слова, и произнесённые, и не произнесённые, — мелки, не точны. Одно слово: необычный был его отец.

— Такие рождаются лишь раз в двести лет, — подтвердила мать. — Мы сразу и всегда были вместе. Как-то очень быстро после института его, хотя он был очень молод и против, направили возглавить лабораторию, в которой занимались разработкой космических аппаратов.

— Что это значит? — прервал он мать.

Она словно не услышала.

— Папа... не хотел заниматься этим, его влекла теория. Его заставили. Тогда не было: хочу, не хочу. Тогда главным было слово «надо»! И прежде всего — страна, а потом уже ты сам с твоими желаниями и идеями. А у него мозги так устроены: во всём, что делает, должен был добиться совершенства... — Мать горько вздохнула. — Вроде смотрит иной раз на человека, а не видит: в голове всё время идёт работа. И идеи, и тут же усовершенствования. Потому и рекомендовало руководство МАИ его сразу в начальники лаборатории. Папу скоро заметили и высоко наверху: явился в лабораторию куратор, все папины идеи тут же фиксировал и требовал быстрой реализации. Отец не захотел, чтобы я работала в его лаборатории: буду отвлекать. — Мать долго молчала. Игорь не очень понимал, о чём речь. — Я устроилась в другой — электроникой стала заниматься, — тихо продолжала мать. — Но кто я... мелкая сошка. И кто он. Но тут перестройка. И наука, как и старая культура, не нужны.

— За что же могли убить его?

— Это Перестройка, Игорь, — повторила она. — После семидесяти лет рухнул Союз! И все его законы. Государство перестало оплачивать Научно-исследовательские институты. Понимаешь, перестали оплачивать науку, и то, что она в папиной лаборатории разрабатывала. Космические аппараты с ядерными установками — не для него, — сказала мать, словно вдалбливая в него суть отцовской жизни. — Он близко не хотел подходить к политике!

— Что значит — «с ядерными»?

— Назови их как хочешь: спутники-разведчики...

— То есть шпионы?

Мать кивнула.

— Зачем?

— Как «зачем»? Следить надо было за Америкой. Помню, отправили в космос электростанцию на ядерном спутнике.

— А подробности можешь рассказать?

— Тогда всё засекречено было, это потом что-то добилась от папы.

— А зачем он этим занимался? Как я понимаю, это опасно?

— Очень. Он категорически не хотел, хотел заниматься чистой наукой, но... лучших тут же приспосабливали для своих целей. Приказали. А при советской власти приказы не обсуждались. Он сопротивлялся, пытался предлагать другие проекты, но был вкручен в систему и в свою лабораторию безнадёжностью — что тогда значило мнение человека? Не вырваться... У него и куратор сразу появился в правительстве, — повторила мать. — Требовал выкладывать все идеи об усовершенствовании и реконструкциях и сам использовал их для реализации.

— Что же случилось в Перестройку?

— Сначала вызвал его директор Института. Дал задание: разработать поточную линию для производства сметаны!

— Так это лучше, чем шпионы-спутники?! — воскликнул Игорь.

— Сметана после того, что он умел...

— Но он был бы жив с этой сметаной! Там наверняка тоже нужны были изобретения.

— Да, ты прав. И папа вздохнул тогда с облегчением, что может подумать о чём-то другом, может выбрать... Сказал директору, что ответит завтра. Но не успел прийти домой, как к нему заявился тот самый куратор из правительства. Лично. Как сейчас помню его: остроглазый, с узким ртом, аккуратный, в дорогом костюмчике. Мне руку поцеловал. Никак не думала, что в правительстве есть такие галантные! Они проговорили, вернее, прокричали несколько часов. До кухни долетал незнакомо бешеный голос отца: «Нет! Категорически нет! Не хочу больше политикой заниматься! Мне нужна чистая наука!» «У тебя семья, сын...» — орал куратор.

— А что он предложил отцу?

— Не предложил, а потребовал исполнения его бизнес-проекта, без права выбора, как при советской власти. Ему нужен был раб, иначе... как я поняла (и папа это понял), его убрали бы сразу, ведь папа очень много знал, а всё, что делала его лаборатория, было засекречено! Оказалось, куратор уже перенёс всю аппаратуру института (как, когда, отец так и не понял) под Москву в специально подготовленное железобетонное здание, одновременно там же создал и производство и потребовал, чтобы отец продолжал возглавлять это направление. Представляешь себе: надо продолжать выпускать ядерные спутники-шпионы. Но теперь в более широком масштабе! И при новой власти нужны шпионы в небе.

— Зачем столько?! — воскликнул Игорь. — Для кого?

Мать не услышала.

— Голос отца вибрировал: «Зачем столько? Для кого?» — повторила она его вопросы. — «Кому теперь они нужны?» Но куратор тонким фальцетом кричал: «Не твоего ума дело! Твоя задача — довести эти спутники до совершенства!». Куратор не стеснялся, что услышу его, знал, никому ничего не скажу. Фальцет, фистула… не знаю, как назвать этот тонкий, въедающийся в уши и достающий до нутра, пронзающий голос. — «Я — бизнесмен теперь. И это мой частный бизнес теперь, только мой, — кричал куратор. — И только ты будешь осуществлять его. Политика тебя не будет касаться, твоего имени никто знать не будет… я всё сам… только твои мозги нужны… доведи до совершенства, прошу тебя. Ты разбогатеешь, слышишь ты? У тебя семья! Тебе что, не нужны бабки? Живёшь чуть не в конуре! — повторял он и повторял одно и то же. — Бабки сейчас главное. Наступил наконец век бабок! Доллары, слышь, будешь пачками иметь!»

Беспомощный взгляд — мать словно смотрит в прошлое.

— Тогда поняла, чем это грозит нам. Рабство полное.

— Может быть, не надо возвращаться… может, тебе тяжело.

— Ты наконец должен понять, почему… — она замолчала и резким голосом снова взвилась. — Все научные разработки поручались лично отцу, и тут же они внедрялись в производство. Но теперь это называлось — частный бизнес, — повторила она уже прозвучавшие слова. — Его частный бизнес, этого куратора, — резко повторила она. — А папа — его раб! «Зато деньжищи получишь громадные, — кричал и кричал куратор, — купаться в них будешь. Я не жадный. Всё с тобой пополам, только ты и я. Один ты в доле со мной, остальным — небольшие зарплаты! Тебя больше ничего не должно касаться», — кричал он.

— Может, не надо дальше? — Страх заползал без приглашения, схватывал живот, давил грудь.

Мать не слышала его.

— Куда и как отправляет этот тип спутники, ни папа, ни я понятия не имели, но ясно было одно: эти спутники — ядерные, а папино дело — усовершенствовать их. Куратор предложил папе собрать тех людей, которым он доверял, и вести себя с ними так, как он захочет. Куратору до них не было никакого дела.

— Это же и для людей опасно! Излучения, если и производство!

— Конечно. Но чуть ли не под дулом пистолета этот лощёный бойкий тип заставил отца принять предложение. Отец впал в депрессию. Не мог он позвать тех, кому доверял, кого ценил, талантливых и честных… погубить их не хотел. Где найти тех, которых не жалко? Как жить ему собственную жизнь, если вся душа кричит? Он часто вспоминал Сахарова, который изобрёл атомную бомбу, а потом всю жизнь положил на спасение людей от неё и от советской власти! А тут ты — совсем маленький. Он утыкался в тебя и плакал. Никогда раньше не видела его плачущим. И решилась — спросила: «Почему плачешь?» Он и сказал: «Дурная жизнь ждёт нашего сына и всех нас. Не туда идём. Губим людей. И моя жизнь погибла». — Мать долго молчала. — И он, и я впали в глубокую депрессию. — Снова зазвучало это слово! — Мы привыкли всегда быть вместе, а тут нас разрывали на части, ведь папа должен был работать далеко от меня, и мне нельзя было появляться там.

— Значит, папа был знаком со мной не только грудным?!

— Ещё как! Ты до синевы сжимал его шею и не отпускал. А уж он не мог наглядеться на тебя. Но так редко он мог выбираться к тебе из этой своей дали дальней! Рабство было самое настоящее: с утра до ночи. Нам с тобой нельзя было к папе приезжать, — повторила она. — Один лишь раз я осмелилась поехать к папе — в день его рождения. На всю лабораторию наготовила пирогов и салатов. Опасное было то производство. И наверняка вредное. Огорожено железным забором! Внутрь меня не пустили. Но папе подарили несколько часов для встречи со мной и оплаченный номер гостиницы… Он отдал своим людям мои приношения. В гостинице всё блестело и сверкало. Бизнес чей-то. Перед нами склонялись в поклонах. Хрустящие простыни и скатерти… Сервис. Капитализм.

Мать надолго замолчала.

— А потом вы почти не виделись до самой его смерти? — догадался он.

— Лишь один раз за три года папа вырвался в отпуск — похудевший, бледный, потерянный и не уверенный в себе, совсем другой человек. Признался, что теперь он в зоне риска, объяснять ничего не стал. «У меня бессчётно денег, — сказал. — Их надо срочно потратить». Сразу мы купили эту квартиру, не торгуясь. Вместе носились в поисках удобного письменного стола, красивых книжных шкафов. С какой радостью он выбирал обстановку в комнату твою! Сразу, кроме детской кроватки, купил и тахту, и диван — на будущую твою взрослую жизнь. «Тебе же пока надо спать около сына! — объяснил. — Хочу, чтобы тебе было удобно!»

— Так, это всё он обставлял? — спросил Игорь, глотая комок, застрявший в глотке.

— Его вкус. Мы ни на секунду не расставались. И вот когда дом обустроили и без сил пришли поужинать в ресторан, он вдруг сказал: «Ты так хотела поехать к морю! Можем». Оказалось, куратор выделил отцу премию: купил мне в подарок участок на берегу. Он же нашёл в посёлке рабочих. «Проект я нарисовал сам! — сказал папа, увидев, как неприятны мне слова «куратор», «премия». — По моему проекту, по моим чертежам за большие деньги быстро построили тот дом с тремя комнатами для каждого из нас, с гостиной, обставили...» И папа сказал тогда: «Я нам построил безопасный дом... Непробиваемые стены, двойные непробиваемые двери, непробиваемые, двойные окна! — Крепость, а не дом, защищены со всех сторон. Время такое, — горько сказал папа мне. — Будем в безопасности».

— Может, не надо дальше? Я понял. Вы поехали туда?!

— Да. От отпуска оставалась неделя, когда он принёс такую же люстру для того дома, очень ему нравилась — столько огней! И показал мне билеты на самолёт. Тебе нравилось лететь. Ты всю дорогу сидел у папы на коленях и смотрел в окно, а он тебе рассказывал и про облака, и про небо, и про солнце, и про скорость самолёта... Он так прижимал тебя к себе, что я за тебя испугалась: не раздавит ли. Но ты в его руках блаженствовал, — улыбнулась мать, — и обеими ручками держал его руку. И за все четыре часа ни разу не пикнул. Папа привёз нас в тот дом. Почему-то стало не по себе, когда увидела двойные двери и окна, словно крепость какая-то... И сжалось почему-то сердце. Но папа был счастлив, когда водил меня по комнатам. И мебель, которую нам купили, ему понравилась. Даже машинки для тебя уже стояли в большом «гараже» гостиной, и ты тут же кинулся к ним. «Не обманул. В самом деле всё решили так, как я хотел», — сказал папа. Но слова прозвучали грустно. Первое, что он сделал: повесил наши с тобой фотографии... и люстру, чтобы их освещала. — Мать замолчала.

— Значит, всё-таки что-то было хорошо? Видишь, квартира, дом... — и тут же заткнулся.

Мать сухими глазами смотрела в глухие бордовые портьеры. И он почувствовал: мёртвое для неё всё.

— Что было дальше?

Отстранённо начала о другом:

— Сначала мы с ним не очень понимали, почему так много людей вокруг гибнет: кого взорвали, кого убили. Большинство сокурсников кинулось в бизнес: купить — продать. Один из наших сокурсников покончил с собой. Талантливый, набитый идеями, как папа, не смог устроиться никуда по профилю, а торговать не умел. Уничтожали компьютерные «бизнесы», которые торговали компьютерами для предприятий и для всех желающих, создавали программы..., в ту пору все с ума посходили с этими компьютерами и программированием! Владельцев убивали, а компьютеры уносили.

— Ужас. Но у вас же всё стало хорошо: квартира, дом. Вы поехали отдыхать!

Мать горько вздохнула.

— Поехали. В новый дом.

— И папу убили?

Мать пошла в кухню. Он за ней. Пила воду с закрытыми глазами.

Не ожидая от себя такой сентиментальности, дотронулся до её плеча, погладил.

— Может быть, потом ...

Она повернулась к нему. А глаза смотрят мимо.

— Мы много гуляли по берегу. Обедали в ресторанах приморского городка, тоже сверкавших чистотой и красотой, еда — изысканная, морская. Прошло два дня. Должны бы радоваться, а оба были мрачны. Папа сказал, отпуск дали, потому что он запустил производство. И вот ещё вечер в ресторане. Еда дымит, хрустит хлеб, в бокалах — красное вино, ты подхватываешь маленькой вилкой макаронинки, ты очень любил макароны с помидорами... Папа вдруг и говорит: «Решил больше не возвращаться. Завтра пошлю этому подонку просьбу освободить меня. Я же сделал всё, что он хотел. Дальше некуда усовершенствовать. Поклянусь, что ни одному человеку ни слова не скажу». В ужасе смотрю на него. А у него такая надежда в глазах! И что-то, чего нельзя словами описать. Обречённость! «Тебя убьют», — сказала я.

— Может, не надо дальше? Я понял.

Мать не услышала.

— «Не волнуйся, — сказал папа. — Я тут у одного мужика купил моторную лодку. Денег у нас с тобой много! Полный чемодан! Уедем далеко-далеко. Поменяем имена (за деньги сейчас это легко сделать) и начнём жизнь сначала». «А квартира? А новый дом?» «Я только сегодня решил, что не вернусь. Больше не могу. Внутри всё ходуном ходит. Могу же я пожить так, как хочу! Сына поставлю на ноги. Дочку родим. Тебе дам всё, что только смогу. И заниматься наконец буду, чем хочу. Душа просит... — Он замолчал, а потом едва слышно заговорил: — Жильё он трогать не станет, у него своих домов полно. Этот подонок, хоть и гад, но не жадный, честно делился со мной! Ему его «бабок», как он говорит, до берёзки хватит. Рано или поздно этот ад закончится, Ташенька, так ведь?»

— Не надо дальше, — крикнул Игорь.

Но мать не слышала его.

— Папа вдруг засмеялся, а меня словно током пронзило. «Утром отправлю ему письмо. И сразу повезу вас покататься на лодке, покажу островок тут недалеко, мне сказал хозяин лодки. Потом попируем — не пропадать же добру. И в путь! Он остановить нас не успеет». Тот день был прохладный. Папа посадил тебя в специальную небольшую, глубокую, ярко голубую лодочку, чтобы ты не смог выпасть, пристегнул. Ты всё время рвался к нему поближе. А он рассказывал тебе сказку: три волшебника плывут к незнакомому острову — спасти детей, увезённых туда злым колдуном. Как и всегда, когда он говорил с тобой, у него чуть дрожал голос — страх за тебя никуда не уходил. Вообще после начала Перестройки я ни разу не видела его улыбающимся и спокойным, точно он тащил в себе тяжелейший груз, который крушил его изнутри.

— Он сразу боялся?

— Может быть, эта тяжесть внутри и была страхом. В новом доме нас ждал пир — с лучшими продуктами, мы же не знали, что уедем, — одними губами сказала мать. — Тогда уже магазины были завалены всем, что только душе угодно. Лишь бы деньги были.

Мать долго молчала.

— Его там и убили? — догадался он. — На берегу?! Около нашего дома? — воскликнул Игорь, ступнями ощутив ледяные камни, на которых он стоял перед распоясавшимися волнами.

— Да, — кивнула мать. — Мы катались совсем недолго. Почему-то папа сильно заспешил. Вернулись. Он сказал: «Вытяну лодку на берег и приду». А мы с тобой ушли в дом переодеваться, разогревать еду и собирать вещи в чемоданы и в сумки.

Вот почему мать не хотела растить его таким, каким был отец, — понял он наконец. — Как жить в мире, где легко убивают человека? За него боялась мать.

— Как этот бандит мог успеть прилететь за несколько часов? — удивился Игорь. — Понимаю, он не мог простить отцу бунта! Но ведь ты говоришь, производство папа наладил, довёл до совершенства... Зачем убивать?

— Думаю, наказать за бунт и забрать флэшку со всеми разработками, чтобы никому не досталась и никто не узнал его секретов.

Он пошёл в гостиную и стал ходить по ней — крупными шагами, как зверь. Мать за ним.

— Флэшка всегда была при нём, — зачем-то сказала мать.

— А ведь не куратор убил отца, так? Не мог он успеть прилететь! — перебил он мать. — Кто? Ты говоришь, мы были одни на берегу. А как этот куратор догадался, что мы у моря, а не где-то ещё гуляем? Или он знал, что мы в новом доме? Значит, кто-то всё время следил за отцом и докладывал каждый наш шаг? Тот, кто лодку продал?! Наверняка подонок нанял своих людей строить наш дом?! И специально подарил вам дом у моря, чтобы убить подальше от Москвы? Концов теперь не найдёшь! Догадался о готовящемся бунте? Ты говоришь, с самого начала папа был несговорчивый... Вы же никого не видели... Зима, холодно, людей нет... кто, откуда взялся? Как можно было никого не увидеть? И причём тут флэшка, если папа всё наладил?!

Мать будто не слышала его слов.

— Папа никак не возвращался, ты возил машинку, — сказала тихо. — Сколько нужно времени затащить лодку на камни? Я побежала к берегу. Он лежал лицом вниз. И кровь...

— Мама!

Она вздрогнула.

Никогда он не произносил этого слова.

Её глаза были сухи.

— Сколько же тебе досталось, мама?! Их нашли? Их судили? Камни на берегу. Он стоял на тех камнях, сквозь которые уходила папина кровь вместе с его жизнью…

— 90-е годы, Игорь. Без суда и следствия. Кто будет искать? Кто будет судить? Походи по кладбищам, посмотри, сколько молодых похоронено в эти годы?! Убитых. Покончивших с собой.

— Мама, — он осёкся. — Прости меня. Не помог ни в чём. — Незнакомая боль смяла слова. Пытался, никак не мог увидеть в съёженных маминых глазах прежние, с фотографии. Блёклы, узки губы.

— Что ты мог? Что ты мог помнить? Первый год в детском саду, три года, — словно себе бормотала она. — Ты прав. Я тяжело заболела после папиной гибели, была не в себе… я тоже фактически умерла. И если бы не ты… Тебя нужно было кормить, растить. А что я могла? Вцеплялась в тебя, гладила по шёлковым волосам… Как готовила, чем кормила… ничего не знаю. Не в себе… больна… не спала… И плакать не могла. Застыла. Подумай, чем могла наполнить тебя? Своей болью, ужасом, беспомощностью? Я боялась говорить с тобой. Те стихи, песни, книги, научные идеи далёкой юности, что составляли нашу жизнь с папой, умерли вместе с нами. И никому они больше не были нужны в этой стране, как старая, съеденная молью одежда. Зачем я читала бы тебе то, что было богатством для нас с папой, если в школах фактически больше не было литературы… Где бы все наши с папой знания пригодились тебе? Какое творчество… Да и физически я не могла ни читать тебе, ни говорить с тобой, не в себе была, — повторила.

— Тридцать один год я прожил мертвецом, мама. Может быть, если бы ты говорила со мной… пусть бы только со мной… то я не умер бы, научился бы любить тебя, чувствовать…

— Думать… — подхватила она, — творить и обязательно полез бы в то, что подлежало смерти…, посмотри, сколько и сейчас убитых, пытающихся за кого-то заступиться, помочь тем, кто восстал против гибели культуры, науки, души, жизни людей… — оборвала себя. — Не жила я, сынок, ничего не могла я дать тебе… Бабушка привозила нам готовую еду, без неё пропала бы. Я даже на работу ходила, но убей меня, не помню ничего... механически двигалась, говорила, стирала, тебя забирала из садика. А в школу ты ходил уже сам, с ключом на шее, школа-то — во дворе.

Путались мысли, спотыкались и не складывались слова.

— Если ты ждёшь, что я попрошу у тебя прощения... Не попрошу. Допустим, пришла бы я в себя, ожила, говорила бы с тобой... тебя тоже могло бы уже не быть, если бы и ты попал под каток. Оглянись, куда пришла Перестройка. Да, может, для тех, кто умеет торговать, для тех, кто стремился ездить по заграницам и для всех профессий, связанных с этим, для накрашенных девок, выставленных на обозрение нашим телевидением, Перестройка и есть мать родная. Но сколько миллионов людей вымерло за эти годы... — повторила она. — Кто от нищеты, кто от дерзости говорить то, что думает, творить как хочется... посмотри, что происходит с наукой и культурой. Посмотри, у кого сейчас богатства природные, большие деньги... посмотри, что с теми, кто восстаёт... Кто в могиле, кто в тюрьме, кто покалеченный. — Резко мать сказала: — Бесчувственному, сыночек, равнодушному легко, с него какой спрос? По крайней мере тебя не убьют. А мне нужно, чтобы тебя не убили. Каждую минуту вижу, как папа прижимает тебя к себе, как рассказывает тебе всё, что душа просит, как ты обхватываешь его шею. Ты его главная часть.

Воздуха не хватало. И сил не было обнять мать, прижать к себе и гладить, гладить её закостеневшие плечи и спину. И всё-таки пробормотал:

— В тебе совсем нет сожаления, что я такой... мёртвый... не жил... никого не люблю, ничто не интересно... и большая часть жизни уже прошла.

— Суди меня, как хочешь. Ты и так лишил меня себя, как я лишила тебя того, что любила, чем жила. Но ты сейчас взрослый мальчик, пойми, я сама не жила, пока не появились Лена и Андрюша. Это они стали спасать меня... обрушили на меня свою любовь...

— Кто они?

— Мои соседи. О них потом.

— Хоть два слова, мама!

— Ты рано женился. А Лена пришла ко мне в первый день твоего переезда в ваш с Эрикой дом. Бледная, дрожащая. Сказала, что ей срочно нужно лечь на операцию гнойного аппендицита, а сына не с кем оставить. «Помогите!» — попросила. И в моём доме появился Андрюша. Ему было четыре года, и первые слова, которые он сказал: «Бабушка, я тебя нашёл и теперь у тебя поживу, да?» И прижался ко мне. Худенький, с яркими голубыми глазами...

— Операция прошла нормально?

— Успели, вовремя вырезали, не лопнул. А Андрюша стал мне необходим, вовлекал меня во все свои игры и дела, словно я его главная подружка. Необыкновенный человек он получился! Родной внук.

— Хорошо. Спасибо ему и Лене. А откуда ты взяла деньги на нашу квартиру?

Она усмехнулась.

— Они не нашли папиных денег. С первых дней своего вынужденного «бизнеса» папа откладывал доллары в стеклянные банки, закручивал плотными крышками и ночами закапывал возле берёзки, что ютилась недалеко от «предприятия». Помнишь, я говорила, один раз в его день рождения приехала к нему, он и показал мне ту берёзку возле небольшого леска, куда он водил меня гулять. Пока он был жив, в деньгах я не нуждалась. Но через два года после того, как он ушёл от нас, они закончились — те, что были дома, а тебя надо было кормить, одевать. От страха перед нищетой я словно проснулась. Преодолев слабость и отстранённость от житейских дел, поехала туда с сумкой и с небольшой лопаткой. Как добралась, не помню. Никакого предприятия не нашла! Как оно, громадное, могло исчезнуть? И непробиваемые стены, и само здание? На его месте стояли два жилых дома. Взорвалось оно? Или взорвали специально? Или куратор сам сдох, или его убили, как он убил отца, и кто-то поспешил разрушить следы от этого бизнеса? Откуда мне было узнать? К счастью, хорошо помнила ту берёзку, хотя она и превратилась уже в берёзищу! В лесочке дождалась темноты и стала копать, а там корни. Но банки в железном специальном корытце лежали, не пробили их корни, довольно быстро выкопала. Переложила из них купюры в сумку. Страшно было очень — вот кто-то прибьёт меня! Страшно было в темноте идти к электричке, ехать в электричке, а потом в метро, чуть не бежать по тёмной улице к дому. Всё оглядывалась, словно тот куратор, что папу убил, мог убить и меня. Но был ты! Ты ждал меня у бабушки, и я должна была успеть вырастить тебя. И это была вспышка живых чувств — решимости и страха везти такие бешеные деньги и страха за тебя.

— Мама! — опять вырвалось у него. Это он сам спешил к станции в ту ночь и ехал в электричке, и шёл от метро... и дрожал, что сейчас кто-то отнимет сумку и убьёт.

Но мать отстранённо сказала:

— А когда ты вырос, нужно было купить тебе квартиру. Я понимала, что с такой невесткой здесь погибну. Последние папины доллары тогда и отдала. Папин подарок. Папина память.

— Тебе сразу Эрика не нравилась?

Мать пожала плечами.

Заложило уши. Болела вся левая сторона груди. Практикой пришла анатомия: сердце — слева.

И он ощутил невыносимый голод.

Молодая мать смотрела на него и со стенки, и со слепящей фотографии на столе. Её беззаветно любил его отец. Он такой любви не знал. Ему не встретилась такая, как мать. А если бы и встретилась, прошёл бы мимо. В нём никогда не жило ни песен, ни стихов, ни идей, ни чувства красоты. Тусклый мир.

Обида на мать распалась. Впервые он был не он, он стал ею — беспамятно любившей его отца, склонившейся над отцом мёртвым и рухнувшей рядом. Она бы и умерла рядом, если бы не он, беспомощный, сын её единственного в жизни любимого человека.

Судить не сметь. Предъявлять счёт не сметь.

Зазвонил телефон.

Оба вздрогнули — таким пронзительным был звонок.

— Эрика?! — удивлённо спросила мать. — С тобой всё в порядке? Почему ты плачешь? Одиноко? Очень сочувствую тебе... — Ему сказала растерянно: — Гудки...

И вдруг, непонятно почему, ему стало жалко Эрику. Одиноко ей. Звонит его матери, которую она выключила из жизни, чтобы пожаловаться...

— Ты не разберёшься сейчас в своих чувствах, — вдруг сказала мать. — Давай поедим. Очень кружится голова.

— Можно я останусь жить с тобой? — спросил он робко, сам не ожидая невольного вопроса и своей робости. — Квартиру разменяю. Половину Эрике...

— Нет, — неожиданно жёстко сказала мать. — Разменивать ничего не надо. У тебя двое детей. Им нужны квартиры, когда они кончат техникумы и потеряют общежития. Эрика пусть делится с Митей, если Митя согласится. А Валюше выделим мы с тобой жильё. Она очень тёплая.

— Валюше? Мите? Откуда ты знаешь, что они в техникуме? Откуда ты знаешь, какие они?

— Они у меня проводят субботы и воскресенья.

— Что?! — Он увидел вдруг, как светятся глаза матери и какие они ярко зелёные! — Ты их знаешь?! Эрика же запретила…

— Они нашли мой телефон и приехали. В техникум пошли, потому что не захотели жить с мертвецами, как они выразились.

— И об отце они знают?

— Обо всём. И почему тебе не смогла подарить нашу общую с отцом жизнь.

— А им?

— Я больна была, сынок. И на ошибках учатся. Конечно, страшно, очень страшно… станут ли и они жертвами, или всё-таки рухнет сегодняшний ад, и им достанется лучшая юность, чем тебе!

Мать подошла к книжному шкафу, распахнула дверцу.

— Смотри, чем кормлю их.

Лермонтов, Пушкин, Тютчев, Гумилёв… многих имён не слыхал никогда. Достоевский «Преступление и наказание», Булгаков «Мастер и Маргарита», «Записки врача»… А вот его знакомец — «Робинзон Крузо»… Книги, книги…

— И песни поём, — улыбнулась мать, — какие пели с папой, а потом с Андрюшей и Леной. Высоцкого, Окуджаву… подряд всех, кого помню. Не хочу, чтобы они оказались робинзонами в мире, в котором столько богатств…

— Мама! — только и выдохнул он.

После еды попросил:

— Расскажи о детях, что нравится им, что нет, кем они хотят стать? Включи мне песни, какие вы с папой любили… читай стихи.

— Не сегодня. Два часа ночи. Рано на работу. Силы есть только постелить тебе и самой рухнуть спать.

Когда он лёг в домашние мамины простыни, в мамины не забытые запахи, не смог уснуть — ждал: мама придёт, погладит по голове, по щеке.

Мама не пришла.

Сколько слёз выплакала она из-за отца?! И из-за того, что не случился сын близким, похожим на мужа…

Больно бухало сердце, и неожиданно он ощутил, что по щекам текут горячие слёзы. Первые за все его сознательные годы.

= 3 =

Земля болела камнями.

И отец рухнул именно на эти камни, близкие к их дому, и его кровь сквозь них кинулась в землю остаться там навсегда. Красивый, талантливый, добрый... особенный... — наверняка отец лежал именно на том месте, где он стоял.

Мать на работе, а он словно застыл. Смотрит в молодые лица своих родителей. Перебирает слова матери по одному — знакомится с ней и с отцом.

Никогда не знал слова «любовь». Почему так много пишут о ней, треплют это слово.

Он ещё в отпуске. Свободен от скучной работы. Проектировать малоинтересные проекты стандартных зданий, уродующих спальные районы, определять оптимальное расположение систем отопления, холодного и горячего водоснабжения, канализации, электроснабжения и вентиляции... изо дня в день одно и то же для разных проектов... годами... — разве это интересно? Но ведь и отец делал не ту работу, которую хотел. По словам матери, от безысходности он терпел свою работу начальника лаборатории, хотя и не хотел делать ядерные спутники, они представляли опасность для жизни людей, но возненавидел свою работу окончательно, когда не смог сбежать от своей работы и стал рабом куратора.

Он же не любит своей работы совсем по другой причине. Для человечества она безопасна, а для души... Стало бы ему интересно, если бы он получил возможность построить здание по своему проекту?!

Может, ещё и потому не любил он своей работы, что бесконечными часами сидел в затхлой комнате с двумя бабами — обе боялись простудиться и окно открывать запрещали. Фоном к бездарным проектам, к духоте и бесконечным бумагам — их трепотня: о поносах, кастрюлях, тряпках... хоть уши затыкай.

Но теперь он от всего свободен: от Эрики с её пресной едой, с её глупыми вопросами — как прошёл день, как он чувствует себя, от неинтересной работы. Он постарается всё изменить в своей жизни.

Он уже выбирается из бесчувствия и равнодушия... он не хочет помнить свои тягучие и скучные дни, как приходил с работы и шёл в свою комнату.

Сейчас понимает: дети были прибиты атмосферой. Не носились по дому, не орали. В своей комнате... чем занимались? Вдвоём им, видимо, не было скучно. Во что играли? Помнит коробки Лего. Строили что-то? Он не заходил в их комнату. А Эрика не рассказывала, что они делали.

Чудовище. Он чудовище. Он порушил их детство. Не расспрашивал о школе, не целовал на ночь. Мертвец. По компьютеру смотрел какие-то передачи, они не цепляли души. Невкусно ел. Невкусно жил.

Вцепился в свои волосы, изо всех сил потянул, охнул от боли. Кинулся к книгам. «Преступление и наказание». Что это?

Достоевский. Никогда не слышал этого имени.

Страница, ещё страница... сколько часов читал?

Это он убийца. Не топором убил. Не Процентщицу и Лизавету. Детей своих. Преступление совершил.

Ноет сердце. Болит голова.

Отложил книгу, не в силах терпеть боль.

У него был отец. Лучший из всех. Талантливейший из всех. Мать говорит: любил его сильно. Но попал в переплёт, угодил под каток. Жил не как хотел. Уничтожили. Жизни не прожил.

Включил телефон. Впервые. И тот сразу зазвонил.

Эрика?!

Вчера стало жалко её.

— Прости, Эрика, — сказал первый раз это слово. — Испортил тебе жизнь. Ты свободна. Может, ещё успеешь пожить, как хочешь?!

— Ты где?

— У мамы. Буду жить здесь.

Эрика заплакала. Горько, захлёбываясь, всхлипывая.

— Прости, Эрика, прости, — бормотал он. — Прости. — Других слов не было.

Сквозь всхлипы:

— Всё-таки отняла всех. Меня одну бросили.

— Мама ни при чём. Ничего не делала, чтобы отнять.

— Это тебе так кажется.

Он уже хотел разъединиться, как услышал жалобный голос:

— Может, попробуем?

Вырвалось:

— Ты же сама видишь, не получится. У тебя опять моя мама виновата... Только теперь дети выросли, и они сами ушли от нас с тобой — обоих. Они сами выбрали маму. А ты опять хочешь не пустить её в нашу жизнь?! — Он отключился.

Жалость к Эрике прошла.

Снова страница за страницей... Муки Раскольникова, жертвенная Сонечка Мармеладова, Свидригайлов... Разные мотивы преступлений у Раскольникова и у него... Но жертвы... Как справиться с тем, что бросил своих детей? Совсем не тот мир сейчас, чем был у Раскольникова, а муки — те же! Внутри болит.

— Ты так и сидишь весь день голодный? В пижаме?

— Мама, как же так... всегда за преступлением следует наказание... Оно — внутри. Мама, жизнь проскочила.

И она подошла к нему и положила руки на его горящую голову и погладила, утишая боль. И провела по щекам своими горячими ладонями.

Простила.

Только мать может простить вот так... просто, сразу, не упрекая.

Текли слёзы. Горячие.

Слышал, не слышал «сынок мой». У него есть мама. И есть отец — громадный. Он здесь, с ним, с попыткой вырваться из преступлений властей, ставший соучастником и жертвой. Он тоже не прожил свою жизнь. Совсем. Ему не дали прожить. Ничто не зависит от человека.

— Ты ещё молод. Ты ещё найдёшь работу по душе, ты подружишься со своими детьми. Завтра суббота. Они приедут с утра.

= 4 =

Душ горячее и горячее, а он всё никак не согреется. Страх леденит. Кожа в пупырышках.

Скоро приедут дети. Мама печёт оладьи.

Запахи ванили, корицы, горячего поджаренного теста и кофе лезут сквозь двери.

Готовился к встрече. А звонок встряхнул неожиданностью.

И вот они — в передней, смотрят на него.

— Папа?! — тоненький голос Вали.

Кинуться к ней, обнять... а он обмяк.

Валя кинулась к нему сама, обхватила за шею, повисла. Слетела шапка с головы, и золотые её волосы плеснули в лицо, защекотали.

— Бабушка сказала, ты теперь у нас есть? — прошептала в ухо.

Обхватив её, чуть приподняв, он стоял с закрытыми глазами, не в силах сделать ни шага, вдыхал незнакомый сладкий и морозный запах дочери.

— Привет, отец, — Митин басок над ухом вернул его в реальность.

Но как очутился он за столом напротив детей, не знает.

Только золото волос и зелёные глаза. Мамины.

Мать что-то спрашивает Митю.

Сын басит:

— Скоро весенние каникулы.

— Как у тебя с химией? Разрешилось всё?

— Порядок, ба.

— В результате кем вы станете? — помогает ему мать включиться в разговор.

А он смотрит на Валю.

— Валька хочет менять структуру и строение продуктов, увеличивать их полезность, лекарствами заниматься, а я хочу отвечать за оборудование.

«У тебя ещё есть сын, посмотри на него», — приказывает он себе. И смотрит на Дмитрия. Не Дмитрий — Эрика. Только в менее жёстком варианте, хотя те же жёсткие складки возле губ, чуть вниз опущенные углы глаз.

— Папа, расскажи нам что-нибудь, — просит Валя.

И он говорит:

— Весь день вчера читал Достоевского. Раскольников — совестливый, добрый... Не колеблясь, отдаёт семье Мармеладовых свои последние деньги, помогает отцу-старику умершего товарища, спасает детей во время пожара. Но считает, что имеет право судить подлецов и уменьшать зло: он убивает старуху-процентщицу, погубившую много жизней, и случайно её сестру Лизавету — чистую душу, не сделавшую никому зла. Думал освободить людей от долгов... Но убийство есть убийство. И он понимает, что не жестокую старуху и её безвинную сестру убил, а себя... что не смел никого судить. Вся книга — муки совести... — Он замолкает на мгновение и просит: — Простите меня, если сможете. Да, я никого не убил, но перед вами виноват... хотя я и сам не жил.

— Сынок, не ты перед детьми... я виновата перед тобой. Я тебе ничего не могла дать, тяжело болела.

— Отец, не надо. Бабушка рассказала нам всё. Мы понимаем. Мы не судим. Мы выросли. Мы знаем, что пережила бабушка, много лет не ощущала ничего, кроме боли, и что ты в детстве был лишён детства, как и мы.

Ничего себе, как рассуждает. Совсем взрослая.

На него смотрит сын, и ничего от Эрики в нём нет. Знакомые, распахнутые глаза отца.

Пронзительный звонок в дверь.

Все вздрогнули.

— Кто это может быть?

— Это мама! — говорит Валя.

Но в передней раздаётся пронзительный крик:

— Уби-или, слышите, Наталья Петровна? Уби-и-или. Нашего с вами мальчика!

Они все в коридоре.

Мать застыла, с ужасом смотрит на женщину.

— Андрюшу?! — и медленно оседает.

Он подхватывает её, с Митей волокут её на стул в кухню, Валя капает валерьянку.

Женщина лет сорока пяти. Дыбом стоят волосы. Обезумевшие глаза. Лена?!

— Один он у меня был, Вы знаете! Без мужика... всю жизнь ему. Умный, добрый... жалел меня. Наталья Петровна, как жить? Вы говорили: спрячь его, нельзя посылать убивать братьев. Я, дура, не услышала, не спрятала. Боялась расстаться. Сколько вы подарили ему знаний, любви! Он ведь и ваш, ваш, ваш! — кричит она. — И я — ваша!

Наконец мать тяжело встаёт и подходит к Лене, гладит обеими руками по вздыбленным волосам, шепчет «Леночка, доченька, Леночка, девочка!», обхватывает её. Лена вырывается из её рук, моляще смотрит на мать.

— Спасите его! Верните его! Оживите его! Вы всё можете! Вы всегда нам помогали. Вы Андрюше бабушка! Сколько вы занимались с ним! — повторяет и повторяет одно и то же! — Из-за вас в физику пошёл. Верните...

— Тётя Лена, нам говорили, студентов не берут, — влезает Митя.

— Почему же взяли?! — Лена ошалело смотрит на Митю.

Мать ничего не говорит, только дрожит, как и эта женщина. Ставит перед Леной кофе, кладёт оладьи на тарелку, капает валерьянку в другую рюмку, подносит к Лениным губам, но Лена отстраняет её.

Митя гладит женщину по спине.

Валя кладёт женщине варенье.

Кусок в глотку не лезет.

Он слышал о войне, о какой-то спецоперации. Не вникал. На работе о войне ничего не говорили, телевизора в его комнате нет, по компьютеру он смотрит только детективы или футбол. Что происходит вне его узкого быта, понятия не имеет.

Оказывается, война: русские напали на Украину. Оказывается, убивают мальчиков, русских и украинских.

— Поешь, Лена, — просит мать. — Пожалуйста.

Но Лена встаёт.

— Пойду я.

— Куда?

— Похороны готовить. Гроб пришёл. Должна. — Она бежит из кухни.

Мать за ней. Глухая тишина какое-то время. Но вот хлопает Ленина дверь и тут же их. Мать трясёт лихорадка. Она пьёт валерьянку, которую не выпила Лена. Капает ещё... У неё дрожат губы.

Мать говорила: Лена как дочка, мальчик — вместо собственных детей — возилась с ним, спасалась ими обоими, благодаря им и выжила.

— Ба, пожалуйста, успокойся, — Валя кидается к матери, обнимает её, гладит по ходуном ходящим плечам. — Я понимаю. Жалко Андрюшу и Лену, — бормочет Валя.

Звенит пронзительный звонок.

Мать бежит в коридор. И, как по команде, все следом. Помочь, утешить несчастную женщину.

— Отняла! Отомстила! — Эрика врывается в дом чуть не с кулаками. Мать пятится. Валя подскакивает к Эрике.

— Мама, ты что говоришь? Причём тут бабушка? Это мы с Митей захотели узнать её. Нашли телефон в записной книжке...

Поднятая рука, готовая обрушиться на мать, опала. И он очнулся. Подошёл к Эрике, расстегнул и стянул с неё влажное от снега пальто, снял шапку, стряхнул снег, взял за руку и привёл на кухню. Усадил за стол на место Лены, подвинул ей тарелку с оладьями и чашку кофе.

— Поешь, Эрика, выпей кофе. Я уже просил у тебя прощения. А теперь ты попроси прощения у моей мамы. Как и ты, она тоже мать. Это ты лишила её сына, которого она родила, как ты родила Митю и Валю. Это ты лишила её родных внуков. Моя мама — родная бабушка твоих детей. И она ничего плохого тебе не сделала. Я свидетель. Квартиру нам с тобой купила, подарила.

— Она... — вскинулась Эрика.

— Она — жертвенная и добрая, — тихо сказал он. — Она много знает и многому может научить всех нас.

— Она...

— Никогда больше, слышишь, никогда не смей произносить ни одного плохого слова о ней. Я спал много лет, я был мёртв. А сейчас проснулся, начинаю что-то понимать... И, если ты что-то в этой жизни поймёшь, ты не останешься одна, ты сможешь быть с нами...

Эрика переводила взгляд с одного на другого, и у неё текли слёзы по рыхлым, серым щекам, она потеряла краски глаз и кожи.

— Мама, бабушка — добрая, она нас любит...

Эрика вскинулась что-то сказать. Но он поднял руку.

— Нет, Эрика, стоп. Ты уже столько мне наговорила про мою маму...

— Мама, бабушка нам помогает, — вступился Митя, — занимается с нами физикой и химией. Бабушка очень умная, знает больше наших учителей и так объясняет...

— Мы с ней песни поём и стихи читаем, — сказала Валя.

И Эрика рухнула лицом в оладьи. Она плакала навзрыд, как только что плакала Лена.

Мать подошла к ней, обе руки положила на ходуном ходящую спину.

— Полно, девочка, успокойся, — дрожащим, ещё не успокоившимся голосом тихо заговорила мать. — Жизнь — такая короткая, зачем огорчать друг друга? Игорь, налей, пожалуйста, Эрике валерьянки. Ну же, Эрика, сама посмотри, какая ты счастливая — у тебя есть, понимаешь, есть чудесные сынок и дочка, ты не одинока! Они любят тебя. Ты можешь приходить к нам, когда захочешь. Ты ещё сможешь влюбиться, построить свою личную жизнь. Ты ещё молода. Ну же, успокойся. На вот, выпей валерьянки. А у меня, ребятки, есть ещё торт. Птичье молоко. Кто сказал, что торт нельзя есть утром? Мы же все вместе!

Но Эрика вскочила. Ни воинственности, ни злости не было в её лице. Залитое слезами, оно шло пятнами.

— Я пойду, пойду, — забормотала она.

— Нет, — воскликнули разом мать и Игорь. — Нельзя тебе никуда идти.

Митя подошёл к матери, положил ей руки на плечи.

— Согласись, ты такая несчастная столько лет... зачем и дальше?

Но Эрика скинула руки с его плеч.

— А ты знаешь, почему? Твой отец не любил меня. Ему нужна была обслуга. Не разговаривал со мной. Мы жили молчком.

— Мам, я там был, помнишь? Знаю, как вы, как мы жили. Мы с Валькой сами по себе. Тебе тоже не нужны. Допустим, такой нам достался отец, как он выразился, спящий, не в себе, но ты — мать! Ты родила нас. Ты не довольна была отцом, и ты не любила его, пусть. Но почему же ты! не читала нам книжек, не играла с нами? Мы только в детском саду увидели много игрушек. Но и с садом нам не повезло. Тех книжек, что у бабушки, там не было. Нам читали про каких-то монстров, про каких-то глупых роботов. Не для души.

— А что вам читала бабушка?

— Чуковского, Носова, Драгунского, Маршака. Мы уже великовозрастные, а с радостью впали в детство.

Валя подошла к матери и стала ладошками смахивать с её лица слёзы.

— Мам, не плачь. Мы смеяться научились с бабушкой. Очень жалко, что раньше не узнали её.

— Ну вот и живите с ней.

— Мы и хотим жить с ней. А ты приходи к нам. Вот увидишь, тебе тоже станет легче жить.

Он изумлённо смотрел на своих детей. Изначально они были такие добрые, понимающие, или мама за год совершила это чудо?

— Мам, мы хотим жить здесь, у бабушки и папы, — повторил Митя слова сестры. — Не хотим ночевать в общежитии, там плохо. Бабушка отдала нам комнату деда. Там такой стол… и тахта есть, и диван. А ты приходи к нам, когда захочешь, — повторил он.

Мать разрезала торт, разложила по маленьким тарелкам с жёлтым ободком.

— Ты видишь, как нам хорошо всем вместе? — спросила Валя и откусила от своего куска. — Ты тоже проснёшься, как папа. Вкусно. Я никогда такого не ела. Попробуй, мама, просто тает во рту. Мама, я думаю, и тебя, и папу заколдовал злой волшебник.

— Хотите, мы сегодня посмотрим фильм Шварца? — Мама ёжилась, словно от холода, и тревожно поглядывала в сторону двери.

— Кто такой Шварц? — спросил Игорь.

— Очень хороший писатель.

— А как называется фильм, ба? — спросила Валя.

Он вдруг подошёл к девочке и обе руки положил на пушистые золотистые волосы.

— Спасибо! — сказал тихо.

— Есть несколько фильмов по его произведениям: «Сказка о потерянном времени», «Золушка», «Обыкновенное чудо», «Тень», «Убить дракона», «Снежная королева», «Два брата».

— Хочу сказку о потерянном времени, — сказал Митя.

— Пойдём все в гостиную. Усаживайтесь, кто где хочет.

Он плюхнулся в кресло, и Валя очень осторожно присела рядом. Он потерял дыхание. Но тут же подхватил её и усадил себе на колени.

Мама задёрнула шторы, включила телевизор и взяла в руки управление.

Митя потянул Эрику на диван.

А он не дышал. Пушистые волосы щекотали подбородок и щёку. Обхватил дочь. И никакие силы не могли бы сейчас оторвать от него эту хрупкую худенькую девочку.

= 5 =

Дети спали, когда к нему зашла мама.

— Пожалуйста, пойдём со мной к Лене. Я одна боюсь. Надо что-то говорить. Лена как дочь мне, — повторила она. — Я сильно любила Андрюшу. Он заменил мне всех вас. Он так любил меня, всё вис на шее, звал бабушкой. А когда стал взрослым, всё время баловал: то вкусное мороженое принесёт или коробку моих любимых помадок, то проводку поменяет — старая может забарахлить, вдруг замкнёт?, то помойку вынесет. О Лене и не говорю: только и думала о том, как порадовать меня! Боюсь, не сделает ли она что-нибудь над собой? Беда-то не обратимая!

Он сидел в кресле и дочитывал Достоевского. Весь этот день никак не кончался для него. Перевозбуждение длило его. Целая жизнь уместилась в этих двух днях: с открытием Достоевского и Шварца, с золотистой дочерью и сыном, похожим на отца.

Мать явно сильно устала сегодня. Но нездоровый блеск глаз выдавал, что она не уснёт, что каждое мгновение после прихода Лены боль сжирала её, она не смогла есть за ужином и еле дождалась, когда дети, перевозбуждённые и расслабленные, уснут наконец.

— Прошу тебя, мам... ты не спасёшь Лену, но не разрушь себя, пожалуйста. Ты так всем нам сейчас нужна! Пожалуйста.

Он сам не понимал, что с ним. Его всего сковал страх перед осознанием конечности каждого из них. И бледная, измученная мать пугала его своей хрупкостью.

— Прошу, пойдём, сынок!

С двумя рюмками — валокордина и валерьянки, с сонными таблетками в кармане он оказался возле двери, обитой бежевой кожей.

Лена долго не открывала.

Спит? Сбежала из дома? Покончила с собой?

Мама ткнулась лбом в обшивку двери. И ещё раз выжала звонок.

— Простите, Лена, — сказал торопливо, когда дверь открылась перед ними. — Вы не спите?

Бессонно, безумно смотрела на них Лена детскими голубыми глазами.

Они прошли в гостиную и увидели россыпи на полу — фотографий Андрея разных лет, детских рисунков, фигурок из пластилина, машинок и строений из Лего. Лена, не обращая внимания на них, снова уселась посреди своего богатства.

— Лен, сейчас очень поздно. Вот валокордин, вот валерьянка. Пожалуйста, выпейте. — Он протянул ей две рюмки. — Вам надо поспать.

— Завтра мы с Андрюшей пойдём в планетарий, он любит звёздное небо и планеты, — сказала Лена.

В ужасе он взглянул на мать. Неужели Лена сошла с ума?

А мать плюхнулась на пол рядом с Леной.

— Я помню, как он строил этот дворец, — сказала. — Куда-то закатилось колёсико для спуска лифта. Помнишь, мы все искали?

Лена послушно взяла из его рук сначала одну рюмку, выпила, взяла в руку вторую.

— Лен, помнишь, как он делал этот самолёт? Тоже не хватало каких-то винтиков. Все трое мы ползали, пока не нашли, они закатились под стол.

Он протянул Лене таблетку снотворного. Лена послушно выпила, запила валерьянкой. Кротко и покорно она смотрела на них.

— Мам, я тут переночую, только принеси мне Достоевского. Осталось совсем немного дочитать.

Громко стучало в голове. Часов в комнате не было, а стук не уходил. Замотал головой.

Лена явно обессилела. Он поднял её с пола, лёгкую, с полураскрытыми губами, и положил на диван. Длинные ресницы бросали тени на щёки, а ему казалось — под глазами громадные впадины. Щекотало в носу и в груди. Он совсем был не он.

Мама укрыла Лену пледом. И осторожно стала собирать с пола рисунки, аккуратно складывала их один на один и прятала в большую толстую папку, потом поставила на полки стеллажа поделки из Лего, видно, они там всегда и жили. И туда же поместила фигурки из пластилина. Особенно симпатичен был улыбающийся медведь — светло-коричневый, с большими человеческими глазами.

— Спасибо, сынок. Даст бог, она заспит весь этот ужас.

— А если она в себя не придёт? А если сошла с ума? Это может быть или нет? Горе-то невосполнимое!

— Не знаю, сынок. Ничего не знаю. Мне тоже долго казалось, что отец жив, что это просто страшный сон. Как, как он мог погибнуть, если мы с ним были одним целым? Как? Постарайся и ты поспать. Когда она проснётся, напиши мне. Думаю, она не ела целый день, ещё и поэтому, может быть, путается сознание? Ты приведи её к нам завтракать. Спасибо тебе. Уж ты постарайся. Она мне как дочь была все эти годы, — повторила мать. — Возилась со мной, как с ребёнком, — и добавила: — когда ты женился и бросил меня. Хотя и прошло много лет со дня гибели папы, но часто мутилось сознание. Каждый день Лена включала меня в свою и Андрюшину жизнь. Мать её рано погибла, мужа у неё не было. Так и получилась у нас с ней маленькая семья. Можно считать, она меня к жизни вытянула. Андрюша теребил меня, просил сказок и игр, а потом помощи с уроками, они без меня за стол не садились. А потом мы стали меняться: день я готовила, день она.

— Дочка так дочка. Мам, иди поспи. Наберись сил. А я тут… в кресле.

— Оно раздвигается в удобную кровать.

Не успел раздвинуть, улечься и открыть книжку, как снова встал и подошёл к спящей Лене. Одна тёмная прядь укрывала лоб и часть щеки, остальные волосы сбились и рассыпались по диванной золотистой подушке. Такая же золотистая плотная наволочка — у мамы. Интересно, кто покупал обеим — Лена или мама? Осунувшееся, без кровинки лицо, детские пухлые губы. Несмотря на то, что она постарше его, она — ребёнок. Рука сама потянулась к каштановой пряди и осторожно сняла её с лица.

Склонившись к Лене, он вдруг ощутил: она — его жена, а Андрюша был его сыном. Внутри возник озноб. Он попятился от дивана к креслу. Стоял, опустив тяжёлые руки, не понимая, что с ним.

Они идут с Леной по берегу, Андрюша бежит вперёд и кричит: «Папа, догоняй!»

Бред. Он мотает головой. У него есть Валя и Митя. Но они никогда не бежали впереди и никогда не звали его: «Папа, догоняй!». И никогда не были на море.

Фотографии на стенах, как и у мамы. Андрюша — маленький. Андрюша идёт в первый класс. Андрюша — в спортивной секции с другими мальчиками. Андрюша закончил школу. Андрюша — студент. Те же глаза, что у Лены, — ярко-голубые, распахнутые. Те же каштановые, пышные волосы.

Какая война? На Россию вроде никто не нападал. Лена кричала: «Убийцы, напали на братьев!»

Трёт голову, а она раскалывается. Он ничего не знает, ничего не понимает. Только две тётки в его рабочем кабинете — его мирок. Какие-то проекты он делает, какие-то бумаги на подпись ему несут. Какие-то совещания о новых объектах… скучные. Как он жил? Спал. Сколько лет спал?!

Детей маленькими не помнит.

А вот Андрюша — с большим рыжим мишкой. А вот Андрюша сидит перед железной дорогой, и его ручка держит красный глазастый паровоз.

Он попал в чужую жизнь. В свою? Он живёт с этим глазастым мальчиком, смотрящим на него. Как могли и за что этого доброго мальчика убить?

Не думать. Не понимать. И тогда не будет так больно толкаться в рёбра сердце.

Ему жалко Андрюшу. Жалко Лену.

Новое чувство, незнакомое. Никогда никого жалко не было.

За что мальчика убили? Зачем Лена с такой любовью растила своего мальчика?

Небытие. Андрюша уже ничего не чувствует.

Он столько лет тоже ничего не чувствовал, никого не любил. Небытие.

Не то, что с Андрюшей сейчас. Вот же... вопросы, боль, жалость... Он вдруг живёт.

Вцепился, как в спасение, в книжку. Несколько страниц осталось.

Жадно, как голодный, схватывал слова, они проникали в него не только через глаза. Всей своей душой он промывался этими словами.

«Они оба (Соня и Раскольников) были бледны и худы, но в этих больных и бледных лицах уже сияла заря обновлённого будущего, полного воскресения в новую жизнь. Их воскресила любовь, сердце одного заключало бесконечные источники для сердца другого...» «Он (Раскольников) воскрес, и он знал это, чувствовал вполне всем обновившимся существом своим...» «Он знал, какою бесконечною любовью искупит он теперь все её (Сони) страдания...» «...Тут уж начинается новая история, история постепенного обновления человека, история постепенного перерождения его, постепенного перехода из одного мира в другой, знакомства с новою, доселе совершенно неведомою действительностью...»

Закрыл книжку, прижал к себе.

Стол, покрытый золотистой скатертью, рюмки из-под валокордина и валерьянки. И застывшие перед глазами строчки.

И физическое присутствие здесь, в этой комнате, Вали, Мити и мамы, спящих за стенкой. Они уже есть в его жизни. Хрупкое маленькое тельце дочери прижимается к нему. И сын смотрит на него папиными глазами. И здесь, рядом, храбрая его мама, мужественная, прощающая, бесплатно, безответно, беспредельно дарящая свою любовь ему и его детям, и даже чужой ей Эрике. И Лена тут. Тоже уже часть его. Лена — мамина любовь, мамина дочка, с хрупкой своей плотью, растворившаяся в спасительном сне. Девочка — изначально родная. И это его задача теперь, личная: помочь ей выжить после непоправимой в жизни потери! С помощью его мамы и его детей.

= 6 =

Разбудила его мама. Она гладила его по голове.

— Сырники и кофе готовы, — шепчет она ему в ухо. — Стол накрыт. Иди к детям. Я постараюсь разбудить Лену.

— А может, подождать, пока она сама проснётся?

— Нельзя. Сегодня похороны. Гроб доставили вчера, ты слышал, требуют срочного захоронения. Иди, сынок. Очень нужна твоя помощь. Ведь ты поедешь с нами? Ехать недалеко. У Лены в Кунцево захоронены родители.

Он кивнул, хотя и глотка, и грудь ныли, как нарывы.

Не успел войти в квартиру, как к нему на шею кинулась Валюшка и повисла лёгкой тяжестью. Он прижал её к себе.

— Па, я сама лепила сырники, — зашептала она. — Ты любишь сырники? Ба делает их с изюмом. Пальчики оближешь.

Он стоял не дыша. От дочки пахло цветочным шампунем, а её волосы щекотали его лицо. Доченька. Дочка. Слова уже жили в нём, пока запертые наглухо. Но внутри было горячо.

— Папа, вы что тут застыли? Сырники остывшие — не вкусные. Я сам варил кофе. Я умею. По воскресеньям мы хотим, чтобы ба хоть немного отдыхала.

Так втроём они и вошли в гостиную. Валя сползла с него и плюхнулась на диван и замолотила ногами.

— Ура, папа пришёл! — вопила она.

И снова он стоял, как в столбняке, но внутри каждый нерв, каждая клетка уже жили.

246

Душ, чистая — белая, незнакомая рубашка, неизвестно откуда взявшаяся, висела в его комнате на стуле.

— Ба принесла тебе дедушкину. Она сказала, вы одного роста и очень похожи. Дедушка любил эту рубашку. — Митя и Валя ходили за ним собачатами.

— Пап, расскажи, что ты любил делать в нашем возрасте? — спросила Валя.

Растерянно смотрел он на неё. И сказал:

— Я не жил. Я спал, понимаете? Я был мёртв. И детство, и отрочество, и юность, и все мои годы... Друзей не было. Ничего не было. Я очнулся на юге в ту минуту, как увидел вон ту мамину фотографию. А начал жить, лишь когда вернулся к маме. Мама, вы, мои... — запнулся, закончил. — Горячо. Чувствую. Без вас всех теперь нет меня. Пожалуйста, больше не спрашивайте о прошлом. И простите меня, если сможете. Вчера дочитал «Преступление и наказание». Перевернуло...

— Я первая, — сказала Валя. — Слышь, Мить?

— Что «первая»? — растерянно спросил Игорь.

— Буду читать это «Преступление».

— «И наказание», — пробормотал он.

— Ладно, — сказал Митя. — Мужчина должен уступать женщине...

Все засмеялись.

В эту минуту вошли Лена и мама.

Ещё бледнее, чем ночью, в дневном свете её лицо. Лишь очень голубые Андрюшины глаза.

Лена пыталась есть, но давилась. А он вдруг спросил:

— Хочешь, я покормлю тебя? — И потянулся к вилке и ножу.

Лена словно проснулась. Не понимая, смотрела на него.

— Тебе надо поесть, — строго сказала мать. — Обязательно. Пожалуйста. Для меня.

Он протянул ей вилку с куском сырника.

Запахи кофе, ванили и поджаренного масла, всесильного цветочного шампуня, валерьянки, которую мать снова налила Лене, щекотали. Он знакомился с ними, новыми для него.

— Ты должна выпить всё, что я тебе дам. Прошу тебя. Эти две таблетки притушат тебя. Пожалуйста.

Лена, видимо, не очень понимала, что происходит. Снотворное ещё тормозило все процессы в ней, но она послушно глотала всё, что протягивала ей мать. И всё-таки доела свои сырники.

— Дети, простите меня, но я попрошу вас приготовить обед. Куриный суп есть, но нужно отварить или поджарить картошку и котлеты, фарш в контейнере. Мы вернёмся с кладбища замёрзшие и голодные.

— Не волнуйся, ба, мы всё сделаем, — сказал Митя, а Валя погладила Ленину руку.

Звонок в дверь. Игорь идёт открывать.

На пороге румяный, с иголочки одетый мужчина в тёплой шапке.

— Надеюсь, я вовремя? Сказал Лене, что подъеду к 11:00. Знаю, если её нет дома, она в вашей квартире.

— Кто вы?

— Её друг детства. Работаю в ритуальном бюро. Вчера на рассвете доставили партию гробов. Нужно срочно захоронить. Я позвонил Лене. Она попросила начать с церкви, а потом уже хоронить.

— Здравствуйте, Алёша, — мама подходит к мужчине и начинает расстёгивать его пальто. — Без кофе и сырников не отпущу. Когда мы виделись в последний раз? Лет пять назад?

И Алёша вдруг, как ребёнок, спрашивает шёпотом:

— Не удалось уговорить? Вы обещали.

Мама вешает его пальто.

— Пыталась. Один ответ. «Живу для сына, мужчин видеть рядом не хочу». Не знаю, говорила ли вам, как достался ей Андрюша. Одна рожала. Одна растила. Понятно её отношение к мужчинам. Простите, Алёша. Ни с кем не встречалась все эти годы.

Снова подогреваются кофе и сырники. И снова запахи ванили и кофе тревожат его. Никогда не думал, что запахи играют такую роль в жизни. Сегодня всё словно электричеством пронизано.

Нет, Лене этот её друг детства не нужен. Слишком он румян и отутюжен. Стрелки брюк, крахмальность манжетов и воротника.

— Ма, ты сядь, — просит он. — Я сам налью Алёше кофе и положу сырники. — И спрашивает шёпотом: — А Лена — верующая?

— Нет, совсем нет. Но вчера, когда я провожала её, она сказала: «Наверное, поэтому Андрюша и погиб, что мы с ним не верили в бога».

Лена смотрела в одну точку, и, казалось, совершенно не понимала, что происходит.

— А он крещёный? Как же отпевать, если не крещёный? — спросил румяный, громко жуя.

— Ты уж постарайся, Алёша, не поднимай этого вопроса. Ты уж постарайся. Я вот была верующей, а чем это помогло мне и моему мужу? Хочешь, свой крестик отдам?

— Гробы оттуда запечатанные приходят. Не откроем.

— А если ошибка, и там не наш Андрюша? — тихо спросила мать.

— Ничем помочь не могу.

Говорили шёпотом, а Лена вдруг громко спросила:

— Как не откроем? Алёша, я хочу увидеть сына, я хочу... дотронуться. А если это не мой сын?

Алёша глотнул кофе и горько сказал:

— Я бессилен, Лен. Ты знаешь, для тебя всё...

Лена повернулась к Игорю.

— А ты можешь что-то сделать?

— Я? Кто я? Я — никто. Прости. Никто. — Говорил, а сам готов был нестись куда угодно, к властителям!, и молотить двери кулаками, пробивая их, и требовать, и кричать, чтобы гроб открыли.

Алёша поспешно глотал сырники и кофе, чуть прихлюпывая. Ещё краснее стали щёки, и губы лоснились ярко-розовым цветом, словно он красил их.

— Лена, даже для тебя... ничего не могу сделать. Заколочены намертво.

— А если это не мой сын?! — снова тот же вопрос кричит.

Мама поспешно подносит Лене валокордин. И ещё две таблетки.

— Пожалуйста, доченька. Пожалуйста.

— Ненавижу, — кричит Лена. — Пришли, увели моего мальчика. Он же не хотел никого убивать. Он кричал: «Мама, я не умею убивать». Насильно увели. Бросили как пушечное мясо убивать таких же, ни в чём не виноватых мальчиков. Уничтожили моего мальчика! Сколько жизней таких же мальчиков... — кричит она, исступлённо повторяя слово «мальчики»: — уничтожили!

— Тише, Лена, прошу, доченька! — обняла её мама. Но Лена вырвалась.

— Что, испугался? — кинулась она к Алёше.

Алёша сидел ни жив, ни мёртв. Он мелко дрожал, как будто голый попал на мороз. И его крахмальные воротник и манжеты словно позванивали своей жёсткостью.

— Убийцы! Отняли! Уничтожили лучшего, доброго, умного, мирного! И попрощаться не дадут?! — Голос Лены пронзительно вибрировал, и казалось, все соседи сгрудились у двери и слушают. И под окнами собралась толпа.

Мама растирала её спину и шептала:

— Доченька моя, девочка моя, потерпи. Нам давно пора ехать. Алёша, прости её. Горе-то какое...

Лена замолчала, только дрожала крупной дрожью. Прижать её к себе, вобрать её боль в себя, освобождая её! «Девочка моя!» — повторил он мамины слова. — «Девочка бедная».

— Скажи, что сделать, чтобы тебе стало легче? — выдавил он.

— Лена, едем, — моляще просил Алёша, — опаздывать нельзя. Ты же знаешь, там один за другим. Расписание.

— Значит, многих поубивали? По расписанию, — бормотала Лена.

Игорь ласково отстранил мать.

— Принеси её одежду. — А сам обе руки положил Лене на голову, как клала ему на голову руки его мать. — Лена, потерпи. Я знаю, ты терпишь. Ещё, ещё потерпи. Ты же хочешь, чтобы Андрюшу отпели! Ты же хочешь, чтобы его положили к твоим родителям? Надо ехать, девочка моя!

Всё-таки слова эти вырвались, и он обжёгся о бешеный Алёшин взгляд.

— Алёшенька, — кинулась к мужику мама. — Поехали скорее. Ты сам за рулём?

— Нет, у меня шофёр. «Всех хоронят за государственный счёт», — сказал зачем-то. — Платить не надо. А от церкви повезут на катафалке.

Они с мамой с обеих сторон подхватили Лену и подняли со стула. Валя отодвинула стул. Одели. И повели к выходу вслед за крахмальным и розовым Алёшей. А дети испуганными глазами смотрели вслед.

= 7 =

Церковь. Лена, застывшая истуканом с пуговичными, кукольными, мёртвыми глазами.

Равнодушное бормотание священника с плохо различимыми словами... Скольких он уже сегодня отпел и сколько ещё ему нужно отпеть? Голос — осипший. Священник — старый, со слезящимися выцветшими глазами. Он понимает, что говорит, или все молитвы давно превратились в механические атрибуты привычного процесса?

И вдруг Лена вырывается из их с мамой объятий и кидается к гробу.

— Сыночек, докажи всем, что ты жив! Встань, сыночек! — Она начинает отдирать ногтями крышку, ногти ломаются, сочится кровь. И она бессильно застывает в беспомощности, а потом падает на крышку гроба и жалобно просит: — Сыночек, возьми меня с собой!

Они с мамой пытаются оттащить Лену от гроба, но не могут. Откуда в Лене столько сил?!

— Тебя убили, сыночек! — кричит Лена. — Тебя против воли погнали убивать. Хотели заставить убивать. А убили тебя. — Слёзы заливают её лицо.

— Тише, Лена, — шепчет мама.

А священник словно просыпается. Подходит к Лене, жадно крестит её и вдруг гладит по спине.

— Плачь, доченька, плачь! Господь — с тобой! Господь понимает твою боль! Господь поможет тебе!

Лена поворачивается к священнику и жалобно спрашивает:

— Скажи мне, батюшка, кому нужно убивать столько детей? Скажи мне! Открой гроб, пожалуйста! Может быть, мой мальчик ещё живой? А может, здесь другой сын лежит?

Священник льёт на свои руки святую воду и осторожно умывает ею Ленино лицо.

— Плачь, доченька, тебе нужно плакать. Я, как и ты, не понимаю, что происходит... зачем столько мальчиков... — но он не договаривает и, качнувшись, начинает падать.

Игорь подхватывает его.

Мальчики-служки кидаются к священнику и брызгают святую воду теперь в его лицо. И к ним спешит молодой священник, очень похожий на Алёшу: такой же румяный, с яркими губами...

— Ведите её на улицу, — жёстким голосом приказывает Алёша. — Катафалк давно ждёт. Там очередь. Мы и так задержали следующих.

Молодой священник вторит Алёше, приказывает выносить гроб, а служкам — увести старого священника, которого те с трудом волокут вглубь церкви.

Игорь плохо понимает слова. Жалость к Лене, к запертому в гробу Андрею, к старому священнику словно парализовали его. Он едва переставляет ноги, еле двигаясь за гробом и железной хваткой вцепившись в Ленину руку.

И всё остальное — как в немом кино. На фоне бело-грязного снега и серого неба, временами вспыхивающего бледным солнцем, в беспорядке мелькают имена похороненных. Мордюкова, Гердт, Андрей Дементьев, Матусовский, Шаламов... слились вместе.

Алёша что-то приказывет рабочим и торопит их. Игорь не понимает ни слова. Видит лишь глубокую тёмную яму на фоне раскинувшегося широко и вспыхивающего под бледным светом солнца снега.

Всё время каким-то внутренним зрением видит и вереницу гробов возле церкви, мимо которых они проходили. Других матерей и отцов, застывших в немоте... Он продолжает видеть их — словно они двигаются вместе с ними. Они тасуются перед глазами вместе с фамилиями обрётших покой раньше и со шлепками земли о гроб. И лицо Лены над раскрытой ямой, равнодушное, белое её лицо.

Обеими руками он вцепился в её руку, боясь, что она рухнет туда. «Скорее», — молит он.

Когда могилу наконец засыпали, Алёша исчез, словно его и не было никогда.

Он не запомнил, как они волокли Лену к выходу с кладбища, как он ловил такси, как осторожно усадил Лену рядом с мамой, и Лена к маме привалилась. Очнулся, когда они очутились дома.

Пробудили его запахи жареной картошки и куриного супа.

Но ни Лена, ни мама, ни он есть не смогли.

Лену уложили на их диван в гостиной на золотистую подушку. А мама накормила детей на кухне и попросила их пойти в кино, а потом поесть мороженое в кафе за углом, ни в коем случае ни о чём тяжёлом не думать и после кафе сразу прийти домой, чтобы рано лечь спать, потому что им рано вставать в техникум.

Он сидел возле Лены. Она сразу уснула и спала крепко, с чуть приоткрытым ртом. Когда дети ушли, мама села рядом с ним.

— Больше терпеть не могу, сынок. Давай мы с тобой примем что-то успокоительное.

А он вдруг заплакал, горько, как ребёнок, захлёбываясь, обхватил мать. Он никогда не плакал: а возле мамы слёзы жили так близко! Всё его тело содрогалось. Он уткнулся матери в шею.

— Прости меня, мама, прости! — шептал невнятно. — Жить, мама, оказывается, так страшно, так больно. Чувствовать так больно. — Слова комкались, слоги пропадали.

И вдруг — мамин трезвый, жёсткий голос:

— А наши дети? А Лена? Мы с тобой должны для всех них быть сильными. И ты ещё молодой. И тебе есть для кого жить. И ты с Леной родишь ребёнка! И ты теперь со мной. И мне ничего теперь не страшно. Не плачь, сынок мой. Жизнь для тебя только начинается, как я понимаю, мой сынок. И мы все вместе теперь. Ты прости меня. Я не сумела преодолеть горе и искалечила тебе жизнь. Я предала тебя! Но меня не было, себя не помнила. Прости, сынок. Виновата перед тобой. Зато теперь ты живой, сынок. И мы с тобой теперь друг для друга, и мы все вместе, — повторяет она. — Все вместе. Пока живы.

Он прижал к себе мать. Слов не было. Но внутри было горячо. И он повторял про себя материны слова и повторял. И больше всего боялся сейчас выпустить свою мать из своих объятий.

2022–2024